刘一达 著

掌上日月

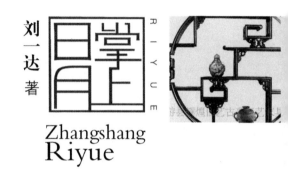

Zhangshang
Riyue

中国华侨出版社

图书在版编目（CIP）数据

　　掌上日月／刘一达著. — 北京：中国华侨出版社，
2011.7
　　ISBN 978 - 7 - 5113 - 1507 - 6

　　Ⅰ. ①掌… Ⅱ. ①刘… Ⅲ. ①散文集 - 中国 - 当代
②随笔 - 作品集 - 中国 - 当代 Ⅳ. ①I267

　　中国版本图书馆 CIP 数据核字（2011）第 112271 号

掌上日月

著　　者：刘一达
出 版 人：方　鸣
责任编辑：李晓娟
封面设计：天之赋设计室
经　　销：新华书店
开　　本：880mm×1230mm　1/32
印　　张：12　字数：245 千字
印　　刷：北京蓝迪彩色印务有限公司
版　　次：2011 年 8 月第 1 版　2011 年 8 月第 1 次印刷
书　　号：ISBN 978 - 7 - 5113 - 1507 - 6
定　　价：26.80 元

中国华侨出版社　北京市朝阳区静安里 26 号通成达大厦 3 层
邮编：100028
法律顾问：陈鹰律师事务所
编辑部：（010）64443056　传真：64443979
发行部：（010）64443051　传真：64439708
网址：www.oveaschin.com
E - mail：oveaschin@sina.com

披襟笔留日月风

您看到的这本书和另外一本书，是我近两年写的散文和随笔集。一本书名叫《掌上日月》，一本书名叫《胡同味道》。这两本书，称其为姊妹篇或上下集也行。

为什么叫"掌上日月"，而不叫"天上日月"，或者别的日月呢？好像这两个书名已然做了解释：掌上日月，就是胡同味道。这两个书名，也是这两本书里的两篇散文的题目。

散文和随笔的写作，在于一个"散"字和一个"随"字。散，是形散，神不散。随，是心随，意不随。

但我理解散文和随笔的写作，还在于一个"兴"字和一个"境"字。兴，是兴之所至，有感而发。境，是文章要追求一种境界，或者说一种品位。境从于心，或心附于境。有意境，自然也就有品位。

我比较喜欢散文和随笔这两种文体，因为散文可以不拘形式，不受约束，散散漫漫，直抒胸臆。随笔呢，则有点儿随心所欲的味道，平铺直叙，不讲究文采，不受限制，自由自在，写到哪儿是哪儿，只须把要说的话，说明白就得。

这仅就文体而言。但真正好的散文与随笔，如行云流水，如清风拂面，既可荡涤胸襟，又觉回肠荡气，如果不营造出一定的语境，如何能做到这一点？

我一直以为写好散文和随笔的秘诀是"气韵"俩字。心平气和、气定神闲与心浮气躁和颐指气使写出来的散文和随笔能一样吗？

明朝末年，有一位与大书画家董其昌齐名的文化人叫陈继儒，号眉公，他不到二十岁便考取功名。二十九岁正当仕途前途无量之时，他却毅然决然"取儒衣冠焚弃之"，此生再不为官，隐居在小昆山（即现在上海的昆山），后筑室东佘山（青浦），杜门著述，其绘画与散文以闲适散淡、宁静致远著称。

这位陈继儒有多部书传世。他的书多观世和警世箴言，看似闲余笔谈，却是处世妙谛，耐人寻味，引人深思。我非常喜欢他在《安得长者言》中说的一段话："静坐然后知平日之气浮。守默（保持沉默）然后知平日之言躁。省事然后知平日之费闲（白费工夫）。闭户然后知平日之交滥（交际太滥）。寡欲然后知平日之病多（为欲望太多而苦）。近情（合乎情理）然后知平日之念刻（用心刻薄）。"

这大概是作者以静养性，清心寡欲之后得出的理性思考。

这位陈继儒还说过一句话："热闹中下一冷语，冷淡中下一热语。"我认为散文的写作恰恰应当具有陈继儒说的这种平心静气的散淡心态。这样写出来的文章，才能朴实而无华，清丽而隽永，读之也才有味道。

这部散文集里的大多数文章，就是在这种散淡平和的心境下写出来的，一些篇章是我积多年生活经历的感悟。虽然谈不上是"热闹中下一冷语，冷淡中下一热语"，但称得上是"静坐然后"，在恬淡从容的状态下写的文章，抒发的是自己的胸臆。

从文几十年，我一直以"京味儿"自居，这并不是我的刻意追求，而是我的"本色"，也就是我平时说话的语言味道。我在北京生活了五十多年，平常说话就是一口京片子，写文章用京味儿当然得心应手。京味儿，实乃我自身的味道也。

年轻时写文章，往往追求词藻的华丽，以为遣词造句越华丽越典雅，才是好文章，也透出自己有学问。写到现在，我终于悟出了"道"：好文章不是词藻的堆砌，越是大白话，越是明白畅晓，通俗易懂，让人一目了然，才越是好文章。如陈继儒所说"近情然后知平日之念刻"。

当然，好文章的标准是有味道，读者看了有嚼头儿，也就是人们常说的耐人寻味。

明末清初的大文学家李渔，在《窥词管见》中说："'一气如话'四字，前辈以之赞诗（用这四个字赞美诗），予谓（我认为）各种文词，无一不当如是。如是（只有这样）即为好文词。"他又说："作词之字，当以'一气如话'一语为四字金丹。'一气',则少隔绝（别人看不懂或听不懂）之痕,'如话',则无隐晦之弊。"

所谓"一气",就是说话的一种语气,"如话",就是大白话。李渔把"一气如话"称为写文章的人一定要牢记的"四字金丹"。可见这位大文学家也是参透了古今文章的要义之后得出的结论。

有人认为袁枚（清代大文学家）说"文似看山不喜平",文章越峰峦叠嶂才越有味儿,用大白话写不出境界来,或者说大白话的文章读起来不雅致。这是没有悟出为文之道来。袁枚所说的"不喜平"是指文章的结构,而不是叙述的语言。

就语言来说,我倒认为越平越好。以唐诗为例,那些千古传诵的名作佳篇,恰恰都是大白话写成的,如三四岁小孩都会背诵的王之涣的《登鹳雀楼》:"白日依山尽,黄河入海流;欲穷千里目,更上一层楼。"全篇都是大白话。再如李白的《赠汪伦》:"李白乘舟将欲行,忽闻岸上踏歌声。桃花潭水深千尺,不及汪伦送我情。"简直就像是用口语在说,堪称"一气如话"的典范。这样的例子太多了,举不胜举。

但是您千万别以为这些用大白话写的诗,或用大白话写的文章就那么信手拈来,写出来那么容易。如果真是如此,那么我们都能当李白了。

就我个人的写作体会,越是大白话,越难写。王之涣能写出《登鹳雀楼》,李白能写出《赠汪伦》,那是积几十年写诗的功底,胸中激荡着浩然文气,心中又涌动着炽热深沉的情感，触景生情，有感而发写出来的。如果没有扎实的文学功底和文学修养，没有夺人的才气和激情，写不出这样明白畅晓、"一气如话"、韵味无穷、流传千古的诗来。

我曾在二十多年前，采访过现代的大戏剧家翁偶虹先生。翁先生一生编了一百多部京剧，也是现代京剧《红灯记》的编剧。

他曾对我说，《红灯记》的戏词几乎都是大白话，但这些大白话，包括一些俗语，要运用得恰到好处极难。他给我举了一个例子，比如当年那段家喻户晓的李玉和夸铁梅的唱段："提篮小卖拾煤渣，担水劈柴也靠她，里里外外一把手，穷人的孩子早当家，栽什么树苗结什么果，撒什么种子开什么花。"许多人以为他是信笔写出来的。其实这几句唱词是他绞尽脑汁，冥思苦想，费了将近一个多月的心血才写成的。

这个唱段的后两句，原来是"有什么土来脱什么坯，刮什么云来下什么雨"。但是他怎么看怎么觉得别扭，其他人看了剧本也觉得这两句俗语，放在这儿缺乏美感。于是他决定修改。当时北京人正忙着过春节，他为了想这两句词，过年的年夜饭都没吃踏实。心里越起急，越想不出这两句词该怎么改，因为上边催要剧本送审，他寝食不安。

大年初二晚上，他躺在床上闭目养神，听着半导体收音机，脑子里想着这两句词儿，突然听到收音机里一位农民在谈种树的经验，讲树苗的重要，有什么样的树苗，才能结出什么样的果实。他猛然来了灵感，突地从床上跳下来，拿起笔。于是才有"栽什么树苗结什么果，撒什么种子开什么花"的两句戏词。

您瞧，看似平常的两句台词，费了多大功夫才写出来。我认为越老辣、越成熟的文字，越是那些看似平常的大白话。

我的每篇文章不敢说呕心沥血，但也可以说是反复琢磨，做过认真推敲写成的。当然这里也有我多年的文学积累。当记者时年轻，写报道也好，写文章也罢，因为有时效性，稿子要得急，所以多是"急就章"。什么事儿一快，难免活儿就粗糙，萝卜快了不洗泥嘛。新闻报道倒是不太在乎文字上有多么讲究，因为新闻本身就是"易碎品"，新鲜感一过，新闻就成旧闻了。写文章则不同，所以翻阅以前写的文章，总会发现有不少遗憾。

随着年龄的增长，心性变得平和了，心境也趋于恬淡。这种心境下写出的文章，也许更加理性了。有道是：慢工出细活儿。慢工出来的活儿，可能味道会更浓一些吧。

大诗人杜甫在诗中说："文章千古事，得失寸心知。"写文章的甘苦与得失，只有作者自己心里最清楚。

当然，散文和随笔的写作，首先要有兴致，其次还要有境界。

境界往往离不开一个"淡"字。如明代的洪应明在《菜根谭》里所说："醲肥辛甘非真味，真味只是淡。神奇卓异非至人，至人只是常。"这句话的意思是：各种浓腻的美味不是真味，真味是平淡；那些与众不同看上去很神奇的人并非真正得道的人，真正得道、精神修养进入最高境界的人恰恰是那些平常的人。这是生活真谛。

平淡，也是我这两部散文《胡同味道》与《掌上日月》所追求的风格。

胡同究竟是什么味道？掌上究竟是什么日月？也许这是两种不同的境界。但不管怎么说，这些文章是在"静坐然后"、"守默然后"、"省事然后"、"闭户然后"、"寡欲然后"、"近情然后"写出来的。

俗话说"好茶不怕细品"。好文章也需要细读，慢慢儿地咂摸它的韵味。凝眸静品胡同味，披襟笔留日月风。但愿您能在这两部书的几十篇散文随笔中，读出六个"然后"，悟出那种散淡的味道来。

以上是为序。

刘一达

2011 年 5 月 15 日

于北京如一斋

【目录】

第一辑

玩家心境

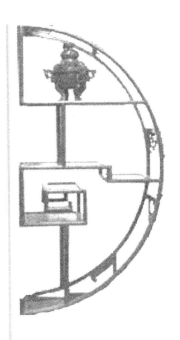

玩家淘雅在境界
抛却利锁留日月
物我两忘神自安
心底乾坤尘妄灭

境界

正在杭州参加笔会，在央视新闻节目里得知王世襄先生作古的消息，心里不由得咯噔一下：又"走"了一位老先生。

今年（指 2009 年）是怎么啦？难道老天爷在天国感到寂寞，活动了心眼，把人间的一位又一位大师给请了去，陪他作伴儿？

数数吧：从季羡林、任继愈到钱学森、贝时璋，今年我们送走了不止一位可敬的老先生，现在世襄先生也被老天爷给召去，陪他玩蛐蛐儿去了。

这是一个值得咂摸的事。"走"的这几位大师级人物，岁数都在 90 岁以上。世襄先生的寿数是九十有五。

现如今，虽说中国人的寿命普遍提高了，以北京为例，平均寿命已达 80 岁，但毕竟能活到 90 岁往上的人并不多。按老年间的说法，他们可说是尽享天年了。

老北京有个习俗，80 岁以上的人故去，得说是"喜丧"。"喜丧"跟一般的丧礼不一样，送行的人当然也会掉眼泪，但这泪水里悲哀的成分会少一些，也许更多的是遗憾和惋惜。但如果转念一想，人都有作古这一天，这遗憾也就随之淡然了。

世襄先生属于活得很明白的人，80岁以后，他便把生死看得很淡了。能活到九十有五，老爷子应该感到知足，所以他临"走"前撂下话：不搞遗体告别，不开追悼会，甚至连灵堂也不要设，省事也省心。

他从容不迫地来到这个人世，又坦然自若地挥手告别，在人世间潇潇洒洒玩了一遭。这一遭儿时间不短，将近一个世纪，老爷子也算功德圆满。

当然，人生能有这样的境界并不容易。回顾世襄先生95年的人生之路，其实并不顺，这一辈子遇到大大小小的坎儿，甚至磨难不少。

老爷子蒙受最大的冤屈是上世纪50年代"三反"时，被定为"大老虎"，以"贪污盗窃"罪名被戴着手铐脚镣拘留审查了10个月。尤为不幸的是在看守所染上了肺结核，在"文革"中复发，肺与两肋粘连，成为终身痼疾。

当然，先生的罪名是莫须有。他在抗战胜利后，没收德国人杨宁史的青铜器240件，取回溥仪留存天津张园旧宅保险柜中的稀世珍宝1800件，收购郭葆昌的名瓷数百件等，可以说为抢救国宝立下大功，但他却反遭诬陷，功臣成了罪人。审查近一年，啥事儿没有，他被无罪释放。

按说有关部门对这场冤案应该承担责任。但是不幸的是从看守所出来，他却接到文物局和故宫博物院的通知，被开除公职，去劳动局登记，自谋出路。对于一个视文物工作为第二生命，曾以身相许为故宫博物院贡献终身的世襄先生来说，这是多大的打击呀！

在家养了一年病后，他在民族音乐研究所找到了工作。岂料在后来的"反右"运动中，他又被打成"右派"，"文革"又受迫害。从此，多年被歧视，受到不公正的待遇。直到改革开放，党的十一届三中全会以后，他才得到平反，此时已是年近愈七十多岁的古稀之年了。

我有时也琢磨这事，假如没有这些磨难，世襄先生在北京解放以后，如愿以偿，顺顺当当地在故宫博物院当他的研究员，会有后来的这些成果吗？也许他能成为某一个门类的专家，但绝对不会成为一个涉猎面极广的大玩家。

从宿命的角度看，这许是一种天意使然。正因为他身陷逆境，才得以从某一个选定的生活模式里跳出来，躲开纷乱的世相，偷得一个"闲"字，沉下心来，玩自己喜欢玩的东西，反倒成就了自己。

但是并不是所有的人都能有世襄先生这种心态的。即便是玩，能玩成世襄先生这样的大家也是十分难的，这里需要悟性，更主要的是需要造化，即所谓的"道"。

"玩"这个词，在中国历史上很长一个时期是一种贬意。您能从"玩物丧志"、"玩世不恭"、"玩岁愒日"等成语中，体会到人们对"玩"字的愚弄和嘲讽。其实，这本身就带有一种偏见，或者说是一种误解。北京人说的"玩"，带有把玩、玩赏之意，说白了，就是现在人们说的文玩与收藏。而

"玩"的更高或更深层面的东西，则是一般人所难以领悟的。

我曾经就"玩"字的注解写过专门的文章。玩，小孩儿的贪玩，与成人的玩赏能说是一回事吗？北京人嘴里的"玩"还有更广泛的字义，比如一件工艺品，北京人会说是个玩艺儿，到哪儿去旅游，北京人则说到哪儿去玩儿。

自然，玩跟玩是不同的，就如同收藏一样，搞收藏的人很多，但真正能称之为"家"的又有几个？当然自诩又是另外一回事了。

我认为世襄先生绝对是一个玩出"道"来的大玩家。看看他留下来的著作，我们可知他涉猎的门类之多、之精是无人可比的。从古物来讲，绘画、音乐、碑拓、雕刻、家具、漆器、建筑等等，从民间玩艺儿来说则更为庞杂，可以说花鸟鱼虫、獾狗、大鹰、掼跤、美食等等，无所不包。

难能可贵的是他不但玩，而对每玩的一种玩艺儿都能深入钻研，形成优美得体的文字，甚至成谱成传，这一点是一般玩家所难望项背的。比如收藏家具的人很多，但世襄先生写出了《明代家具珍赏》、《明式家具研究》、《髹饰录解说》、《中国古代漆器》、《竹刻艺术》等，以至于成为后来人们收藏、制做古典家具的范本。

玩鸽子的人很多，但世襄先生写出了《观赏鸽谱》、《北京鸽哨》。像鸽哨、鸣虫、獾狗、大鹰这样的玩，通常做大学问的人是不屑一顾的。但世襄先生却把它们玩到了极致，而且用他优美的文笔著书立说，自成一派。

我记得《北京鸽哨》这本书，曾在国际出版界引起轰动，并获得大奖。洋人们弄不明白，一个小小的鸽子哨，居然让北京人玩得这么精彩，玩出了情趣，也玩出了学问。

世襄先生是我敬佩和景仰的大家。我拜读过先生的大部分著作，被他流畅疏朗的文笔所折服。他的每一篇文章，足可以跟当代国内著名的散文家相媲美。散淡闲适的心境和治学的严谨相融合，生活的情趣和浓厚的文化源流相辉映，构成了他行文特有的风格。他把大俗变成了大雅。仿佛一个善静的老人拿着一个玩艺儿，在给你讲它的价值，讲应该怎么去欣赏。读他的文章不累，长学问长见识，更能从中发现生命的真谛。

世襄先生如此有学问，既是玩出来的，也跟他的家学有直接关系。

世襄先生的父亲王继曾，字述勤。先祖世代为官。王继曾毕业于南洋公学，担任过军机大臣张之洞的秘书，1909年赴法国，任留法学生监督。

世襄先生的母亲金章，号陶陶，也是大家闺秀。金家在上海以经营湖丝贸易发财。父亲金焘，在与外商的贸易往来中，倾向"洋务"。1900年，把三个儿子，即金城（谱名金绍城，号北楼）、金绍堂、金绍基及金章一起送到英国留学。

在英国，金城进伦敦铿司大学学习法律和经济专业，获得法学博士学位。金章学的是美术，1905年回国，1909年嫁到北京，与王继曾婚后，即随夫同赴法国。两次留洋的经历，使金章的绘画眼界大开。金章画的最多的是鱼，她也因画鱼扬名于北方画坛。金章 1909 年画的《金鱼百影图卷》原作现藏于北京故宫博物院。她还写过一本画鱼的专著《濠梁知乐集》，可惜此书尚未出版，定本毁于战火。世襄先生在晚年说起这事，尚感遗憾。

对世襄先生影响最大的是他的大舅金城金北楼。金城从某种意义上说也是一位玩家，但他玩的是字画。他 1905 年回国后，任上海公共租界会审廨襄谳委员。淡出政坛后，以书画为业，过着中国老式文人的生活，创立了中国画学研究会，广收学生，和日本交流画艺，成为北方画坛领袖式人物。当时有"南张（大千）北金"之称。他结交了徐世昌、熊希龄、朱启钤、陈宝琛等名人，并成为画友。

世襄先生说，小时候，大舅在家里画画儿，教学生，我就在一旁看他画，他们谈诗论画，我也在一边儿听。长时间的耳濡目染，潜移默化，接受这种文化艺术熏陶，世襄先生自然会从中受益，难怪他后来会成为有学问的玩家。

在我跟世襄先生的接触中，先生的脸上永远挂着和善慈祥的微笑，这笑意似乎是他闲适心境的自然流露。由于他在北京的收藏界享有很高的知名度，而且认识他的朋友很多，可谓德高望重。

世襄先生去世后，有记者写文称他是"当代中国第一大玩家"，网上也有人称他是"绝世藏家"。我想世襄先生如果九泉之下有灵，得知这样的名头儿，会淡然一笑的。以我对他的了解，他是最反对人们这种恭维的，甚至对"玩家"、"收藏家"这样的称谓都不以为然。

几年前，我写过他，并把写他的文章收入我的《京城玩家》一书中。称他为玩家，恐怕我是第一人。所以书成之后，世襄先生看了，谦和地对我说，怎么你把我封了个"玩家"？我说称您玩家，当之无愧。老人家不置可否地笑了。

　　"玩家"这个词在世面上已消失了几十年，新中国成立以后，由于众所周知的原因，人们谈"玩"色变，即使人们没断了玩，但谁敢称自己是"玩家"？称别人是玩家也等于是骂人。在"阶级斗争"的年代，"玩家"无疑是批判的对象。

　　上世纪90年代初，我在一篇报道中，把这个陈封已久的词儿捡了起来。当时京城有几位搞收藏的后起之秀：搞书画收藏的刘文杰，搞古陶瓷收藏的马未都，搞古籍善本收藏的田涛，搞古典家具收藏的张德祥，我把他们称为京城"四大玩家"。此举曾引起一些收藏家的非议。但十五六年过去了，证明我当时的眼力没错，这四位如今已成为国内知名的玩家了。

　　正是我的这篇文章，把"玩家"一词给激活了。以至于让人们重新认识了玩家，后来，许多人把收藏家称之为"玩家"。近年，又有人称网络高手是玩家。

　　其实，在我尊世襄先生为玩家之前，老人家并没自认是玩家，尽管他在我说的那"四大玩家"面前是前辈，而且那四位玩家也都很敬重他，但世襄先生却觉得称自己是玩家属于抬爱，跟他从来不在晚辈面前摆谱儿一样。他的虚怀若谷，反倒更加让人肃然起敬。

的确，现在玩古典家具收藏的人，哪位不是看着世襄先生的书入"道"的？

世襄先生之所以能玩出"道"来，依我之见，在于他"不为物喜，不以己悲"的心境。正是由于他会玩，才能够在遭奇耻大辱时淡定自若，在历尽磨难后，依然故我。

世襄先生一向认为玩（收藏），只是一个过程而已。玩艺儿再好，生不带来，死不带去。他眼中的"物"，已化为一种情趣，而非物本身的价值，这不是金钱所能体现的。所以他活着的时候，没卖过一件手里的玩艺儿，最后一次大的拍卖，所得的款也捐给了国家。

世襄先生是一位美食家，他谈吃的文章，头头是道，津津有味，但他年日粗茶淡饭，讲究吃，却绝不奢侈，绝不讲排场。平时，老爷子的生活非常俭朴，无冬历夏总穿着那件中式扣襻衣服，恬淡从容。脸上永远挂着善静随和的微笑，是位极有亲和力的慈善老人。

世襄先生说话保持着北京人的幽默感。有时跟朋友聊起明式家具，朋友恭维他一句："您是玩明式的大家和高人。"

他会微微一笑说："我哪是什么高人？我是'柜人'。"

怕朋友听不出来其中的含义，他还会特意解释一句："柜子的'柜'，不是高贵的'贵'。"

这是怎么回事呢？原来他家里收藏的家具实在太多，无奈之中，他和夫人袁荃猷只好睡在一个明式的大柜子里，所以他戏称自己是"柜人"。

朋友到世襄家做客，看到他的这个"床"觉得可笑。他却说："躺在这里心里踏实，八级地震都不用怕。"

黄苗子到他家，看到他的这张"床"，还特地写了一副对联："移门好就橱当榻，仰屋常愁雨湿书。"

世襄先生笑着说："光有对联不行，再来个横批吧。"

黄苗子说："横批得由'柜人'出。"

世襄先生随口说："横批就写'斯是漏室'吧。"

引来一片笑声。

如果说世襄先生是"绝世玩家"，那么我想玩到他这样的境界，也算是给后来者作出了楷模。

古往今来，玩家无数，达到世襄先生这样境界的能有几人？世襄先生留下来的不仅是他的藏品、他的著述，更主要的是他的精气神。玩家该有什么样的精神境界，这确是让我们回味的。

掌上旋日月

"掌上旋日月，时光欲倒流。周身气血涌，何年是白头？"您知道这是谁写的诗吗？再问您一句：您知道这首诗写的是什么吗？

不是难为您，如果不是玩家，一般人还真猜不出来。

别让您费脑子了，赶紧告您吧：这是写核桃的诗。谁写的？就是那位被电视剧"炒"得挺热闹的风流皇帝乾隆爷。

说到这儿，您就会明白，乾隆皇上说的"掌上"能"旋日月"的核桃，不是人们通常吃的核桃，而是北京人喜欢玩的山核桃。

乾隆爷号称是目前为止，写诗最多的人。据有关史料记载，他一生共写了约4万多首诗。这首小诗看起来好像不经意，像是信手拈来，但却将把玩山核桃的妙处写得淋漓尽致。

小小的山核桃在手里来回揉捏，如同在掌上旋动日月。这是何等的境界。当然处于这种境界之中，也就忘了生活中的烦恼与忧愁，感受着神仙般的意境，仿佛时光倒流。核桃在手中不停地旋揉，周身的气血也会随之而动。每天如此，会越活越有精气神，何年何月会老呢？您会永远年轻。

不知您是不是也玩山核桃？如果玩，是不是有这种感觉？

北京人玩山核桃从什么时候开始的，好像并无定论，因为这种记载见诸文字的不多。

不过，从现存的史料上看，至少在明代，北京人揉核桃就已成风尚了。明代的天启皇上朱由校不但山核桃不离手，而且自己还会雕刻山核桃。野史中谈到这位爱玩的皇帝，有"玩核桃遗忘国事，朱由校御前操刀"的掌故传说。

到了清代，北京人讲究平时手里得有个"抓挠儿"物件。平民百姓手里玩的东西不少，那些王公大臣也不例外。当时京城流传着"贝勒爷手上有三宝：板指、核桃、笼中鸟"的说法。

这并非虚言，有物为证。现在北京故宫博物院仍保存着十几对皇上揉过的，包浆润泽如玉，色呈棕红的核桃。这些核桃分别装在精致的紫檀木盒内。

末代皇帝溥仪在《我的前半生》中对此有所描述："在养心殿后面的库房里，我还发现了很多有趣的百宝匣，据说是乾隆的玩物。百宝匣用紫檀木制成，其中一个格子里，装有几对棕红色的核桃和一个雕着古代人物故事的核桃。"

宫里皇上玩的核桃，当然是精挑细选的贡品。但真正把核桃玩成宝物的还是民间。因为山核桃是野生的，一旦成为玩物，一些玩家便会用心去琢磨它，民间的老百姓也会上心去淘换它。于是什么品种的山核桃能上手揉，揉了以后能包浆上色，什么形状的核桃能成为上品，什么样的核桃不值得一玩，便在玩家的眼里形成了尺度和标准。

所以到了清末，根据核桃的品种、品相、品质和形状，冠以其名，形成了"四大名核桃"的说法。这"四大名核桃"是"狮子头"、"官帽"、"公子帽"、"鸡心"。这种说法一直流传到现在。

山核桃跟其他老古董一样，在"文革"时受到了扼杀。当时，在造反的红卫兵眼里，凡是老玩艺儿都属"四旧"，"必破"无疑。而那个跟老北京文化紧密相连的"玩"字，也成了"罪孽"。在那个年代，谁敢在大庭广众之下，手里揉山核桃？可怜这山核桃成了时代的"牺牲品"，慢慢儿地淡出了人们的视线。

直到"文革"结束，改革开放了，一些老北京人才翻出尘封的箱子底，把藏在家里的这对小玩艺儿给"请"出来，敢在手里把玩了。不过，经过这么多年的折腾，上过手、包过浆的老山核桃存世的已不多见，人们开始把视线投到没上过手的新核桃上。

当然，由于解放以后，政治运动一个接一个，揉山核桃属于"玩物丧志"，属被批判之举。玩山核桃的人越来越少，那些野生的山核桃树，也没人加以重视和保护。有些成材的树，遭到人为的砍伐，能长出品相好的"四大名核桃"的树种也不多了，所以即使是新的山核桃，也成了稀罕物。

眼下，揉山核桃的妙处，经过宣传炒作，已经被许多人认可。有人把手里揉着一对包过浆的山核桃，当作一种风雅和派头。有人把品相好的名山核桃当作收藏品，也有人把山核桃作为馈赠亲友的贵重礼品，一时间玩核桃的人越来越多，山核桃的身价也水涨船高。在艺术品拍卖会上，那些有点年头、包过浆、色泽好的山核桃成为受宠之物。

在北京 2010 年秋拍上，一对清末的四棱狮子头，起拍价 25 万元，最后以 45 万元成交，在玩核桃的北京人中引起轰动。现在市场上，一对品相好个头大的新核桃，如"狮子头"或"官帽"，也能卖到两万元左右。品相一般的也在两三千元。

品相好的山核桃产地主要在北京、河北、山西、山东。据报道有人看好这一市场行情，在河北某山区看好一棵能结"狮子头"的核桃树，竟以每年 40 万元承包。40 多万元承包一棵核桃树。您听了觉得不可思议吧？但是据说这位承包者，后来却靠这棵树赚了 20 多万元。

玩核桃之风真是愈演愈烈，让人感到难以捉摸。谁承想一对山核桃能卖 45 万呀？

但是玩山核桃确实对人身心有好处，这是毋庸置疑的。其实，核桃再好，不是摆着看的，而是手上把玩的。只有玩，才能体会到"掌上旋日月，时光欲倒流"的妙处。

一个偶然的机会，我通过老朋友认识了卢晓荣。认识了卢晓荣，当然也认识了核桃。因为卢晓荣在北京玩核桃出了名，人称"核桃卢"。

把一个人的姓跟核桃连在一起，可以看出他跟核桃的不解之缘，也可以说明他对核桃的痴迷程度。

自然，痴迷核桃，就会对核桃有研究。"核桃卢"在这方面，可以说是玩出了"道"。

北京的玩家玩山核桃，有许多讲儿，比如玩核桃要挑品种和品相。山核桃有许多种类，诸如"狮子头"、"鸡心"、"官帽"等等。但不管什么品种，真正会玩的主儿揉出来的核桃，是不能破相的，即便那核桃已经浸润如玉，依然能保持原有的纹路。这多少要讲点儿功夫，也需要一些技巧。

早年间，玩核桃的人讲究，玩新核桃三年之内，不能让别人上手揉，怕破坏了"血气儿"，影响核桃上色。

新核桃上色要经过"三冬两夏"，也就是说至少三年。这三年只能自己玩，让核桃吸收自己的"血气儿"。

再比如说，揉核桃有许多手法，如揉、搓、捏、扎等。讲究的主儿，这对核桃可以在手里随意把玩，但不能让它出声。因为在他们看来，核桃在手里揉得咯咯直响，有失体面。

您瞧，揉山核桃不但能起到保健作用，还属一种雅玩呢。人们正是在雅玩之中，赋予了山核桃很多文化内涵。

我最初以为玩核桃只是北京爷儿们的专利。后来出差到南方，发现有不少当地的中老年人，也喜欢玩山核桃。当然他们玩核桃也有不少讲儿。

有一年，我到贵州采访，碰上一位老者在玩核桃，那核桃已经揉得变成了墨玉色。我问他这核桃玩了多少年。老者笑道，这是从他爷爷那儿传到他这儿的。甭多问，这核桃至少揉了有一百多年了。

看来，玩山核桃在中国是有年头的，而且不分地域与民族。

"核桃卢"比我小几岁，瘦高个儿，无冬历夏留着板儿寸，长脸见棱见角，一对小眼炯炯有神，透出几分憨厚，又有几分精明。

他算是地道的老北京人。他父亲是老百货公司的干部，当过前门自行车商店的书记，文化水平不高，但安分守己，做人本分。晓荣从小就接受父亲的言传身教，未曾做事，先学做人。所以他为人厚道诚实，把信誉摆在第一位。而且做事踏实，比较低调，讲究有板有眼，这是他给我留下的印象。

乾隆年间，有个文化人叫石成金，著有《传家宝》一书，其中有一段发人深省的话："今人说快意话，做快意事，都用尽心机，做到十分尽情，一些不留余地，一毫不肯让人，方才燥脾（心理满足、过瘾的意思），方才如意。昔人云，话不可说尽，事不可做尽，莫扯满篷风，常留转身地，弓太满则折，月太满则亏，可悟也。"我觉得"核桃卢"做人做事便本着"话不可说尽，事不可做尽"、"常留转身地"的准则，所以他在玩核桃的"圈儿"里口碑不错。

"核桃卢"最初玩核桃并不是瞎玩，或者为了赚钱。他40出头的时候，得了糖尿病。天天守着药罐子，让他痛不欲生。

有一次，他遇上一个老中医。老中医对他说："你玩玩核桃试试，每天用核桃的尖扎手上的穴位，许能起到一些辅助疗效。"他依照老中医的话，去淘换山核桃。

这是上世纪80年代末的事，那会儿玩核桃的人很少，也没地方买去。他淘换了几个月，才从一位老人手里，花二百块钱买了一对揉过的核桃开始揉。没想到揉了两年多，他的糖尿病居然有了明显好转，血糖降到了正常值。当然，在揉核桃的同时，他也没断了吃药。揉核桃只是治疗糖尿病的辅助手段之一。他体会到了玩核桃的妙处，便一发不可收了。

他玩核桃比较早，从玩到经营，最后到做核桃工艺品，他成了"核桃玩家"。

我认识"核桃卢"时，北京玩核桃的人还不多，尽管一些老历人（老北京人）也玩山核桃，而且有人玩了一辈子，但您让他说出这里有什么"道道儿"，有什么文化，他未准说得上来。所以，晓荣产生了写本有关核桃的书的想法。

人们玩了几百年的核桃，但有关把玩山核桃的专著却是一个空白。也许是中国人玩的玩艺儿太多了，小小山核桃不值当为它去费心思琢磨。

这一点"核桃卢"是深有体会的。他曾告诉我，为了写这本书，他先后到国家图书馆、首都图书馆和国家档案馆，以及区、县的图书馆，查找有关山核桃的资料，让他感到不解的是，就连国家图书馆和首都图书馆这样大型"资料库"，都没有关于山核桃的专门论述。

没辙，他只好独辟蹊径，从植物学和林业方面的有关核桃的属类及培植技术上去"溯源"。

也许正是这个原因，才使"核桃卢"下决心写这本书。他想用自己多年玩核桃的经验体会，来填补这个空白。

当然，他也是用心血来写这本书的，因为他的文化底子比较"潮"，他属于被"文革"耽误的一代人，充其量也就是高中文化水平。他对我说，有许多生僻字和学术上的术语，让他感到非常陌生，尤其是在文字的表述上显得有些无能为力。

　　但他干事执著、认真。这本书，他是一边查字典一边写的。所以说，以他的水平能写出这本书，是非常不易的。用呕心沥血来形容并不为过。

　　这本书的初稿，"核桃卢"在 2005 年便写出来了。这之间，"核桃卢"曾想让我帮助润色，并诚恳地对我说，出版时要署上我的名字。我不想夺人之美，劝他还是自己动手。既然他玩了十多年的核桃，而且在这方面已有一定的道行，能出版一本书，也算是这么多年没白玩。同时，最重要的是给后人留下点东西。

　　他听从了我的劝告，一直对这本书不停地修改补充，在许多朋友和出版社编辑的帮助下，终于使这本书得以面世。

　　人们看到此书，走进核桃的世界，触摸它的文脉。我想不但会对山核桃的种类和保健作用有新的认识，也会了解山核桃的许多文化内涵。

　　核桃虽小，却能品出人生百味。

　　如果真能如此，也没枉费"核桃卢"的这番苦心。当然这也是让我感到欣慰的事。

　　（本文是为卢晓荣所著《核桃卢谈核桃》写的序言，这里作了补充和修改）

玩鸟儿

一

跟一位在北京待了五六年的浙江人聊天。我问他对北京人的印象如何？他拧着眉毛，沉吟了半天，末了儿冒出一句："很悠闲。"

我又问："何以见得呢？"

他想了一下说："从街上那些提笼架鸟的人，就能看出这一点。"

这让我想起另一个外地朋友，对京味儿文化的印象：提笼架鸟。

是啊，在跟一些外地朋友的接触中，他们每每提到京味儿，便立刻想到了北京人的提笼架鸟。

其实提笼架鸟，并不是北京人的"专利"。不信，您可以到一些岁数比较老（历史悠久）的城市转转，保准能看到街头巷尾有提笼子的玩鸟人。

那么，为什么一些外地朋友，对北京人玩鸟儿会有这么深的印象呢？而且对北京人的第一个直觉就是提笼架鸟呢？可能因为北京人会玩，北京人把鸟儿这一小精灵玩到家了，所以才会入那些外地人的法眼。

北京人玩鸟，可以说达到了"出神入化"的地步。

什么叫"出神入化"？就是做到了人与鸟儿的亲密共处之境，人离不开鸟儿，鸟儿离不开人。

北京人艺演过一部写北京人养鸟儿的话剧叫《鸟人》。编剧过士行，原来跟我是《北京晚报》的同事。"鸟人"这名儿起得到位。人跟鸟成为"共同体"以后，可不就是"鸟人"了吗？

我认识不少玩鸟的人，北城的、南城的都有。从这些玩鸟人的心态里，我发觉鸟儿在他们眼里不只个活的玩艺儿，用他们的话说，鸟儿是他们的"亲儿子"。捧在手上怕掉了，含在嘴里怕化了，生怕让这些"小家伙儿"受到一点委屈。

有一次，我和几个朋友在小区里，听到一位七十多岁的老太太在喊："闺女，快过来，到妈妈这儿来！"我们回过头去，发现老太太喊的"闺女"是一条小狗。

那只叫"贵妇"的小狗，被老太太打扮得还真像是一个"少女"，毛修理得非常光亮整洁，两个耷拉的长耳朵还扎了两根红头绳，身上穿着小花衣服，我想大概是老太太一针一线亲手缝制的。那只"贵妇"闻声，摇头摆尾地跑到老太太跟前。老太太猫下腰，把小狗抱在了怀里。那种亲昵的样子，比她抱自己的亲闺女还要亲。

几个朋友看到老太太的样子不约而同地笑起来。我注意到他们的笑意里带着几分嘲讽。

是呀，怎么能把一只小狗叫闺女呢？也许他们难以理解养狗人的心态。人与动物的亲近，有时胜过了人与人的关系，这一点只有养宠物的人才有体会。

由此，我想到了京城那些玩鸟儿的人。他们跟自己养的鸟儿也是如此亲近。

两年前，听说过这么一档子事儿，南城的一个七十多岁的老爷子，养了一只红靛颏。那鸟跟了他五六年，能押五六个音儿，鸟儿在笼子里每天啾啾啼叫，像是跟他聊天，成了他生活中的"伴侣"，老爷子跟这只鸟真是形影不离。

突然有一天，家里来了一位客人，这位爷不玩鸟儿，也不懂玩鸟人的规矩，看这只鸟儿在笼子里欢蹦乱跳挺喜兴，他冒冒失失地摘下笼子，举到眼前，想跟鸟儿亲热一下。没想到这位爷得了感冒，也是寸劲儿，早不打，晚不打，偏偏这时候他打了两个喷嚏。

八成是这位爷的唾沫星子溅到了鸟儿的身上。当天这只鸟就蔫头耷脑了。老爷子着了急，赶紧用土方给鸟儿调治，但这小家伙像是受到了惊吓，又像是染上了什么病毒。两天以后，死在了笼子里。

这下老爷子像天塌了一样，看到爱鸟鸣呼哀哉，他也急火攻心，当场脑溢血，两天以后也撂了挑子，驾鹤西去了。临死的时候，老爷子还念叨着自己的那只爱鸟儿。家里人理解老爷子的心愿，让他的遗体和这只爱鸟一起入了火化炉，最后老爷子的骨灰和鸟儿的骨灰合为一体，入土为安了。

这个真实的故事，说明了北京人和鸟儿的亲密到了什么份儿上。

北京人玩鸟儿，讲究从雏儿开始上手，真正玩鸟儿的人，是不接"二手鸟"的，即便您把鸟儿调驯得再好，玩鸟儿的人也不稀罕。就跟北京人玩山核桃一样，讲究从"生核桃"开始玩。所谓"生核桃"就是别人没上过手，没玩过的核桃。正因为如此，鸟儿在人手里才能玩出感情来。

雏鸟，一般是野生的，但也有人工孵化的。通常，人工孵化的鸟儿野性会少一些。经过玩鸟儿人的精心喂养，一点一点驯化，也能成为可爱的观赏鸟儿。

二

大概是十年前吧，北京市颁布了《野生动植物保护条例》。按"条例"规定北京人喜欢养的画眉、百灵、红子、靛颏、珍珠鸟，白玉鸟、芙蓉鸟属于三级野生动物，鹩哥、八哥、鹦鹉等属二级野生动物。鸟市上如果有人出售这几类鸟儿，肯定属于违法行为，一旦被追查，轻者没收、罚款，重者要被拘留，甚至判刑。

当时我作为《北京晚报》的记者，就这个问题，专门采访过北京野生动物保护协会，并对北京的鸟市做过深入调查。

后来，我跟野生动物保护协会的秘书长成为了朋友。我们私下说，如果按照《野生动植物保护条例》的规定，北京人将没法再养鸟儿了。如果不让北京人养鸟儿，北京人的文化生活便会少了一些"佐料"。当然对于那些视鸟如命的玩鸟人，比不让他们吃饭，还心里难受。

据我了解，京城玩鸟儿的人大概齐有四十多万。可是保护野生动物是世界范围的行动，不是北京这一座城市。当时野生动物保护协会的一些人士，从保护野生动物的角度，认为把鸟儿关在笼子里太不人道，这样会造成鸟儿的品种最终灭绝。所以大声疾呼要北京人把笼中鸟放归大自然。他们也举行了几次规模不小的放飞活动。

秘书长知道我一直在研究北京民俗，也非常关注北京人养鸟儿的事。肯定对执行这个"条例"有想法。

我跟他说："其实，北京人现在玩的鸟儿已经不能算纯野生动物了，因为它们都是经过人工驯化的。这些鸟儿，从雏鸟开始，就在笼子里待着，已经习惯了笼子里的生活环境。您把这些鸟儿放回大自然，表面上看是保护它们了，实际上，未必能让它们自由自在地生活，因为这些鸟已不适应大自然的生活环境了。"

事实上，也证明了我说的这番话没错儿。因为野生动物保护协会的人，把笼中鸟儿放飞大自然后，做了跟踪调查，发现很多鸟儿最后活活饿死了。

秘书长也是老北京人。他对我说，这种事，作为野生动物保护协会不得不这么说，但真正做到"一刀切"，不让北京人养鸟儿那是不可能的。老北京人就这么点乐子，您再把它给剥夺了，显得不人道了。但有些确属野生的，如鹰啦，鹞啦，包括鹩哥、鹦鹉啦，那是坚决不允许出售和人工喂养的。属于人工驯化的，可以网开一面。协会也睁一只眼闭一只眼了。

为此，我在《北京晚报》曾连续发表了两篇长文，专题说北京人养鸟儿的事，产生了一定社会影响。至此，有关部门才不再时不常地去鸟市查抄了。

京城玩鸟儿的朋友见了我说："要不是你这两篇文章，保不齐政府真会下一道禁令，不让我们养鸟儿了呢。"

我笑道："不至于的。我这两篇文章，不过是给北京人养鸟儿正了名分儿，如果你们养的真是野生的鸟儿，谁也没辙。"

三

北京人玩鸟儿，讲究"会鸟儿"。老北京人"会鸟儿"通常是在大茶馆，现在改在了公园或街心花园了。

什么叫"会鸟儿"呢？就是每天早晨，养鸟儿的人拎着鸟笼子出门，到公园或河边的小树林，把鸟笼子起了罩（掀开罩布），挂在树的枝杈上，让鸟儿亲近大自然。一般来说，养鸟儿的人都有一个相对固定的圈子，即几个或十几个养鸟的人凑到一起。您养的是红子，我养的也是红子；您今儿带着两个笼子出来，我也带着两个笼子出来；您的鸟笼子挂在东边的树枝子上，我的挂在西边的树枝子上。几只甚至十几只鸟笼子，相距不远，鸟儿相互啼鸣，相互学音儿，这就叫"会鸟儿"。

鸟儿还有拜师一说，养鸟儿的人专门找叫声出众的鸟儿接近，让它学鸣叫。

从出家门到"会鸟儿"的地界，要走一段路。这段路，也被称为"遛鸟儿"。

鸟儿聪明伶俐，每天遛它时走多少步，它都记得倍儿清楚。走不够那个距离，它不开口叫。

遛鸟儿跟遛狗不一样。这笼中鸟儿是比较娇气的小活物，街头巷尾，人声嘈杂，车水马龙，再加上空气也不新鲜，所以玩鸟儿的人，不能让鸟儿受这种环境和噪声的"污染"，一般要罩上罩子。

遛鸟儿的时候，拎笼子的架式也不一样。您有时会见到街上有的老人，一手一个鸟笼子，迈着四方步，晃动着膀子，两臂来回摆动，摇晃着手里的鸟笼子，以为玩鸟儿的人都是如此。

其实是一种误会。并不是所有的鸟儿，都能让它在笼子里来回晃悠的，鸟儿的品类不同，性情也不一样。有的鸟儿天生活泼好动，您让它在笼子里来回摇晃，对它来说是一种享受。有的鸟儿习惯安静，不好动，您让它在笼子里来回晃悠，等于是折磨它，让它受罪。所以，您会发现一般养这种鸟儿的人，会鸟儿时，是用手托着鸟笼子的。怕鸟儿受惊，甚至拿的时候，也轻手轻脚。

当然不管是遛什么鸟儿，只要在大街面上，一般都要罩上罩子，以防脏口儿和受惊。

值得一提的是，遛鸟儿时拎鸟笼子的部位。笔者曾在一部电视剧里看到一个演老北京人遛鸟儿的特写镜头，演员拎着笼钩，晃动着肩膀。这是不对的。通常北京人遛鸟时，手是拎着笼抓的，只有这样才稳当。鸟笼的笼抓也正是为人拎着用的，而笼钩是为了挂鸟笼子用的。显然，这位演员不是玩鸟儿的人。

四

中国人养鸟儿是从什么时候开始的，目前尚无定论。有人从唐代诗人王建的《宫词》一诗中的"花时寂，闭院门，美人相并立琼轩。含情欲说宫中事，鹦鹉前头不敢言"。断定从唐代就在宫里养鹦鹉了。但是从江苏镇江出土的东汉永元十三年墓中的鸟食罐，又可以推断养鸟在汉代就有了。

北京人玩鸟可以追溯到元代，甚至更远。由于北京是六朝古都，加上地处北方，冬夏的时间比春秋要长，在民俗风情中有北方游牧民族的一些习性，所以北京人玩鸟儿，跟其他地方有所不同。

先说北京人玩的鸟，从品类上说可以分为三种。一种是善鸣会哨的鸟；一种是羽毛长得好、供观赏的鸟；还有一种是会练玩艺儿、叼旗打弹的鸟儿。

这三种类型的鸟又可分为若干品种，比如善鸣会哨的鸟，又可分为"文鸟"和"武鸟"。

"文鸟"叫出的声音悠扬悦耳，婉转动听，而且善于学其他鸟叫，如红子、黄鸟、蓝靛颏、红靛颏等。

"武鸟"叫出的声音则显得粗犷，而且习性好动，如画眉、百灵、胡伯劳等。

不管是"文鸟"还是"武鸟",以会押音为贵。所谓押音,就是鸟儿不光自己会叫,还能学出多少种声音来。北京土话也叫口儿。过去最值钱的百灵能押出十三种叫声,也叫"十三口"或"十三套"。

这"十三套"包括鸟、兽、虫叫以及东西发出的声音。有麻雀闹林、母鸡嘎蛋、猫叫、沙燕叫、喜鹊叫、红子叫、油葫芦(一种鸣虫)叫、鹰叫、小车轴声、水梢铃响、苇扎子叫、胡伯劳(也叫胡伯拉,鸟名)叫等。

这押音的"十三套",不仅要求按次序叫,而且要求中间不能遗漏或者重复,叫完一套,再接着叫下一套,像交响乐的乐章。这种调驯下的功夫之大,可想而知。

但这正是北京人玩鸟儿的与众不同之处。有的玩鸟人,也许集数年的精力,为一只百灵的"十三套"绝活而乐此不疲。

有关百灵能押"十三套"的说法,笔者只是听说而已,并没有见过真正能押出"十三套"绝活的百灵或画眉。听玩鸟儿的行家说,能押七八种声音的就算是好百灵了。

北京玩鸟的人最喜欢玩的是百灵和红子、靛颏、画眉。因为这几种鸟儿不但长得好看,而且都善叫,会押音,同时也比较好养。相比之下,红子、靛颏比画眉和百灵要温顺一些。所以一般文人雅士和宫里的皇上,以及王爷、大臣们喜欢养红子、靛颏。这种风习一直延续至今,一对好的红子或蓝靛颏,现在市场上能卖到上万元。

画眉之所以叫画眉,是因为它的眉毛是白的,而且非常明显，看上去像是画上去的。画眉被称为"武鸟"，是因为它活泼好动，非常机灵，所以养画眉得用大笼子，笼条也是粗的。养这种鸟儿得天天上街遛，遛的时候还得用力摇晃，因此没点力气的人养着费劲。

据说当年唱花脸的金少山就喜欢养画眉，每次上戏园子演出，他都拎着直径二尺左右大的鸟笼子，在后台一边儿勾脸，一边儿听鸟叫，透出他身上那股子爷的派头。

前些年，北京的养鸟人比较钟爱百灵，会鸟儿的时候，笼子里也多是百灵。近几年，一般的玩鸟人喜欢养画眉了，为什么？因为百灵是用细沙洗羽毛，所以笼子里要常给这小家伙预备一个装沙子的罐。一天下来，爱干净的百灵会把罐里的沙子都"扑腾"到地上，养鸟人还得劳神去归置。画眉呢，也爱干净，但它是用水洗澡（羽毛），所以养画眉比养百灵要省心。

上面说的是笼中鸟儿，属于"提笼"一类。那么为什么说北京人不光提笼，还要"架鸟"呢？

什么叫架鸟儿？架鸟儿就是会叼旗打弹的鸟儿，主要品种有鸲桐和老西儿，因为能叼旗打弹的鸟必须得嘴大。太平鸟、灰儿、鹦雀经过驯化也能有此功夫。

手里拿着"鸟架"也叫"鸟杠"（树枝或木棍做的），让鸟儿能自由自在地飞，然后给个指令，便飞回到鸟架上，同时还能叼旗打弹，得经过强化训练。

所谓强化，就是玩鸟的人得有耐心，也得会玩。一开始是饿着它，把小粒的蓖麻子（现在改为专用的球状鸟食）往半空中抛，让鸟儿去接食，熟练之后，用直径约一分五厘的骨质白弹或木质白弹，往半空抛，让鸟去追弹用嘴叼住，然后再飞回到玩鸟人手里拿着的杠（鸟架）上。当然鸟儿也不会徒劳往返，它会得到主人的一粒大麻子的奖赏。玩得好的人，白弹往高处抛出十几米，鸟儿都能叼住。

叼旗，是另一功。玩鸟的人把一面小旗插在一个地方，让鸟儿把它叼起来，飞回到养鸟人手里的杠子上。

此外，有训练好的鸟儿还能用嘴开箱、开盒子，甚至叼回箱里或盒里的东西来。

饲养会叼旗打弹的鸟儿，完全是一种娱乐，类似杂技团的表演。由于驯化较难，近些年，会玩这种鸟儿的北京人已经不多了。

北京人玩观赏鸟的以妇女为多。从前北京的达官显贵大宅门也有养这种鸟儿的人。北京人玩的观赏鸟儿有鹦鹉、芙蓉鸟、鹩哥、鸫哥、珍珠鸟、白玉鸟等。

鹦鹉的品种比较多。十多年前，北京曾出现过牡丹鹦鹉"热"，一对品相好的牡丹鹦鹉"炒"到了十几万甚至几十万元。很多北京人被这小鸟儿搅得心神不定，更有一些人抱着一夜暴富的发财梦倾其家底儿，投入到养鹦鹉的行列。殊不知，在他们把自己省吃俭用攒的钱投到鸟市里，作局的"庄家"早卷钱逃之夭夭了。笔者曾对这种非理性的"鹦鹉热"做过专题报道，给热闹一时的"鹦鹉热"泼了一盆冷水。人们这时才恍然大悟，知道自己上当受骗，这种炒作是一种"泡沫"，一不留神，让鸟儿把自己给玩了。

我的长篇报道在《北京晚报》发表后，"鹦鹉热"迅速降温，以至于养牡丹鹦鹉的人越来越少了。现在牡丹鹦鹉的市场行情已归于理性，一对品相上好的牡丹鹦鹉，不过四五百块钱。

鹩哥和八哥，除了观赏，还能学人说话，养的人也不少。但近几年，鹩哥和八哥被列为国家二级野生动物保护对象，在鸟市上卖，属于违法，加上不好繁殖，所以养的人也少了。

五

北京人玩鸟，讲究非常多，但是最讲究的当属鸟笼，以及由此派生出来的笼钩、笼抓、顶齿、顶圈、站圈、盖板、站杠、笼罩、食罐等一系列鸟具。

鸟笼子的制作，分为南北两派。除了常用的竹制鸟笼之外，还有象牙的、紫檀的、景泰蓝的、漆器的等。据史料记载，清代的乾隆皇上喜欢玩鸟儿，对鸟笼子极为讲究。清代乾隆时期的鸟笼制作达到了登峰造极的地步。

当时清宫内务府造办处投其所好，组织了全国的能工巧匠专门为宫里制作鸟笼，使鸟笼子这一寻常之物，成了艺术精品。

乾隆时期的鸟笼子的造型和品位，超过了以往任何一个时期，以至于后来鸟笼子不是为了养鸟之用，而成了纯粹的供观赏的摆件。

此风一直延续到清末民初，大宅门养鸟不讲究玩什么鸟儿，讲究玩什么笼子了。鸟笼子居然成了人们相互往来的礼品。甚至有人专门收藏名贵的鸟笼子，作为艺术藏品。附庸者还将这种收藏视为吉祥之物，认为家里摆只精美的鸟笼，可以聚财，因为鸟儿（象征财运）进了笼子，不会跑出来，等等。当然这纯属穿凿附会。

不过，由此派生出"赏笼"和"摆笼"之分。有意思的是，近二年南方的一些城市，居然以"家有摆笼"为风尚。不管有财的还是没财的，家里摆上一只鸟笼子，作为得财不走的象征，竟也趋之若鹜，使精品的鸟笼子价位一再攀升。

南派的鸟笼子与北派的鸟笼，又称"南笼"和"北笼"，风格迥异。"北笼"以京津为代表，笼子以圆形为主，朴实无华，尺寸不大。笼子上无多余的饰物，但重视条子（鸟笼的主要材料，像细木条似的小棍）的材质，通常以色泽微黄的老竹为上品。

"南笼"以苏杭为代表，笼型多为方形，条子的材料多样化，同时笼子多雕嵌一些精美的饰物。

由于南方人养的鸟儿，与北京、天津的"北派"有所不同，多喜欢养绕笼子飞鸣的鸟儿，所以鸟笼子很大，大的鸟笼有一人多高。富贵之家养鸟儿、遛鸟儿讲究雇两人抬着鸟笼子，杠穿笼钩，肩抬入市，倒也是一道街景。

但鸟笼的价值并不以大来取胜。大的鸟笼并不见得值钱，关键还看所用的条子，还有笼子里的其他鸟具。

"南笼"和"北笼"各有特点。"北笼"特点是华贵。金银、宝石、玉、象牙等都用在了鸟笼子的制作上，比如抓

（即鸟笼子的钩子），通常是黄铜做的，但也有用银子打的，我还见过用纯金做的抓。盖板也如是，以铜为主，但用纯金做的盖板也有。

此外"北笼"比较结实，讲究的让人从高处往下摔，都不带散的。鸟笼的工艺堪称是中国民间手工艺一绝。一只鸟笼子没有一颗钉子，完全用的是榫铆结构，像古典家具一样。但十分结实耐用，有"万年牢"之称。

另外"北笼"从用料到配置都讲究实用，看上去更为粗犷，而"南笼"则在工艺上显得玲珑精巧和秀气，做工也非常精致。

鸟笼因条子的不同，价格也差别很大，一只包浆老竹的条子，盖板出自名家之手的笼子，按眼下的行市，能卖到一万元以上。

我曾在一位鸟笼子玩家那里，看到过一只紫檀条子的笼子。这只乾隆年间的笼子，有人开价十万元，本主愣没出手。

六

鸟具当中最有收藏价值的当属鸟食罐。鸟食罐的种类很多，通常以瓷罐为主，因为明清两代宫里的皇上和皇后都喜欢养鸟儿，所以内务府在景德镇御窑，烧制了不少官窑的鸟食罐。这种官窑的鸟食罐，现在已成了古瓷中的精品，身价自然不菲。

鸟食罐的口微小腹稍粗，后面有两个鼻，便于卡在笼子上。讲究的笼子是"五罐一堂"，即两个食罐，两个水罐，加一个放软食的浅罐，也叫"抹儿"。

还有"单杠双罐"、"双杠四罐"及"两罐加一抹儿"的，如果是明清官窑的"五罐一堂"，价儿要在百万以上。

目前已知的年代最早的鸟食罐，是东汉时期的，但在市场上见不到。唐、宋、元时期的鸟食罐在市场上能看到，但数量极少，有的后来仿制的也打着宋、元标记，但烧制水平很一般，比较容易辨别。

老的鸟食罐，以明清及民国时期的居多，价格都在千元以上，但现在市场上也不乏新仿，需认真辨识。

明代景德镇烧制的青花鸟食罐，一改以往器型单调、品色单一的风格，在器型上出现了腰鼓式、元宝式、水盂式等样式。

清代，由于民间养鸟儿的盛行，鸟食罐需求量逐渐增多，加上人们的情趣的变化，鸟食罐的器型也呈现出多样化的特点，有方形、圆形、花口形、六棱形等多种形式。在彩釉品种上也有一些新的突破，如白釉、青釉、蓝釉、绿釉、黄釉及青花、粉彩等。可以说，当时其他瓷器上有什么彩釉，在鸟食罐的规制上也会有，可谓精美绝伦。

值得一说的是，清末民初的粉彩和斗彩的鸟食罐，在图案上也有所突破，出现了人物、花鸟、山水等图案，按"五罐一堂"来烧制，每个罐的图案都有所不同，但凑起来正好是一幅完整的图案，相得益彰，如有的"五罐一堂"，是春夏秋冬四季的花色，其中的一抹儿是一个美人。再如"两罐一抹儿"一套的图案，是与之对应的神话故事，这无形中为鸟食罐的收藏增加了难度，因为缺少一个，便失去了原有的韵味，再配齐是很难的。

目前市场上，民国以前的成套的鸟食罐，不论是"五罐一堂"或是两件、三件一套的很难碰到。

民国以后，景德镇为适应人们玩鸟儿和藏罐的需要，烧制的鸟食罐名目繁多，器具也更为精致，出品的鸟食罐一般都成套。有两件、三件或五件一套的，分别作盛水、放食、放沙粒之用。

这类鸟食罐，每件的图案相同，但造型各异，其式样一直延续到现在。目前市场上，民国以后的成套的鸟食罐居多，价格较民国以前的要低一些。

七

由于老的鸟食罐已成为珍贵的藏品，而且要保持成套的鸟食罐的完整性，所以北京玩鸟儿的主儿，往往备着几套鸟食罐，同时备着几个鸟笼子。

出门遛鸟儿、会鸟儿时，用好的鸟笼子，里头是民国以前的"五罐一堂"，这样才显出自己的派头。同时也可以在玩鸟人那里摆谱儿拔尊，让人们知道自己是真正的玩家。

回到家以后，再换一个普通的鸟笼子，笼子里也是"五罐一堂"，但却是极一般的瓷罐。

北京人要面子摆谱儿的心态，由此可知。只是苦了那些天真可爱的小鸟儿，这种时候，它们成了一些北京人追求虚荣的"道具"。

北京四九城有不少花鸟鱼虫市场，人们想淘换好鸟儿或者买鸟笼、鸟食罐、鸟食等，都奔这种地方。

但是近几年，有关部门加强了对野生动物的保护，一些稀缺品种的鸟儿在鸟市上见不到了，能买到的多是野生的雏鸟儿，或人工繁殖的鸟儿。真正玩鸟的人不但会养，还会份鸟，也就是繁育鸟。当然这需要有很高的技巧。

鸟儿给北京人带来很多欢乐。尤其是对老年人，鸟儿是陪伴自己排遣寂寞的小宠物。许多上岁数的老年人一大早起来，拎着鸟笼子到公园会鸟，跟大自然亲近，不但活动了身子骨儿，也能跟养鸟人交流养鸟的技巧和经验，人际之间能增进许多友谊。

"提笼架鸟"现在只是一句成语而已，因为真正架鸟的人已不多了，所以"提笼架鸟"应该改为"提笼遛鸟儿"了。

不管是架鸟，还是遛鸟，玩鸟儿成了老北京人的一乐儿。当然提笼遛鸟儿和老友会鸟，也成了当代北京民俗风情的一个特写镜头。

养花儿

老北京是一座安谧幽静的城市，六朝古都使北京这座城市具有丰厚的历史文化积淀。皇城红色的宫墙，紫禁城内巍峨的建筑，坛庙里参天的古柏，胡同里灰墙灰瓦的四合院，古都的一切都显得那么凝重而庄严。

在这种肃静里，一切都变得那么宁静。老北京人说话都不敢扬声，因为环境太静，出声打远儿，会骚扰别人的耳朵。所以北京才有小贩的吆喝声。一声悠扬绵长上韵上口的吆喝，深宅大院里的人听得真真儿的。只有宁静的环境，才能派生出这种吆喝。现在这种吆喝，已经成了北京人的表演项目。

正是由于安静，才产生了休闲文化。休闲是老北京人生活中必不可少的内容。

北京人把休闲也称作"玩"。这个玩字，有多重含义，能透出在宁静中生活的北京人的撒漫。玩，您可千万别单从字面上来理解这个字。北京人甚至把工作都当成了玩。见了面会问："您最近哪儿玩呢？"意思是在哪儿上班呢。

玩，也可以理解为某种嗜好，因为北京人讲究玩，玩，就得像那么回事，不能瞎玩。玩，得玩出品位，玩出文化，玩出乐子来。

当然，这个玩字，读起来必须要加儿化韵，否则就犯忌了。因为老北京人最忌讳说完，"完"有完了的意思。

说到玩，不光是北京人喜欢，凡是生活有品位，或者说会生活的人，都喜欢玩。英国的大政治家，"二战"时的著名人物丘吉尔喜欢抽雪茄、玩烟斗。他还有一个嗜好，就是画油画。他说过一句有名的话："为了得到真正的快乐，避免烦恼和脑力的过度紧张，我们都应该有一些嗜好。"

是呀，我们有时能从一个人玩的东西（或者说嗜好）上，了解到他的性格和品位，也可以从他的嗜好里，洞察到他的内心世界。现在人才市场招聘时，在登记的表格里，也有"个人爱好"这一栏了。

说到北京人的玩，不能不聊到有名儿的"四大玩"，即花鸟鱼虫。当然，单说这四个字，"鱼"字除外，其他三个字：花、鸟、虫，也要加儿化韵，否则就不是北京味儿了。

花儿，是北京人最喜欢玩的东西之一。有人说，北京人的生活离不开花儿。这话一点儿不假。

种花养草是人们生活中的一种情趣，不单是北京人，全国各地，再扩大一点说，世界各地跟花草有仇的人几乎没有。因为花草的那种生机盎然，总能给人的心灵带来一种愉悦。

但是北京人种花养草，跟其他地方又有所不同。比如说别的地方种花养草，就说种花养花，北京人却说玩花儿。

一个玩字，包含着花木的种植和养育，也包括欣赏与玩味。玩字里除了有一种韵味，还有一种意境。

北京人玩的花分为三种：一种是簪花，一种是盆花，还有一种叫落地花，就是在庭院或花坛里种植的花儿。

簪花也就是绢花，当然这是假花儿。老北京人喜欢花，尤其是妇女。那会儿甭管是老太太，还是小媳妇大姑娘，头上和穿的衣服上都要戴着插着一朵两朵花儿，这种花就是簪花。

北京的崇文门外有条很有名的街，叫花市大街。花市的花，主要是绢花。当年，这条街上绢花店铺一家挨一家，小摊也很多。做绢花的多是前店后厂的小作坊，做出来的花儿非常逼真，栩栩如生。

花市曾有几位做绢花的高手，其中最有名的叫"花儿金"，他做的绢花能以假乱真，曾作为"国礼"，由国家领导人赠送给外国元首。解放以后，花市的绢花作坊成立了生产合作社，以后又组建了北京绢花厂。

当年北京绢花号称京城一绝，出口到世界不少国家。可惜现在绢花厂已经名存实亡。

当然，北京的妇女头戴绢花的习俗，早在几十年前就已改变了。现在的北京人还是更喜欢鲜花，也就是真花，很少有人再戴假花了。

盆花，也就是在花盆里养的花儿。盆花多为草本，当年开花结籽，来年重新再种。会玩的主儿，草本花儿也能让它

· 38 ·

生长两三年而不枯。

北京人喜欢养的盆花，品种有茉莉、百合、海棠、栀子、桂花、文竹、兰花、菊花等。此外，还有芦荟、万年青、滴水观音等观赏性的绿叶花木。这类花，比较经济，价钱不贵，一般百姓都能养得起。

北京人养盆花讲究赏盆儿。通常养花的花盆是泥瓦盆，这种盆价格比较低，而且吸水透气性能好，很适合花草生长。此外讲究一些的有瓷盆、紫砂盆等等。

北京属北方少雨干旱多风沙地区，春夏季节，养花容易，到了冬季，养花就比较困难了。这也是老北京妇女戴绢花的原因。

老北京冬天养花的地方叫暖洞子。所谓暖洞子，也就是现在的温室和暖房。中山公园有个唐花坞，过去就是专门在冬天养花的地方。

老北京有专门挑着挑子或推着小车走街串巷卖鲜花的。这些卖鲜花的大多是西南郊丰台、草桥、黄土岗一带的花农。

这一带的土质比较好，适合盆花生长。当年这一带养花的人很多，所以有花乡之称。此风一直延续至今，现在花乡的花儿，也是北京鲜花市场的著名品牌。

老北京卖鲜花的花店，主要集中在西城的护国寺，东城的隆福寺，南城的花市、火神庙、土地庙一带。解放以后，私人的花店归到花木公司。

花木公司在一些繁华商业区开有花店，花店以卖鲜花、盆花为主，也卖观赏鱼、热带鱼。记得上世纪六七十年代，西单大街上就有两家。

北京的庭院大都种花养草，一般院里种的花多为木本，春夏秋三季开花。花的品种比较多，一般有月季、牡丹、芍药、石榴、夹竹桃、海棠、丁香等，也有金银花、玉簪、牵牛花等草本花。这类都属于富贵吉利的花木。

老北京人养花种树有讲儿，老话说："桑枣杜梨槐，不入阴阳宅。"种了枣树，就不能再种桑树。枣树桑树的谐音是早丧，当然不吉利。

梨花很漂亮，梨也能吃，但梨的同音是离。老北京讲究"二人不吃梨"，因为梨与离同音，两人吃梨，意味着要"分离"。吃梨都有讲儿，别说种梨树了。

俗话说："弄花一年，看花十日。"由于有些花木比较娇贵，一般人养不好，所以老北京专门有以养花为业的师傅，人们也称其为"花把式"。当年宫里（紫禁城）种花养草，就是由内务府专门雇用"花把式"来经管，一些大宅门养花也雇用"花把式"。

"花把式"与园丁有所不同，他不但能种植养育"地栽"花木，盆花也会养，还得懂得盆景里的花木，可以说是多面手。

其实，民间也有养花高手，比如当年西城有个专门养菊花的高手叫刘娿园，人称"菊花刘"，就遐迩闻名。

刘娿园家住新街口，当年这一带挨着内城的城根儿，比较荒凉。他花钱不多，买下了很大一片地，辟为花园，取名

"蜀园"。他以养菊花为主，品种有近千，在"蜀园"开辟了7个菊花展室，经常展览的盆花有两千多种，其中"主帅红旗"、"和平堡垒"、"绿朝云"、"多宝塔"、"雪顶珠峰"等，堪称绝品。由刘蜀园栽培并命名的"宇宙火箭"高达7尺，能结十余种姿色不同的菊花。

古人说："菊花之美，全仗人力，微假天工。"此话一点不假。毛泽东主席曾经先后三次专程到他家赏菊花，周恩来、朱德、董必武等国家领导人也多次到"蜀园"赏菊并赋诗。中央新闻电影制片厂在1961年专门把刘宅的菊花拍成了纪录片。现在"菊花刘"已作古，他的宅子就是现在新街口徐悲鸿纪念馆的前身。

当然，一般人能达到"菊花刘"的水平很难。人们养花主要还是为了赏心悦目，陶冶性情。

"兰生幽谷，无人自芳。"不论是在家里，还是在办公室或工作的车间摆盆花，不但能美化环境，还能养眼，消除疲劳，增加生活中的情调。

李渔在《闲情偶寄》里写道："予有四命，各司一时：春以水仙、兰花为命，夏以莲为命，秋以秋海棠为命，冬以腊梅为命。无此四花，是无命也；一季缺予一花，是夺予一季一命也。"此话是说，他有四个命根子，分别属于四季，春天是水仙和兰花，夏天是莲花，秋天是秋海棠，冬天是腊梅花。没有这四季花，不如说没有他这条命了。这是一个爱花养花的人视花如命的写照。对花喜爱到这种程度，不能不说他玩得深沉，玩出了感情。

人们通过养花，还可以在相互交流玩花的经验中增进友谊，比如你养出一盆开得很好的花，同事或朋友会向你讨教培育经验，寻求花籽，你会在其中得到一种乐趣。

现在北京人养花观花赏花买花赠花，已经跟过去大不一样了。

首先人们不喜欢假花，而喜欢鲜花。其次，人们赋予了花以新的生活内涵和品位。随着人们对环境保护意识的增强，更加崇尚大自然。返璞归真，寻求绿色已成为生活的主题。

这些年，北京城发生了巨变，城市面貌大为改观，走到街上，到处可以看到花坛、草坪。所住的社区里也到处是花草，人们观花赏花的机会多了。当然由于生物科技的发展，花的品种也越来越多。

人们已经把花作为一种消费品，卖花的地方也很多，除了街头的鲜花店、商场超市，还有一些花鸟鱼虫市场都可以买到鲜花。中老年人没忘北京的老传统，喜欢养盆花，而年轻人更喜欢插花，到花店买一束剪好的鲜花，拿回家插到花瓶里，居室内散发着淡淡的幽香，赏花嗅香也是一享受。摆上几天，再换新的，免去了养花花不活的烦恼。

随着人们生活水平的提高，有关养花赠花的生活方式和一些传统民俗，也发生了很大的变化。过去北京人串门儿或探视病人，习惯拎点心匣子或果篮，现在北京人串门儿或探视病人，往往要带一束鲜花；过去买卖开张按老规矩是送红幛子，敲锣打鼓放鞭炮，现在则是赠送鲜花篮；过去北京人有红白喜事、庆典活动，妇女戴的是假花，现在都讲究戴鲜花；过去饭店餐厅摆的是绢花和塑料花或蜡制的花，现在摆的是鲜花；过去男女青年搞对象不讲究送花，现在男女青年见面要送玫瑰花。

"人无千日好，花难四季红。"这是过去的说法了，现代化的高科技使传统的栽培技术得到新的提高，新的养花方法如转基因技术、无土栽培技术，让老北京的花把式往往相形见绌。北京虽地处北方，但亦可做到四季有鲜花。

有鲜花相伴的生活总是让人感到生机盎然，让匆忙的生活节奏慢下来，让人的心静下来，也使人的心情为之愉悦。

人们爱花，以花为信物，以花为使者，以花为生活的点缀，更以花作为伴侣。

人们爱花，也是爱生活。花开在城市的每个角落，花也绽放在人们的心里。

藏 印

一

您家里有印章吗？肯定有，没的说。谁家里没方印呢？甭管那印章上刻的是谁的名字。现实生活中，没有印章的家庭很少。

印章在北京土话里叫"戳儿"。盖章不叫盖章，叫盖"戳儿"。"戳儿"在老百姓的日常生活中挺重要。通常老北京人的家庭都必备一枚或几枚印章，尤其是一家之主，得备着自己的人名戳儿。

老事年间，人名章非常重要，不但邮局的投递员送汇款单或包裹单，要求收取人盖戳儿，在工作单位领工资也要盖自己的人名章。

印章不但是一个人身份的证明，也是一个家庭的重要符号，同时它也是人际交往诚信的凭据。古书上说："印，信也，所以封物为信验也。"

正因为印是"信物"，老北京人讲究以印章的石料或牙料为馈赠朋友的厚礼。当然以石料送礼，不是一般的石头，讲究以寿山、青田为佳品。

同时，有文化的人一般不以"白石"（即不刻字的石头）送礼，通常会根据朋友的品性和爱好，找名家刻上名号或警语警句（闲章），再送给朋友。

北京人常用的印章料是石头、牛角。讲究一点的用金、银、玉、象牙、玛瑙、琥珀。不讲究的用木头，甚至用塑料和橡胶树脂一类的材料。

中国的印章有三四千年的历史了。我们从远古时代的锲刻习俗到殷商时期的甲骨文，能看到印章的痕迹。早期的印章是一种印模，通常记刻某一专用符号、图形、图腾或族徽，按压在陶器或烙印在竹木上。随着汉文字的发展，印章跟绘画、书法、雕刻艺术结合在一起，形成了丰富多彩的印章和篆刻艺术，至今已成为世界上独具特色的印章文化。

二

2008 年北京奥运会的会徽，选中了"中国印"，让中国的印章文化再一次发扬光大。

2003 年 8 月 3 日，国际奥委会和 2008 年北京奥运会组委会，在天坛祈年殿前举办的盛大仪式上，正式向全球发布了第 29 届奥运会会徽，由皇家玉玺钤印的"北京奥运徽宝"从此诞生。

现在这方"北京奥运徽宝"已被全球的人所熟知。由于四年一届的奥运会，已成为世界公认的集举办国历史、文化、经济、体育于一体的盛会，所以这方"北京奥运徽宝"的意义非同寻常。

北京奥运会组委会之所以选择印章作为会徽，也是经过反复研究，多方论证的。

印章艺术可以说是中国的"国粹"，它集中国传统文化的艺术审美之精华。"中国印"正是向世界彰显了由和田玉的玉玺、宝盏、钤册、锦盒组成的印章文化。

经奥组委的严格审批，"北京奥运徽宝"只做了两方，一方作为国宝级的纪念品，由国际奥委会永久收藏在瑞士洛桑的奥林匹克博物馆，已成为北京 2008 年奥运会为奥林匹克运动留下的一份珍贵而独特的文化遗产。另一方作为北京举办第 29 届奥运会的历史见证，收藏在中国国家博物馆。

为了弘扬奥运文化，长记奥运盛况，满足印章收藏爱好者的要求，经奥组委批准授权，由"中国印"的制作单位北京工美集团，在 2009 年推出了"北京奥运徽宝"黄金珍藏版。珍藏版的"北京奥运徽宝"是按原件的二分之一比例，用 4 个 9 的纯金仿制的。

用纯金仿制"北京奥运徽宝"，并把它作为珍贵的收藏品，再一次彰显了中国印章文化独有的魅力，同时，也让人们意识到印章的收藏价值。正是因为有了这样的认知，黄金珍藏版的"北京奥运徽宝"面世后，在京城掀起了印章收藏热。

三

众所周知，黄金在世界范围内，是保值和升值的"硬通货"。那么，用黄金来仿制"北京奥运徽宝"，在工艺上有哪些特点呢？这是印章文化的内涵所在。

要知道一枚印章的收藏价值，除了要看用料之外，最主要的是看它的雕刻工艺。因为印章最讲究的不仅仅是印文，还包括印钮儿，印钮儿有时比印文还要功夫。

为了了解黄金仿制的"北京奥运徽宝"的工艺，笔者专程到北京工美集团下属公司进行了采访。

在戒备森严的仿制车间，笔者看到用纯金仿制的"北京奥运徽宝"看上去比玉料更加耀眼夺目。它的制作工艺极为复杂，完全采用的是老北京的人工铸造和镌刻的绝活儿。

从制模、胶版、注蜡、修蜡、焊树，到焙烧、烧蜡、化金、烫铸、炸模、冲洗、炸酸、烧焊，再到修形、喷沙、压亮等二十多个程序，全部是手工，有些技术已濒临失传。

注模施蜡工艺有3000多年历史，过去艺人多做一些十几克的黄金小件，这次制作黄金版的"北京奥运徽宝"，重达500克，制作这么大的黄金工艺品，而且还要保持跟"北京奥运徽宝"的原件毫厘不差，的确需要绝技。据了解，为了仿制"北京奥运徽宝"，北京工美集团特地请有绝活儿的老工艺大师出山，亲自主持这件精美艺术品的注模施蜡工艺。

印章文化是由玺，也就是印、宝盝、钤册、锦盒四部分组成。为了突出黄金的高贵典雅，锦盒采用中国红颜色相映衬。

在中国红的漆器上嵌银丝，原是古代的宫廷工艺，民间极少用，银丝是把银熔化以后，拉出比头发还细的丝线，然后嵌到木头的纹路里。

能在木头上嵌银丝的工艺大师，目前北京不过七八个人。这次为制作黄金版的"北京奥运徽宝"也被北京工美集团请出山。可以说，纯金版的"北京奥运徽宝"是北京工艺美术技艺的集大成。

纯金版的"北京奥运徽宝"全球限量发行5000方。为了保证它的独有性和唯一性，不但在"徽宝"的底面用激光打上编号，而且在收藏证书上、检测报告上、北京市公证处出具的证书上，以及公证标签上和北京奥组委指定的防伪标签上都有编号，6个编号是一致的，而且在公证处都有档案保存，这种防伪保真措施在其他珍贵工艺复制品上是少见的。

正是这种"独有性"和"唯一性"，才使纯金版的"北京奥运徽宝"具有收藏价值。

四

中国人用黄金制印始于西汉。皇帝用的印章叫宝玺。在皇家的宝玺中，黄金算是最高等级。清朝皇帝宝玺共有25方，也称"二十五宝"，其中就有一方金印。

在封建社会，皇权至高无上。只有皇帝的宝玺能用黄金，一般人是不能用黄金制印的，所以，民间以金制印的极少。

用黄金复制"北京奥运徽宝"，也是有史以来首次，而且全球仅限发 5000 方，这无疑又提高了它的收藏价值。

收藏界的事儿有时让人不可捉摸，2008 年在北京举办奥运会前后，各种纪念品包括纪念邮品非常抢手，人们以为在北京举办奥运会，千年等一回，有关北京奥运会的纪念品肯定有收藏价值，而且奥运会后，这些纪念品会升值。但是出人意料的是，北京奥运会已经过去几年了，这些纪念品，尤其是奥运邮品，在收藏市场上不但没升值，反倒贬值了。笔者就这个问题采访过几位玩邮品的藏家，他们告诉我，贬值的原因是，当时发行得太多了。收藏界向来物以稀为贵，什么东西一多，当然也就失去了升值的空间。

跟奥运会邮品形成反差的是"北京奥运徽宝"的仿制品。2005 年，北京奥运会组委会批准授权北京工美集团用新疆和田的青白玉仿制的"北京奥运徽宝"，限量发行 2008 方，不到一个月，就被收藏爱好者和艺术品投资者抢购一空。现在这方和田玉制的"北京奥运徽宝"价码儿已涨了10 倍。

黄金版的"北京奥运徽宝"刚刚发行，便预售出 2000 多方。因制作工艺复杂，出现供不应求的情况。在随后的一年间，这 5000 方黄金版的"北京奥运徽宝"也销售一空。转过年，其身价陡增。现在这方"北京奥运徽宝"的价码儿也已涨了近两倍。

这一方面说明，在全球通货膨胀的大背景下，黄金的保值性被人们普遍看好外，另一方面也说明，国内的印章收藏热方兴未艾。

五

老北京人素来有"家有黄金，遇事不慌"的说法，尤其是一些老户人家，对黄金情有独钟，家里有了积蓄，必得到钱庄金店兑换几根金条，或者到首饰楼打几件首饰，戴在手上或挂在脖子上，这样心里才踏实。

老北京人把熔化碎金碎银的作坊，称作"炉房"。在老北京，制作首饰的首饰楼和"炉房"很多，仅前门外的珠宝市就有聚丰、德顺、同元祥、聚义等 26 家，也被老北京人称为"二十六家炉房"。

为什么老北京人如此看重金子和银子呢，因为金子和银子是硬通货。解放前，兵荒马乱，战事频仍，赶上天灾人祸、社会动乱或通货膨胀，市面上流通的纸币会大幅贬值，在人们的眼里，只有金子、银子最值钱，而且携带方便。

北平解放前夕，物价飞涨，当时流通的钱叫法币。先头一百块钱还能买一袋面，几个月以后，一袋面得十万块钱。到后来，十万块钱只能买个窝头了。市面上流通的法币还不如手纸值钱呢。

您说这种时候，是不是就显出金子和银子的金贵了。北京解放初期，卖房子的主儿不要别的，只要金条。

老北京人的这些经历，使他们对金子情有独钟，尽管是太平岁月，他们依然觉得手里有两个金疙瘩，心里才稳当。

黄金版的"北京奥运徽宝"之所以热卖，又一次证明了这一点。当然，很多人对黄金版"北京奥运徽宝"青睐，还因为它是非常精美的工艺品，而且它不是一般的纪念品。2008年在北京举办的第29届奥运会，对于中国来说是千载难逢的，用老北京绝活复制出来的"北京奥运徽宝"，全球才限发5000个，它的收藏价值自然不同寻常。

六

中国人对印章有着深厚的特殊情感，尤其是掌权者。印章是权力的象征，民间老百姓也管它叫"印把子"。记得上世纪60年代，有一出评剧叫《夺印》，说的就是争夺"印把子"的事儿。那会儿，"印把子"就是权。

当然，把印视为"权"的观念由来已久，最著名的当属那枚"卞和玉玺"，即"和氏璧"。

战国时期，"卞和在荆山之下，见凤凰栖于石上，载而进之楚文王，解之，果得玉，秦二十六年令玉工琢为玺，李斯篆'受命于天，既寿永昌'八字。"这就是历史上有名儿的传国宝玺。从秦始皇一直到东汉，为这方传国宝玺不知引发了多少战事。

为一方宝玺，国与国之间大动干戈，对于老百姓来说是匪夷所思的事儿，但这种视印为宝的皇家文化也潜移默化地渗透到了民间。

其实，早在秦汉，中国的士大夫家族就有以印章来传世的传统。有的家庭还把家训和古训制成印章，来彰显家族的威望，传之与后人。这种传统后来演化成以印章作为吉祥富贵的象征，甚至把它作为镇宅之宝的风俗。

当然，这种风俗在老北京并不普遍，因为懂得印章文化是需要足够的文化底蕴，但一个家庭不可无印是老北京的一个风俗。

也许正因为一方印章具有如此多的讲儿，所以当黄金版的"北京奥运徽宝"面世，才受到各界人士的捧爱。

老北京四合院的大门常见的一副楹联是：忠厚传家久，诗书继世长。有的人家还将这一古训刻在门板上。殊不知，家有金印传世，子孙后代无忧，却是刻在老北京人心里的一副对联。

七

2006 年北京某拍卖公司的秋拍上，一方齐白石的寿山红花芙蓉石印章"直心居士"，边款为"齐璜" （齐白石的名），以 26.18 万元成交价拍成。

这方印是齐白石为友人夏寿田制刻。夏寿田，字午诒，号直心居士，曾是戊戌年间的榜眼，后当了曹锟的秘书。齐白石初到北京，人事生疏，夏寿田给予多方帮助，为感激夏寿田，白石老人特制此印相赠。

这方印章的石料精良，篆刻技法老道，又出自名家之手，所以非常有收藏价值。藏印大家称，此印拿到今天拍卖，价码应在 50 万元以上。

　　印章的收藏，大致可分为古代和近现代两类。古代以秦汉、两晋、宋元为主，近现代以清代、民国时期和当代为主。

　　古代的印章主要是铜料和玉料，以当时的官府和私人印章为主，但这一时期的印章主要是实用价值，篆刻谈不上艺术。

　　笔者采访过一位京城的藏印大家。他收藏的历代印章近万枚（包括现代的）。据他介绍，目前国内印章收藏家手里的大多是私印，官印很少。

　　一方私人印章与官印相比，价钱要相差几十倍，甚至上百倍。秦汉王侯的印章属于国家一级文物，极为罕见。秦汉两朝皇帝的玉玺打在泥上的"封泥"，传世仅见一枚，现在存于日本。

　　从明代开始，篆刻家开始用石头刻印章。从明代起，篆刻才真正成为一种艺术创作，除了印章所具有的实用性以外，人们更看重印章的文化价值。与此同时，也出现了印章的收藏家。

　　印章有没有收藏价值，主要看三点：一是谁刻的；二是印章的艺术水平；三是印章的材料。三者缺一不可。

　　但有时也有孰轻孰重的问题，比如一个不知名的人刻的印章，篆刻水平也一般，但是印章用的是田黄石，这枚印章就会因它的材料而身价不菲。再比如前文说的和田青白玉版和黄金版"北京奥运徽宝"，也因为其材料的昂贵而具有收藏价值。

印章的艺术水平主要看章的篆刻功夫，其次是看印章的印钮。印钮的雕刻水平、艺术造型质量，往往会成为印章的附加值。

近代国内印章的收藏家最有名的当属端方、陈介祺、吴昌硕、齐白石等，他们本人是篆刻名家，同时也是印章的收藏家。

就印章收藏的数量和品位而言，日本人比中国人更胜一筹。

日本的中国古代印章收藏，可分为官方与民间两部分。官方收藏主要集中在京都的藤井有邻馆、东京国立博物馆等。民间的私人收藏，主要在一些著名的书法篆刻家手里。

1892 年，在河北易县出土了一枚燕国的古玺，因为用途为烙马，所以被收藏家称为"日庚都萃车马"烙马印。"日庚都"是燕国的地名。"萃车"就是副车。所烙之马是日庚都官署副车所用的马，故有此名。

传说这方古玺被易州的一个裴姓人氏所得，后来被著名金石大家王懿荣花了 600 两银子（另一说花了 150 两）购得。可惜这枚国宝级古印章在战乱中流传到日本，现在收藏在藤井有邻馆，被日本视为国宝。

京都的藤井有邻馆，收藏中国古代印章的总量在 800 方以上，大都是清末金石大家端方的藏品，其中有秦官印"彭城丞印"、金印"崇德侯印"、"关中侯印"、"康熙御笔之宝"印、"乾隆御笔之宝"印、乾隆"十全老人之宝"印，南宗"内府图片"印等，都属中国古代印章的极品。该馆印章藏品之丰富，与北京故宫博物院和台北故宫有一拼。

东京国立博物馆的中国印章藏品也非常丰富，其中镇馆之宝"皇帝信玺"，是目前为止所发现的唯一一方古代皇帝用印的实例，堪称"孤品"。

中国近代印章收藏大家陈介祺1904年出版的个人藏品《封泥考略》十卷，收有846方封泥印，其中绝大多数卖给了日本人，现在都收藏在东京国立博物馆。

据日本的一本收藏杂志介绍，日本私人印章收藏家中，手中有秦汉古印章上百枚的有几十位。他们收藏的中国近代印章作品，以西泠八家、邓石如、吴让之、赵之谦、吴昌硕、齐白石等为主，总数有上千方。

吴昌硕、齐白石在世时，曾为日本总理、财政界要人以及书画家，刻印百方以上。赵之谦一生刻印有400方左右，现在能查到的约有200方，而日本的收藏家手里就有60多方，可见日本人对近现代篆刻名家的印章是相当重视的。自然像北京工美集团的黄金版仿"北京奥运徽宝"这样的印章，也在日本印章收藏家的视野之内。

八

目前，国内印章收藏用方兴未艾来形容比较合适。跟书画、古瓷、玉器、古典家具等收藏相比，印章的收藏起步较晚。

一位印章藏家对笔者说，印章的收藏热始于2006年前后。当年北京匡时艺术品拍卖公司在秋拍中，举办了首次印章专场拍卖。让人感到意外的是上拍的印章百分之百成交。随后，杭州的西泠印社也在秋拍中，举办了印章专场，成交情况令人刮目。这两次印章拍卖专场，对印章的收藏热起到了推波助澜的作用。

据藏家分析，长期以来，印章一直被藏家视为中国书画的附属艺术，再加上金石收藏这些年一直受冷落，所以印章市场多年被藏家所忽视。其价位跟书画、瓷器相比还处于起步阶段。但是中国古代印章的存世量比书画作品要少，物以稀为贵，这种稀缺恰恰为印章的收藏提供了升值的空间。

目前，印章的市场状况是"厚今薄古"。过去几年，战国、秦汉的金属印章，一方的价位只有数千元，清代的印章，一方也只有 3 万到 5 万元，但近现代的印章价位却明显高于古代。

从这两年的拍卖市场行情看，一方吴昌硕或齐白石的普通印章，价格一般要在 10 万元以上。当代名篆刻家如赵叔儒、王福厂、陈巨来等人的印章，则按字论价，一个字竟能达到万元以上。

2008 年，北京保利艺术品拍卖公司上拍了一方王福厂刻芙蓉博古钮方章，估价为 1.8 万元至 2.8 万元，最终以 11.2 万元的高价成交。同年在"保利"的秋拍中，拍了一方王福厂刻田黄山形腰圆章，起拍价 60 万元，最终以 67.2 万元成交。

陈巨来是民国以来篆刻界"五大流派"之一的"浙派"

代表人物赵叔儒的弟子。他是专工篆刻并以印谋生的艺术家，像他这样专工篆刻的人并不多，一生刻印无数。

据《近代印人传》载："尝自言刻印约 3 万方，可存者 300 余方耳。"他常为张大千镌刻印章，画家吴湖帆所用的印，出自于陈巨来之手的就有近百方。此外傅儒、叶恭绰、张伯驹、谢稚柳等书画藏家的印也多出自于他的手。

陈巨来活着的时候，刻印就明码标价："石章每字二万元，牙章加半（款识二字为度，逾此每字须作一万元计），指明作圆朱文加倍（至九字再加半），殳篆、鸟篆加倍，螭文蜡封同字例，立索另议，劣石不应。"（据《陈巨来（确斋）印例》）自然这是当年的价码儿。

日本人和港台的藏家酷喜陈巨来的印章。上世纪 80 年代，这些藏家来内地搜觅他的印作，使其价位一再提升。1991 年，上海的《新民晚报》报道，陈巨来的印，已是"一字千金"了。1995 年，"朵云轩"秋拍，陈巨来的"绿波依旧东流"和"深情应有君知"对章，拍出了 2 万元。

2008 年，"保利"的秋拍，两方陈巨来刻的水洞高山冻、芙蓉冻印章，以 2.5 万元起拍，最终以 11.76 万元成交。同年，"西泠"拍卖中，一方陈巨来刻白芙蓉狮钮闲章以 8 万元起拍，最终成交价达 12.32 万元。到 2009 年，陈巨来刻的芙蓉闲章，在嘉德秋拍中以 10.08 万元成交。有藏家分析，陈巨来的印章还有升值潜力。

印章的收藏应该与书画收藏比肩。这似乎是国内藏家一致的看法。

　　看来，"家有藏印"的这个"印"字，应该列为宝物之属。因为不论是古代的印章，还是近现代及当代的印章，都有升值的潜力。

　　但是您在收藏时，一定要看准三样：印是谁刻的、印的艺术水平、印的材料，三者最好一致。

景泰蓝

在北京的老玩艺里，有两样东西沾上了明朝皇上的年号，一样是宣德炉，一样是景泰蓝。宣德是明宣宗朱瞻基的年号，景泰是明代宗朱祁钰的年号。

宣德炉是紫铜做的，这玩艺儿用的时间越长越金贵，因为它越擦越亮，据说宣德炉传世不少，但经过将近600年的岁月风烟，现在已经很少能见到了。市面上有不少作旧的铜器，打着"大明宣德年制"的款识，却并非真品。

景泰蓝也如是，真正景泰年间的器物，在市面上也很难见到了。但跟宣德炉不同的是，景泰年间的器物"没了"，景泰蓝的技艺却传下来了。

景泰蓝是京城工艺美术的奇葩，也是工艺美术"燕京八绝"之一。另外"七绝"分别是：玉雕、牙雕、花丝镶嵌、金漆镶嵌、雕漆、内画、漆画。

虽说景泰蓝是"燕京八绝"之一，但是在市场上景泰蓝的器物并不难觅，在一些工艺品商店里，景泰蓝的摆件以及一些装饰品，总是摆在比较显眼的位置。

这些年，玉器、翡翠、金器等比较走俏，一向以典雅著称的景泰蓝反倒有些受冷落，价位始终没有上去，所以在竞争日益激烈的工艺品市场上，昔日的"贵妇"有点像人老珠黄的老妇，含羞带涩地站在货架上，用期待的目光等待着人们的赏识。

　　其实，"贵妇"永远是"贵妇"，景泰蓝的雍容华贵和典雅清丽是无法被抹杀的。只能说人们的审美总有疲劳的时候，一旦人们的审美需求变了，景泰蓝照样会光彩夺目的。因为景泰蓝确实是京城工艺美术的经典。

　　说到这儿，您会问了：你夸了半天景泰蓝，这景泰蓝到底是怎么做的？

　　这话问我，算您问着了。说起来，我跟这景泰蓝还有点儿缘分。当年我在工厂烧木炭时，曾经到北京珐琅厂（珐琅就是景泰蓝）干过几个月。

　　您可能纳闷了：这木炭怎么跟景泰蓝挂上钩了？

　　说起来，您有所不知。景泰蓝制做的最后一道工序是抛光，抛光要用磨炭。磨炭是用小叶椴木烧的。因为小叶椴木的纹理极细，烧出炭来分子排列密度非常小，而且摩擦性能好，所以拿它给景泰蓝抛光最合适。

　　但是咱们国家的小叶椴木的树种不多，我们烧出的椴木炭不够珐琅厂用的。珐琅厂只能从日本和德国进口一种跟磨炭性能差不多的紧压型炭块。这种磨炭块价格昂贵，一块有两块肥皂大小的磨炭块，进口价是 20 美金。20 美金在当时相当于 180 多元人民币，而那会儿，我一个月的工资才 30

多块钱。

可是当时景泰蓝产品，作为特种工艺，主要用于出口，而且出口量很大，供不应求。北京能生产景泰蓝的厂子只有几家，北京珐琅厂是规模最大的厂家，所以只能咬牙进口这种磨炭块。

我们厂子得知这一情况后，觉得我们这么大国家，连磨炭都进口，有点儿说不过去，于是，想为国家争光。自己生产磨炭块，减少磨炭块的进口。车间的领导决定由我和一位姓林的师傅，加上两个小年轻，成立了科技攻关小组，研制磨炭块。

其实从日本进口的这种磨炭块，并没有多少高科技的含量，它是用小叶椴木的炭粉，加进了粘合剂以后，紧压而成的。但这种技术他们严格保密，我们试验了有上百次，最后终于找到了能把炭粉粘合在一起的液体，制成了可以取代进口磨炭块的规格磨炭，然后拿到珐琅厂来试验。

正是这个原因，我在珐琅厂干了几个月，对景泰蓝的整个制作过程有了一定的了解。

说到这儿，您肯定不会关心这规格磨炭块到底研制成功没有，而会问景泰蓝的制作过程。别急，我只顺便说一句，我们的规格磨炭后来试制成功了。

景泰蓝制作工艺并不复杂，它是用细扁的铜丝掐成各种各样的图案，然后焊在铜胎的器形上，再点填上彩色的釉料，经过烧制、磨光、镀金、抛光等工艺制作而成的。由于它酷似瓷器，又不是瓷器，造型古朴，所以具有浑厚凝重、富丽典雅的特色。

目前最古老的景泰蓝作品，是北京故宫博物院收藏的"双龙大碗"。它是明代宣德年间制造的。碗的外表是以缠枝莲图案作装饰，碗内是二龙戏珠的图案，气势磅礴，形象逼真，典雅高贵，制作工艺精美绝伦。

北京的景泰蓝作品在国际上多次获得大奖，赢得了很高的声誉。现在不但中国人，而且许多外国人也知道景泰蓝是北京的著名工艺品，但是很少有人知道景泰蓝的历史。

景泰蓝，也叫珐琅。北京专门生产景泰蓝的工厂就叫珐琅厂。您知道景泰蓝为什么叫珐琅吗？

告诉您，珐琅是译音。珐琅的工艺最早是由阿拉伯人发明的。北京是元代的国都，当时叫元大都。中国的元代，不论是陆路还是海上的对外贸易都十分发达，欧洲和阿拉伯国家与中国的贸易往来很频繁。中国的丝绸、茶叶、陶瓷等工艺品源源不断地输往国外，而欧洲和阿拉伯地区的地毯、玻璃器皿、珐琅也大量地输入我国。珐琅就是那会儿传入中国的。

最初阿拉伯国家的珐琅器物进入的是广州。广州人当时把珐琅也称为"佛郎"、"佛林"，后来叫着叫着，"佛郎"和"佛林"改叫"珐琅"了。日本也从阿拉伯国家引入了"珐琅"器物和工艺技术，但他们不叫"珐琅"，而叫"七宝烧"。

中国古代的工艺美术工匠非常聪明，看到珐琅非常漂亮，很受人们喜爱，认真琢磨了珐琅工艺，在借鉴他们传统工艺的同时加以改进，烧制出与珐琅相媲美的工艺品，当时也叫珐琅，烧制珐琅的窑称为"大食窑"。

到了明代，中国的珐琅制作有了很大发展，尤其是在景泰年间。由于明代宗朱祁钰非常喜欢珐琅，所以珐琅的制作受到高度重视，制造工艺也日趋成熟，形成了具有中国工艺特色的珐琅艺术，同时珐琅的品种也非常丰富，除了盒、盆、碗、烛台等日用品以外，还有花觚、鼎、尊、垒等大的摆件。装饰图案也有人物、花鸟、动物、果实、风景等。

此外还创造了许多新的釉色，仅蓝色就有钴蓝、天蓝、宝蓝、普蓝、粉青等。釉质优美沉稳、坚实浓郁、润泽光亮。

由于当时的许多器物多以蓝釉打底，创造了以蓝色为主色调的风格，所以被称为"景泰蓝"。以后景泰蓝被人们叫顺了口儿，逐渐地取代了珐琅的叫法。

景泰蓝曾经是明、清两代宫廷贵重的工艺品，当年宫里专门设有生产景泰蓝的机构，明代由内务府监造局掌管。监造局下设"御前作坊"。清代由宫廷造办处内专门设立的"珐琅作"，专司景泰蓝的制作。

当时的景泰蓝还是宝物，它是皇家和王府的专用品，别说寻常百姓家里见不着，就连达官显贵家里也难瞧见这样的摆件。

按封建皇权至上的规矩，皇上用的物件，一般人是不能用的。但有时皇上一高兴，也备不住拿景泰蓝器物作为赐品赏给大臣。王公大臣以家里能摆件景泰蓝，而显示皇帝对他的恩宠，同时，景泰蓝摆件也能彰显自己的品级和地位。

据《明史》记载，明代的景泰蓝"比珠宝玉石更珍贵"。清代前期，景泰蓝还属宫中的专用品，直到清中后期景泰蓝才传入民间。

北京的景泰蓝民间作坊，最早是清咸丰、光绪年间才有的。当时有名的字号有老天利、杨天利、德兴成等。他们制作的景泰蓝不逊于宫内的"珐琅作"。北京的景泰蓝，在1904年美国芝加哥世界博览会和1915年巴拿马万国博览会上两次获奖。

新中国成立以后，景泰蓝的古老工艺，在品种上又有了新的发展，景泰蓝不但在掐制和纹饰上，增添了上百余种工艺，而且在造型和题材上，又创新了二百多个品种，使景泰蓝成为北京工艺美术的重要代表，同时也是国家领导人赠送外国国家元首的国礼之一。

北京景泰蓝的制胎錾花、掐丝等工艺的工艺美术大师和老艺人，最有名的是崔义亭、李庆禄、汪宝诚、陆玉冈、金世权、张同禄等，这些工艺大师们的作品在国内和国际工艺品展览会上多次捧得大奖，他们的作品也被多家博物馆所收藏。

在中国改革开放之前，北京的景泰蓝跟其他工艺美术品一样，基本上销往海外市场，内销很少。当时生产景泰蓝的主要有北京珐琅厂、北京工艺美术厂等五六家企业。那会儿景泰蓝还属贵重的艺术品，而且价格昂贵，一般老百姓不敢问津。

上个世纪80年代以后，北京工艺美术行业实行改革和重组，大批有技术有绝活的师傅转移到个体企业，景泰蓝的生产厂家在京城迅速发展。

到上个世纪90年代中期，京郊的通州、顺义、大兴、昌平等地区从事景泰蓝生产的工厂有上百家，景泰蓝的品种和数量急剧上升。随着中国旅游事业的发展，景泰蓝很快成为北京具有代表性的旅游纪念品。

目前，北京的各个旅游景点，都能买到景泰蓝制品，品种相当丰富，价格也从原来的上千元上万元，降到上百元，有的小挂件和小摆件几十块钱，甚至十几块钱就能买到。

由于景泰蓝造型各异，色彩多样，典雅庄重，富贵秀气，艺术感很强，又是北京工艺美术的一绝，加上品种多样，价格较低，所以，它既可留作个人收藏，又是赠送亲朋好友拿得出手的礼品，深受国内外游客的喜爱。

景泰蓝品种繁多，形状各异，不论大件和小件，不论陈设品和实用品，我认为，您要收藏或送礼，买的时候，应从以下三个方面来考虑：

一、要看设计造型是否美观大方。以前景泰蓝的器物是不留设计者的名字的。现在则不然了，许多景泰蓝作品是署设计者的名字的。所以您在选购景泰蓝时，最好先看这件作品是谁设计的。自然，大师设计的作品最具收藏价值。景泰蓝的佳品，应该是既有传统工艺的传承，又有一定创新。作品造型要生动，能体现一种典雅秀气之美。纹饰具有文化内涵，不能太俗气。选购时要考虑到自己或赠送人的文化欣赏水平，不能只图便宜。

二、要看做工是否精细。这是衡量一件景泰蓝作品的艺术和收藏价值，最重要的标准。怎么鉴别做工粗细呢？除了眼观手摸釉色的光滑度以外，还要看露铜的部位是否有砂眼。佳品通常手感滑润，铜质纯净，而且每道工序精益求精。近年来市场上有些景泰蓝粗制滥造，虽然极便宜，但是这种景泰蓝没有收藏价值。

三、对景泰蓝的一些新产品如珐琅珀晶等，要看设计和工艺以及成活后的光彩，三者俱佳为上乘。

此外，作为一般的旅游纪念品，在旅游景点选购即可。如果是赠送尊贵的客人或自己作为藏品收藏，最好去北京王府井工美大厦、白孔雀艺术世界、北京古玩城等名牌店选购。这些地方的景泰蓝作品虽然价格比旅游景点要贵些，但质量和艺术性方面绝对有保证。

罐里乾坤

花鸟鱼虫，号称京城的"四大玩"。北京人说的这个"虫"字，念的时候，必须加儿化韵。如果不加儿化韵，可就变成老虎了（老虎也叫"大虫"）。

北京人玩的"虫儿"，并不只是斗虫儿，即蟋蟀。真正讲究的主儿，玩斗虫儿，也玩鸣虫儿，即听音儿。

京城人玩的虫儿，以"四大鸣虫"为主，即蛐蛐儿、蝈蝈儿、油葫芦、金钟儿。

您也许会问了，蛐蛐儿不是斗虫儿吗？怎么又说它是鸣虫儿呢？因为蛐蛐儿也会叫呀，讲究的主儿专听它鸣叫的音儿。

听虫儿鸣是过去文人的一种雅兴，也是一种享受。清代的文人张潮在《幽梦影》里说："春听鸟声，夏听蝉声，秋听虫声，冬听雪声，白昼听棋声，月下听箫声，山中听松风声，水际听欸乃声，方不虚此生耳。"

您看，他说的多有意境。您可以想象，在深秋的夜晚，几个文人墨客，坐在院子里的藤萝架下，一边喝着酒，谈着诗文，望着天幕上的皓月和星斗，听着罐里的虫鸣，那是多么的惬意。

中国人从什么时候开始玩虫儿的，现在没有定论。但有一点可以肯定，"虫儿"最早是听音儿的，不是以"斗"为乐儿的，虫儿成为斗虫儿，大概是宋以后的事儿。

野史上说，唐朝的李世民领兵打仗，得了失眠症，痛苦不堪。那会儿也没有特效的安眠药。眼见这位太宗皇上身体日渐消瘦，身边的大臣们着了急，御医们也束手无策。这时，有个太监出了个主意，逮了只蛐蛐儿，装在金丝编的小笼子里，让唐太宗晚上睡觉的时候，放枕头边儿上，听着它的叫声催眠。

没想到唐太宗一试，果然有效果，蛐蛐儿的鸣叫，居然治好了李世民的失眠症。从此，蛐蛐儿成了宫里的宠物。

这个故事只是传说，正史上没有记载。不过五代时期王仁裕所著的《开元天宝遗事》中，有这样的记载："每至秋时，宫中妃妾皆以小金笼捉贮蟋蟀，闭于笼中，置于枕畔，夜听其声，庶民之家皆效之也。"从这段记载中可知，当时，人们玩蛐蛐儿，主要是为了听其鸣叫，而养耳静心。

到了宋代，因为斗蟋蟀成为风尚，这"小虫儿"的身价儿倍增。当时，不但民间的老百姓"斗蟀成瘾"，连皇上也对斗蟀乐此不疲。

蟋蟀在宋代叫促织。南宋末年的权相贾似道是玩虫儿高手，特意写了一本玩虫儿的专著《促织经》。这本书把各地蟋蟀的品相一一细数，并说明不同品相的蟋蟀在斗性上的差异，蟋蟀怎么喂养和怎么调理，各种蟋蟀的内疾外伤怎么治疗，以及选盆用器的要领等等。这是世上第一部写蟋蟀的专著，被后来玩虫儿的视为经典。

这位贾似道被后人称为"蟋蟀宰相"。他对虫儿痴迷到什么程度呢？据史料记载，金兵大举南侵，已兵临襄阳城了，眼见国快亡了，他还在宫中"与群妾踞地斗蟋蟀"呢。

野史上说他沉溺于"虫儿"的事更奇。北宋被灭，徽钦"二宗"两位皇上成了金人的阶下囚，他跟"二宗"一起被押到北京。路上，长时间颠簸，囚车的车轴断了，这位相爷从囚笼里被甩了出去。只见从他衣襟里滚出一个瓷罐，一只蟋蟀从罐里跑了出来。他居然忘了自己已是囚徒，连滚带爬地去追那只蟋蟀，令人啼笑皆非。

玩虫儿误国的事例，在贾似道这儿无以复加了。但显然这是个闲聊的故事，因为贾似道跟徽、钦"二宗"不是一个朝代的人。宋徽宗和宋钦宗父子是北宋末年的人，而贾似道是南宋末年的人，两个朝代差着百十来年呢。

不过，明代宣德皇帝朱瞻基玩虫儿的痴迷劲儿，跟这位贾相爷也有一拼。据说他小时候就喜欢跟宫里的太监一块斗蟋蟀，经常挨他母亲张太后的屁板子。但斗虫儿跟打麻将抽大烟似的容易上瘾，一旦上了瘾，"戒之也难"。他当了皇上后，身边的那帮太监知道他有这个雅好，每到秋季，便到各地去搜罗骁勇善斗的名虫儿，进献给皇上，在宫里摆开"战场"，捉对厮杀。

野史上说，宣德皇上斗蟋蟀经常废寝忘食，有时甚至怀里揣着蛐蛐儿上朝。《万历野获编》里在描述明代斗蟋的风习时说："我朝宣宗最娴此戏，曾密诏苏州知府况钟进千个，一时语云：'促织瞿瞿叫，宣德皇帝要。'此语至今犹传。"

宣德皇上干什么事都讲究品质，要最好的。"宣德炉"就是一例。他本人也多才多艺，书法、绘画、诗词都有佳作传世。乾隆时所著的《石渠宝笈》和《秘殿珠林》记载宣德皇上的书画作品有31件，多为精品。所以，好玩蛐蛐儿的他，在当皇上的时候，不但制有"宣德炉"，还制有养蛐蛐儿的"宣德罐"（瓷的）。

当时能捉到一只好蟋蟀，跟军中战士打仗取敌人脑袋一样，能当一等功臣。当然借此升官发财的人很多。沉迷于玩虫儿自然耽误国事，所以宣德皇上死后，他母亲追思他贪玩误国事的情景，懊悔不已，一气之下，命人将"宫中一切玩好之物"都给砸了，以至于现在很难见到精致诱人的"宣德罐"了。

宋代的《西湖老人繁胜录》一书中，对当时民众斗蟋的情景有这样的描写："促织盛出，都民好养。或用银丝为笼，或作楼台为笼，或黑通光笼，或瓦盆竹笼，或金漆笼，板笼甚多。"由此可知，宋代不但盛行玩虫儿，也重视养虫儿的器物。从宋代开始，养蛐蛐儿的器物，越做越精致。

明代的蛐蛐儿罐已尽善尽美。这些蛐蛐儿罐，为了适应蛐蛐儿的生活习性，除了注意它的大小薄厚、深浅之外，还讲究式样和图案的多样和美观。质地有陶、瓷、玉、石、雕漆、戗金、缸釉等多种类型，使本来是养虫儿的器具，变成了精美高雅的艺术品。

明代末年的文人袁宏道在《促织志》中写道："京师人至七八月，家家皆养促织，瓦盆泥罐遍市井皆是，不论老幼男妇皆引斗以为乐。"

他写得有些夸张。那会儿的北京人玩虫儿已成风习，这没错儿，但也不至于"家家皆养"，"遍市井皆是瓦盆泥罐"，也到不了"老幼男妇皆引斗以为乐"的地步。

不过，他写的这段话，倒也透露出一些几百年前的"信息"，即当时玩蛐蛐儿的器具，以"瓦盆"和"泥罐"为主了。当时的玩虫儿的玩家，也被称为"罐家"。

明代的"宣德罐"是最精美的养虫儿器具。据说目前传世的宣德官窑蛐蛐儿罐只有二十多件。故宫博物院藏着一件宣德晚期的青花牡丹纹蛐蛐儿罐，我在一本画册上看到过，确实是古代瓷器的精品。

但是作为蛐蛐儿罐来说，它毕竟是养蛐蛐儿的，不是摆设。从养蛐蛐儿和斗蛐蛐儿的实用性来说，陶制的和泥制的罐最佳。

因为蛐蛐儿属于"阴虫儿"，它喜欢在潮湿阴暗的地方待着。在瓷的蛐蛐儿罐里养蛐蛐儿，虽然里头要用黄土垫底，但毕竟还是干燥，不适宜虫儿在里头待着。这就跟人一样，用黄金或宝玉做的屋子又好看又值钱，但让您在这种黄金屋里住着，您干吗？肯定不干。它不舒服呀！

玩虫儿的人玩了几百年，玩到后来，才明白，只有透气性能好的陶罐和泥罐才最适合蛐蛐儿的生存习性。所以，人们便开始琢磨用泥来制罐，并出现了一些制罐高手。其中最有名的当属明末的万里张和清代的赵子玉。

万里张制的蛐蛐儿罐，用料半泥半瓦，透气性非常好。同时还有保温性，极适合养虫儿，为历代玩虫儿的人所追捧。

赵子玉的罐，无论从造型上，还是用泥上以及炼制方法上，都达到了北盆制作的高峰。王世襄先生在《秋虫篇》中评价赵子玉的罐是："澄泥极细，表面润滑如处子肌肤，有包浆亮，向日映之，仿佛呈绸缎之光，而绝无由杂光之反射，出现织细之闪光小点，棱角挺拔，制作精工，盖腔相扣，严丝合缝，行家毋庸过目，手指抚摸已知其真伪。"

万里张、赵子玉的罐传世极少，后世制罐高手多有仿制。但是真正的罐家，用手一摸便知真伪。

我从上世纪90年代开始接触玩虫儿的人，其中包括王世襄、王铁成等有名的"罐家"。他们多次跟我提到万里张、赵子玉的罐。但我一直没见到过真品。

某年，某艺术品拍卖公司的秋拍上，拍了一件赵子玉的罐。但行家告诉我，那是一件民国仿的赝品。如王世襄先生所说，"外形差似，而泥质远逊。"

蝈蝈儿在中国古代文献里也被写成"蛞蛞"、"聒聒"，也有的书把它写成"络纬"。

明代的袁宏道在《促织志》里专门写了蝈蝈儿："有一种似蚱蜢而身肥大，京师人谓之聒聒，亦捕养之。"蝈蝈儿这个词儿。实际上是根据它叫出来的声音而来的，在字面上并没什么实际意义。

中国人秋天逮蝈蝈儿，听它的叫声来养耳，有着悠久的历史。虽然从明代以前的文献记载中，没有发现有"蝈蝈儿"这个词儿。但从一些文学作品中，能够影影绰绰地发现，至少在汉代，中国的北方，尤其是北京地区（当时叫幽州），就有这种风习了。

北京人爱玩儿，以玩虫儿来说，全国甭管哪座城市，都没有北京人会玩。拿蝈蝈儿来说，从逮蝈蝈儿，到份蝈蝈儿；从养蝈蝈儿，到听蝈蝈儿的鸣叫，可以说北京人把自然界这小小的宠物玩到家了。

听蝈蝈儿叫，谁不会呀？但北京人居然发明了"点药术"，也就是用朱砂、松香等配制成特殊的膏，点在蝈蝈儿的翅膀上。这样，蝈蝈儿叫出的声儿，您听着会非常悦耳动听，像是交响乐。

养蝈蝈儿的器具也有很多花样，各有绝活儿。以蝈蝈儿葫芦来说，从栽培到养植，从选种儿到制模套模等等，都有许多讲究。当然，在玩法上的讲儿就更多了。

一般人难以想象，一个小小鸣虫儿，居然有这么多的学问。其实这就是文化。什么文化？中国的虫儿文化！这个文化应该说是北京老少爷儿们玩出来的。

在北京，不但老人喜欢玩蛐蛐儿，听蝈蝈儿叫，小孩儿也爱玩。不但普通的劳动者爱玩，连过去的皇上也喜欢鸣虫儿。

远了不说，二十多年前，大多数北京人还住在胡同里，逮蛐蛐儿，斗蛐蛐儿，听蝈蝈儿、金钟儿叫，是孩子们每到秋冬的一件乐事。这其中的童趣，已深深印在三四十岁以上的北京人的记忆中。当然，现在住在胡同里的北京孩子也还传承着这一童趣。

我曾在一篇文章中写过，在寒冷的冬季，北风呼啸，大雪纷飞。几位老北京人，来到吃涮肉的小饭馆，从怀里掏出一个蝈蝈儿葫芦，往桌上一放，葫芦里的蝈蝈儿发出清脆悠扬的叫声。人们一边吃着涮羊肉，一边听着蝈蝈儿叫。窗外飘着雪花，屋里却在蝈蝈儿的鸣叫声中，荡出一种盎然的春意，这是多么清幽怡然的意境呀！

的确，早年间，蝈蝈儿还曾经是皇上的宠物。乾隆爷有几首诗写过蝈蝈儿，其中一首《榛蝈》写道："啾啾榛蝈抱烟鸣，亘野黄云入望平。雅似长安铜雀噪，一般农候报西风。蛙生水族蝈生陆，振羽秋丛解寒促。蝈氏去蛙因错注，至今名像混秋官。"

"秋官"。您看，乾隆爷把蝈蝈儿捧得多高！

老北京有专门玩虫儿的行家，俗称"虫儿把式"。这些"虫儿把式"一辈子跟蛐蛐儿、蝈蝈儿打交道，在养虫儿、份虫儿（孵育冬季鸣虫儿）、相虫儿、斗虫儿以及种植加工葫芦上都有一手绝活儿。

由于虫具以罐和葫芦为主，所以玩虫儿的人也被人们称为"罐家"。从明代到清代，从老北京到新北京，产生了一大批有名的"罐家"。

当然，"罐家"属于老事年间的说法，现在这个称谓已经过时了。不过，在收藏界，蛐蛐罐和蝈蝈葫芦已经成为藏家追棒的器物，而且在艺术品拍卖市场上的价位不断攀升。

蛐蛐罐以瓷罐和澄泥罐为主。宋代"五大名窑"的蛐蛐罐在文献上有记载，但存世的极为罕见。老的蛐蛐罐以明、清两代景德镇"官窑"的为极品。如上所说，"景德罐"存世的只有二十多件。这二十多件都承传有序，每件的价格都在千万元以上。目前还没有发现被私人收藏，在近几年历次的艺术品拍卖会上，也没见过有"景德罐"上拍。

2010 年，在南方某城市举办的艺术品拍卖会上，有一件乾隆"官窑"蛐蛐罐，起拍价为 50 万元，最后以 65 万元成交，但后来有行家认为这件器物为"民国仿"。澄泥罐中万里张和赵子玉的仿品更多，收藏者在买这些器物时，一定要谨慎，稍一疏忽，就会打眼。

其实，现在也有一些制罐高手，他们制作的澄泥罐，品位也不低，而且价位相对比较低，藏罐新手可以从收藏现代人制作的蛐蛐罐入手。不一定非要把目光盯在老罐上。

北京人玩什么都讲究玩出品位来，玩虫儿也如是，蛐蛐罐本来是养蛐蛐儿的，玩到后来，蛐蛐罐居然成了艺术品。

当然，这也跟北京人干什么都要面儿有关。老北京人设局斗蟀，首先要亮罐。蛐蛐儿还没捉对厮杀呢，先看谁的罐儿体面。手里能有万里张和赵子玉的罐。甭问了，一准是玩虫儿的大家。因为一般玩虫儿的主儿手里不会有这么贵重的器物。这种时候，蛐蛐罐也成了身份和地位的象征。

其实，能征善战骁勇的蛐蛐儿，并不见得是在好的罐里养出来的。换句话说，罐好，不一定虫儿好，但北京人要的就是这种爷劲。玩虫儿，手里没几件好罐儿，不叫玩家。

收藏蛐蛐罐也讲究成双成套，通常是六件、八件、十二件为"一堂"，名罐单说，每"一堂"的罐都有编号和款识，出自同一个名家之手，这样才有收藏价值。蛐蛐罐儿之所以又称之为"雅器"，雅就雅在这了。这也是虫儿文化的内容之一。

从虫儿到罐，让北京人玩出了文化。这种文化只有上手玩才能体会出来。

小小的蛐蛐罐有日月、有乾坤，也有说不完的故事，因为虫儿让北京人玩出了一片天地。

收藏"天安门"

京城的收藏家，也被人称之为玩家。

玩家通常分为两类：一类是玩瓷器字画、金石碑拓、笔墨纸砚、钱币邮品、珠宝翠玉的。这一类属于文玩，也叫雅藏。因为藏品珍稀，价码动辄上千上万，所以，玩者属小众。

另一类是玩杂项的。所谓杂，还可加个"庞"字，叫"庞杂"，即生活中的所有物件，均可作为收藏对象，诸如烟标火花、钱币票据、算盘手表，甚至酒瓶、纽扣都能入藏者的"法眼"。这一类收藏毋须抛金洒银，倾囊夺爱，但要的是一个"痴"字和"久"字。所谓滴水穿石之力，集腋成裘之功。因为藏品多为寻常之物，所以玩者属大众，也被称为民间收藏。

京城的民间收藏号称千军万马，有说几十万，有说数百万，甚至有说过千万，并无定数。因为收藏者确实难以统计，以集邮为例，手里有几十万枚的是藏家，手里有几十枚，但这几十枚多属珍品，您也不能说他不是藏家。

所以喜收藏的人都可纳入藏者之列，而人数却永远是个"概数"，只能以"估计"或"大概有"来概括。据我估计，京城的收藏爱好者，大概齐有七八百万。

这七八百万收藏爱好者中，真正玩出名堂、玩出品位、玩出学问、玩出文化来的所谓"玩家"并不多。

当然，有的人并不认为自己是"玩家"，有的自认为是"玩家"的，别人又不认。

不管怎么说吧，一个藏者对自己的藏品要想玩出品位，必得走独门。或以其品取胜，或以其类居奇，或以其量超众，所谓独辟蹊径，独树一帜。

阎树军先生便是这样一位玩家。他玩的东西"绝"。玩什么？他专门收藏"天安门"。

收藏"天安门"？乍一听，您会吓一跳。天安门是北京的象征，也是中国的象征，他怎么胆儿那么大？敢收藏天安门？再说，那天安门巍然屹立，他怎么去收藏？

且慢大惊小怪，这里说的收藏"天安门"，并不是他要去收藏真的天安门，而是指他专门收藏与天安门有关的一切物件。

天安门太有名儿了，我想凡是中国人没有不知道天安门的。当然，不但中国人，地球上其他国家的人也大都会知道天安门。

天安门在明代叫"承天门"。取"奉天承运"之意，乃紫禁城的门户，始建于明永乐十五年（1417 年），永乐十八年（1420 年）建成，但仅过了 37 年即天顺元年（1457 年）

便遭火焚毁。成化年间重建，明崇祯末年（1644年）又被焚毁。清顺治八年（1651年）改建，并改称天安门。当时城楼上悬"天安之门"汉、满、蒙三种文字的匾额。清康熙二十七年（1688年）重修以后多次修葺。新中国成立后，天安门及广场多次修缮扩建，1969年12月，天安门城楼重修，更换了梁柱构件。

明以后的历朝历代为何如此重视天安门？因为天安门是都城之象征、国家之象征，是过去皇帝向天下颁布号令（诏旨）的地方。近代史上的许多重大事件均与天安门有关，五四运动在天安门广场；新中国成立的开国大典在天安门广场；毛泽东主席在天安门城楼，庄严宣布中华人民共和国成立，并升起了五星红旗。此后，许多举国之重大活动均在天安门举行。

天安门及广场是共和国的心脏。可以说，天安门见证了近现代中国的历史。当然，天安门的图案不但上了国徽，印在了人民币上，而且还写进了歌词，被国人传唱。天安门也成了中国人甚至世界人民所向往的地方。中外游客来北京，首选看天安门。这一切都说明了天安门之神圣。

正因为如此，在几百年间，天安门作为一个特殊意义的象征，被印在了各种物品上，天安门的影像图片也最为丰富，而这一切现在都成了阎树军先生的收藏对象。

阎树军是一位军人，他现在就职于中国人民解放军某学院。之所以成为收藏"天安门"的玩家，源自于他从小对天安门的热爱，还有他对天安门的情感。

"我爱北京天安门，天安门上太阳升。"他是唱着这首歌长大的。

有意思的是他并不是地道的北京人，不是在天安门的"身"边长大的。他的老家是河北遵化，此地离京城并不远。但他亲眼见到天安门已十多岁了。

第一次亲眼见到天安门，他激动地掉了眼泪。天安门实在太雄伟了，天安门广场实在太大了。他在广场流连忘返，浮想联翩，照了许多照片，也留下了深刻的印象。

初次见到天安门的情景，阎树军至今历历在目。他后来对我说，回家后，他的心绪难平。正是从这一天开始，他便萌生了收藏"天安门"的想法。

玩家之所以被称为玩家，贵在一个"痴"字。人一旦痴迷到玩家的境地，便会有走火入魔之心态。阎树军收藏"天安门"也如是。

这些年，他对天安门的收藏领域，涉及生活中的各个角落，品种之丰，数量之大，范围之多，价值之高，恐怕无人可比。

他不但收藏有关天安门的历史资料，包括图片、文件、诰文等等，也收藏所有跟天安门有关的物件，包括印在信封、信纸、笔记本、明信片上的天安门，印在粮票饭票火车票汽车票上的天安门，印在烟盒上火柴盒上皮包上钟表上的天安门，哎呀，细数起来，真是太多了。目前，他的藏品足可以开一个博物馆。

在众多的有关天安门的藏品中，弥足珍贵的便是有关天安门的影像图片。阎树军先生在军界是小有名气的作家和摄影爱好者。他不但自己拍摄天安门，也广泛收集有关天安门的摄影图片。当然他收藏的并不是一般图片，都是有关天安门的特殊意义的历史镜头。

玩家的藏品往往在于一个"奇"字上，作为天安门的历史图片，他的藏品也多是常人所没见过的。比如同治皇帝大婚时的天安门，天安门前的新牌楼，天安门城楼最后一次金凤颁诏，天安门城楼上悬挂的蒋介石的标准像，天安门城楼上的两幅大标语，毛泽东第一次登上天安门城楼等等，这些历史镜头恐怕许多人都是第一次见到。为此，他想把这些珍贵的历史图片汇集成册，并定名为《天安门影像志》。

我曾有幸翻阅过他的《天安门影像志》的书稿，除了大量的图片，还有几万字的文字说明，确实极具历史文化价值。

金圣叹在陈述自己的三十三则"不亦快哉"中写道："箧中无意忽捡得故人手迹。不亦快哉！""本不欲造屋，偶得闲钱，试造一屋。自此日为始，需木，需石，需瓦，需砖，需灰，需钉，无晨无夕，不来聒于两耳。乃至罗雀掘鼠，无非为屋校计，而又都不得屋住，既已安之如命矣。忽然一日，屋竟落成，刷墙扫地，糊窗挂画。一切匠作出门毕去，同人乃来，分榻列坐，不亦快哉！"

我想，如果《天安门影像志》能出版，也是阎树军先生的一大"不亦快哉！"

能把天安门的历史镜头，穿越时空，如此完整地再现出来，阎树军先生的这部《天安门影像志》堪称第一次。这体现了他作为玩家的功力。

您也许难以想象他收集一幅珍贵的历史图片所下的功夫，例如他的藏品中有一幅天安门城楼上悬挂蒋介石标准像的图片。他是在网上，从一本过期的外国杂志上发现的。

为了寻找这张图片，他辗转周折，历时数月，不惜重金，才淘换到手。看到这些珍贵的图片，我们仿佛在触摸历史，我们会更加感到天安门的伟大和神圣。

如果有朝一日，这部《天安门影像志》能够出版，它将是玩家阎树军先生奉献给我们的一部"奇书"，也是他多年来收藏的一个记录。它的史料价值和收藏意义是不言自明的。

玩家能玩到阎树军先生这种品位是难能可贵的。没有对天安门的挚爱，没有几十年如一日的耐心和艰苦卓绝，没有对藏品的一种痴迷和追求，很难想象一个军人能在几十年的业余时间里，节衣缩食，投入了大量的财力和精力，收集到几十万件跟天安门有关的物品。这些物件毫无疑问会成为天安门历史的资料库。

他曾拿出藏品的一小部分，举办了一个"天安门藏品展览"，虽然展览的规模不大，但有些藏品难得一见，在京城的收藏界引起不小的震动。使人们明白了什么叫收藏，收藏的意义和价值体现在什么地方。

的确，在现实生活中，有些人搞收藏，往往带有盲目性和冲动性，听说什么东西值钱，便开始收藏什么。见到有人收藏石头发了财，自己也跟着收藏石头。瞧见别人家里传下来的一个瓷碗，在拍卖会上卖了几十万，于是，便满世界淘换老年间的瓷碗，渴望能捡漏儿，也抱回家一个"金娃娃"。

这种跟风走心血来潮的收藏和抱着发财梦的收藏，是不会持久的。也很难达到自己的目的，因为他根本不懂什么是收藏。

阎树军先生收藏"天安门"，并成为一个玩家的实例，告诉我们收藏本身是不能有功利性的，换句话说，你只能为它付出，不能指望它会给你带来什么财运。

当然，这只能说是玩家的一般心境。真正的玩家，是能玩出更高境界的收藏。那就是"不以物喜，不以己悲"。为了把一件确实有文物价值的物件淘换到手，可以不惜卖房卖地，倾家荡产，但玩到最后，都把它捐献给了国家。比如大玩家张伯驹，他们玩的是一个过程，而不是结果。

阎树军先生收藏"天安门"，也是在玩过程。他对我说："自己的最大心愿，就是将来能办一个'天安门'收藏馆。"这个收藏馆也许有一天会归国家所有。而他会在这一过程中，得到收藏的最大乐趣。

这也许正是阎树军先生收藏"天安门"的意义和价值所在。

第二辑

鸿雪爪泥

如烟往事过眼风，
秉笔悠然万虑空。
谁人不是世上客，
酸甜苦辣笑谈中。

印 象

春节刚过，一场突如其来的雪，静悄悄地覆盖了这座城市。因为到西城办事，我特意来到儿时生活的胡同。胡同现在已变成大街。眼前的一切景物都是洁白，只有记忆中的胡同，在茫茫的白色中，变得清晰起来。

风在空中打着旋，太阳露出了半个脸。在寒风中，露出半个脸的太阳，让人并不感觉温暖。阳光映在雪地上，白晃晃的，有些刺眼，只有记忆中的胡同，在这冰天雪地中，让我空寂的心涌起一股暖流。

我眯细了眼，迎着阳光，任寒风在我的脸上不停地抚摸。

这情景，让我想起儿时在胡同的雪地上眺望追寻，我追寻的是渐渐远去的吆喝声："卖花生喽!"

每到冬天，胡同里的人总能看到一位老人，拎着一个柳条编的小篮子。篮子里有炒好的花生，还有一个酒盅大小的碗。五分钱，一小碗花生，大概也就是大人的手一把吧。

他大概是乡下人，吆喝中带有京郊口音的怯味儿。记忆中的老人有七十多岁的样子，步履蹒跚，一走三晃。

我把五分钱递过去，他猫腰从篮子里盛了一小碗花生。我用冻得通红的小手接过去。看着我为这把花生脸上流露出的喜悦，他有些兴奋，伸出枯藤一般的手，轻轻地摸了摸我的脸蛋。

没有任何言语，他只是咧开厚嘴唇，露出半颗残损的门牙，嘿然一笑。这笑写在他那苍老的脸上，似乎比哭还难看，但它却是那么真诚，胜过千言万语的真诚。

多少年来，这笑意一直印在我的脑子里，像雪花落在洁白的纸上，留下湮湿后的痕迹，即便是在阳光下，那痕迹也难消褪。

我踏着雪地前行。雪地上有来往行人踩过之后留下的痕迹，也有来往车辆留下的车辙。雪地上的印痕，在阳光下变得黯淡了，那是积雪将要融化的迹象。

雪飘落在地上，踩的人多了，雪便失去了它的本来面目，然后被阳光融化，直至被寒风卷走水气，在空气中彻底蒸发。雪一旦融化，谁还能记起雪地上留下痕迹呢？

蓦然，我意识到被白雪覆盖的路面，已经不是我儿时踩着的黄土地了，它早已经变成了柏油路面。

那个卖花生的老人早已经不在人世了，可是他的笑意还印在我的脑子里。胡同幽静得出奇，仿佛浮躁的心绪也随雪花飘落下来，那躁动的心情在沉寂中变得冷静了。我的耳畔又响起"卖花生喽"！那带怯口的吆喝。只是这吆喝非常遥远，在我脑海中的一个角落回荡。

鬼使神差一般，我在楼群中看见了那个小院。灰砖灰瓦被白雪掩映着，但院子轮廓在白色的世界里又是那么惹眼。尽管在高大的楼群中，小院显得矮小零落，在充满现代化气息的林立大厦中，小院像是被历史遗忘的一件古董。

当然历史并没遗忘这个小院。我在小院的墙上看到了"重点文物保护"的标志牌。院门的黑漆已被风雨剥蚀，斑驳陆离，两边的门板朱漆可见，但也早已不是本来的颜色。门磴上的小狮子没有了，上面雕刻的花饰已面目全非，院墙的墙皮也掉了不少，这个院子至少有一百多年了。在寒风中，小院弥漫着一种幽苍。

我看到了房子瓦缝间几棵枯萎的小草在风中摇曳，那草在白雪中昂着头，尽管早已失去了生命，却显出几分坦荡。

这个小院，我太熟悉了。跨车胡同13号。儿时，我就知道这个小院曾经住过一位著名的老人。用"曾经"，是因为在我很小的时候，老人已离开了人世。我只是在画册中见过他的面容。那是一个慈眉善目，胸前飘着长髯，神闲气定的老人。后来，我长大了几岁，才知道他叫齐白石，他的画儿是那么有名。

记得上小学一年级的时候，家里来了一位远方的客人。我的外祖父拿出一幅齐白石画的《虾》，跟这位客人谈论他和齐白石的交往。他的脸上流露出十分得意的神色。

那时，我还小，他们谈话的内容，我一点也记不起来了。只有那幅画儿，和外祖父脸上的神色，印在了我的脑子里。当然这幅画在后来红卫兵抄家时，被弄得不知去向。

　　我的外祖父，包括那位远方的客人也早已作古了。记忆中，我的外祖父跟齐白石先生有过交往。否则齐先生不会把自己的作品送给他。

　　我家住在高华里，与跨车胡同都在辟才胡同一条大胡同里，离得很近。也许是因为有这种记忆吧，每次路过这个小院，我都会向这个很普通的院门多看几眼。无数幻梦、猜想、希冀都凝固在这深深的一望中。

　　我曾经产生过一种异想，渴望有一天从小院里走出那位手拄青藤、步履稳健、胸前飘着长髯的老人。

　　有一次，我真的看到了从这个小院走出一位老人。我的心骤然紧跳，一下屏住了呼吸。可是当我赶走了慌乱，凝神端详，老人的胸前并没有长髯。我有些失望。当然，我永远也不可能看到那位大画家从这个小院走出来。长髯留给我的记忆竟是如此深刻。

　　有一年夏天，我冒昧地进了小院，院里的房子极普通，并没有我想象的那么特别。在小院的花池子里，我看到了盛开的丁香，还有几株芍药和牡丹。一个葡萄架，枝繁叶茂，满是绿荫，还没有到结葡萄的时候，但不大的花池，却充满生机，让人在盎然中感到勃勃生气。

　　院子里没见到人，只感受到一种幽静中的陶然。听人说齐白石老人为了创作，曾在这个花池子里种过丝瓜、苋菜、花生和南瓜等植物，但是我没看到。听我的外祖父说，北房是齐白石老人的画室，画室有他亲笔书写并操刀刻下的篆书"白石画屋"匾额。我往北屋探了探头，并没看见这块匾额。

这给我留下些许遗憾。

多年以后，我在一部记述齐白石老人生平事迹的书中看到，老人生前曾在"白石画屋"的匾额上，另有落款写道："南岳下有郏侯书屋尚存，千秋敬羡，丁巳余五十岁来京华，心胆尚寒，余城西买一屋卖画，屋绕铁栅。如是年九十矣，尚自食其力，其屋自书白石画屋，不遗子孙，留为天下人见之一叹，而后，或为保管千秋，亦如郏侯书屋之有幸也。庚寅九十岁白石。"从这个落款可以看到一位90岁老人的平和心态。

齐白石老人是同治二年十一月二十二日，即公元1864年1月1日，出生在湖南湘潭一个叫白石铺的偏僻小山村。15岁为生活所迫学木工雕刻，27岁，拜湘潭名士胡沁园、陈少蕃的门下学画。1922年，陈师曾带他远渡日本搞画展，从此名扬海外。4年以后，他定居北京，在跨车胡同的这个小院落脚。在这个小院，他生活了30年，直到1957年离开人世。

白石老人在作画上，60岁变法，以大写意享誉中外。90岁的时候，他还以画谋生，"尚自食其力"。可见其童心不泯。老人用自己卖画的钱购得这个小院，并将北屋自书"白石画屋"，同时表明心迹："不遗子孙，留为天下人见之一叹，而后或为保管千秋，亦如郏侯书屋之有幸也。"

我曾反复咀摸"留为天下人见之一叹"这句话。难道白石老人已经预见到他"百年"之后，小院的情景吗？是的，现在有谁在这林立的楼群中，看到这沧桑的老屋不为之感叹呢？

人们叹息的是岁月的无情。面对历史留下的痕迹，抚今追昔，想到当年老人在小院兴趣盎然的作画情景，谁不为之一叹呢？

齐白石先生的一幅画儿，现在艺术品拍卖会上，少说也要百万。头年，在一家拍卖公司举办的"秋拍"上，他的草虫册页已经拍到了两千多万人民币。人们在欣赏老人的艺术时，在炒作他的画作时，有谁能想到跨车胡同的这个小院？

在雪地上独自漫步，我的思绪渐渐地飘忽起来。两位老人的影子不停地在我的脑海中萦绕。一会儿清晰，一会儿模糊，一会儿由远而近，一会儿由近而远。

两位老人，一个是卖花生的凡夫俗子，一个是闻名中外的大画家。他们都已经作古，而今，人们记住了大画家齐白石，有几个人能记住那位卖花生的老人？

人们都会在生命的旅途留下印迹，就像在这白茫茫的雪地上行走，留下自己的脚印一样。可是当太阳出来，白雪融化以后，脚印没有了，谁还会记起那脚印？

会的，不管是伟人，还是凡人，只要在这世上生活过，都会或多或少、或深或浅地留下自己的足迹。那位卖花生的老人，也许他的孙子都记不起他的形象了，可是我还能记住他那抑或是悲怆的微笑。

在白雪还没融化的时候，我在跨车胡同这个小院伫立良久。"白石画屋"仍在，但是跨车胡同却没有了。白石老人的画儿还在，但他的音容笑貌却没有了。

一只麻雀轻轻地落在了屋檐上。在清冷的雪的世界里，我又看到了房顶的瓦缝间那昂头挺立的小草。啊，它可真坦荡从容呀！谁说它已经枯死了，当春风来临时，它又会发出新绿。蓦然，我的眼前又出现了那飘着长髯的老人。啊，谁说白石老人的音容笑貌没有了？

祈 祷

关学曾老人病了。

"不，是病危。医生已经下了病危通知。"关老的儿子少曾一连给我的手机打了三遍。"三"似乎是一个不祥的信号，我的心里不由得咯噔一下。手机那边传来少曾急切的声音，语调有些沉重。

我的脑子里一下想到了《北京社会报》的社长王小娥。

小娥跟关老是忘年交。这个时候，我们应该去看看老爷子。7月17日下午，我和小娥来到友谊医院住院部的7楼。

带来的花篮，鲜花散发着淡淡的幽香，但幽香很快就被病房里的药水味所冲散。

躺在病床上的那位鼻子和嘴插着管子的老人是关老吗？

午后的斜阳，穿过病房的窗户，映照在毫无血色的苍老的脸上，面颊上几块老年斑在斜阳里，格外显眼。肺里有痰，胸口憋得难受，已经塌下去的两腮，依靠着呼吸机在不时地抽动着。两眼微闭，像是安详地睡着。病房里显得格外凝重。

关老，几个月没见怎么会一下子变成了这样？小娥随着几声轻叹，发出了唏嘘。

少曾把关老的病情告诉我们：一个月以前，关老觉得身体不舒服，大概是感冒了。两天以后发起高烧，到医院一查是肺炎。医生建议打抗生素消炎，谁知肺部的感染止住了，却又引起他的肾病。这是他的老毛病，很快出现了肾衰的迹象，呼吸困难，饮食困难，排尿困难。在我们来之前，老人已经3天没排尿了。口渴得他嘴唇已干裂，但遵医嘱只能用棉团蘸一下水，在他的唇边抹一抹。

值班的大夫来了。大夫很年轻，但说话很沉稳："老人的病情确实很危重，如果再不排尿，只能进重症监护室，做透析，从他目前的体征看，做透析的风险系数很大，不排除……"医生看了一眼少曾，不再往下说了，而他欲言又止的意思表明死神已经在拼命拉着老人的手。而他这个"白衣天使"也感到束手无策。

"老爷子，'猴儿'来看您了。"少曾的长女小丹在老爷子的耳边呼唤着。"猴儿"就是《西游记》里演孙悟空的六小龄童。他刚刚从外边拍片儿回来，第一时间和夫人一起赶到了医院。

六小龄童跟老爷子交情甚笃，老爷子病重，他不能不来。从他凝重的脸上，可以看出对老爷子生命预期的悲望。往昔的情怀和挽留老人生命的祈祷，化作了他的深深的祝福。

"您踏踏实实养着，一定能度过这一关，过两天再来看您。"

老人大概听清了这句问候，冲他微微点点头。

造物主常常喜欢捉弄人。当喜事降临的时候，有时也会伴随着悲怨。关老今年的喜事不断，小孙女在几部大片中出彩儿，被张艺谋、陈凯歌相中，又要在新片当中充当角色，看着关家出了个"童星"，当爷爷的自然喜上眉梢。而老爷子荣获全国"金唱片奖"的喜讯已传来，9月份就要颁奖了。还差几十天，谁能想到一向身板硬朗的老爷子会躺在了病榻上，而且居然报了病危。

目睹眼前的这一切，不由得让人想到"人生无常"这句老话。

小娥显然被"人生无常"这句老话所触动。老人疏朗的笑容还清晰地封存在她的记忆里。几个月前，准确地说是今年2月，她还面对面地跟老爷子谈笑风生。她忘不了呷着老爷子亲手沏的香茶，跟老人聊起了北京琴书和非物质文化遗产的保护。这对忘年交，从社会老龄化聊到了那曲脍炙人口的《长寿村》，悠扬的北京琴书萦绕于耳。

关老唱这曲《长寿村》时，刚刚五十挂零儿。

"谁都爱听长命百岁这句吉祥话，据传说那长寿村里百岁的不算啥，有一个人叫武培华，他怀疑这是虚假，这一日到长寿村，他亲自去观察……"

第一次在收音机里听这首《长寿村》，我刚二十多岁。那会儿，关老唱得正红，满大街都能听到他的北京琴书。当时黑白电视机还没出现，流行音乐和摇滚也还在"胎"中，北京人对曲艺还很陶醉。关老独具韵味的北京琴书成了人们的一种精神享受。关学曾的名字家喻户晓，许多人都能哼唱《长寿村》这个名段。我当时曾想，关学曾一定是位长寿的老人，否则他创作不出这么有意思的琴书。

第一次见到关老是在上世纪八十年代初。那时他已六十多了，身板硬朗，气宇轩昂，容光焕发，嗓音洪亮，说话掷地有声，不像已入"花甲"之年的人。尤其是他的那双宽厚修长的大耳，相书上说，长这种耳朵的人是长寿之相。我不禁想到了他的那首《长寿村》。

小娥依稀记得今年2月采访关老时，他幽默地说了一句话："20年以后，你还能听到我的琴书。"

那天，关老显得格外兴奋，跟小娥一起去的摄影记者给他拍照时，老爷子特地换上了一件唐装。他说这是小孙女给他买的，等着将来上台演出时穿呢。

想不到，时间刚刚过去几个月，昔日开朗健谈、风趣幽默的老爷子却躺在了病榻上，而且让人揪心的是，他现在只能借助呼吸机来维持身体零部件的正常运转。在光影里，我发现小娥的眼圈儿有些发红。

"爷爷，小娥阿姨看您来了。"孙女小丹又一次在老爷子的耳边呼唤着。老人的眼睛终于睁开了。

"小娥！"老爷子的嘴角微微动了两下，嘴张开了，眸子里射出一道温和的光亮，一缕会心的微笑绽放在他干枯的脸上。仿佛是从很遥远的地方回来，看到了久别的亲人。

"小娥，谢谢！"老爷子的嘴角蠕动着，分明是在表达对晚辈关怀的诚挚谢意。这微笑是那么地由衷、发自心底深处。

老爷子就是这样一位重情重义的人。他是熟透了的老北京，知礼重情，对每一个朋友，他都能敞开心扉。

我跟老爷子第一次接触，是二十多年前。当时我在北京市委统战部工作，业余时间从事文学创作。由于接触许多民主人士和各界名人，我打算为一些 60 岁以上的名人立传。我列了一份长长的名单，关学曾的名字也在其中。那会儿我还年轻，体力充沛，几乎每天晚上都骑车到名人家里采访。

我记得也是炎热的夏天，我骑车来到关老家。那会儿，他家住在景泰路，房子有些局促。我可以说是听关学曾的北京琴书长大的，自然对他有几分仰慕之心。但老爷子的平易和蔼让我一下跟他拉近了距离。

整整一个夏天，我几乎每天都到他家，听他讲述自己的前半生经历。聊累了，他便拿出鼓板唱一段。中午，照例是老北京人爱吃的炸酱面，有几次是他亲自下厨。小碗干炸，黄瓜丝、萝卜条、青豆和绿豆芽的面码儿，吃起来煞是过瘾。那炸酱的香味儿至今让我难忘。

关学曾绝对是应该在北京的曲艺史上值得一书的人物，是他和吴长宝先生一起改革创新，自成一家，发明了"北京琴书"这种曲艺形式。他 14 岁登台演唱单琴大鼓，从艺 60 多年，演唱过的段子有上千个，演出的场次达到了 2 万多。这种艺术成就，恐怕后人难以匹敌。

难能可贵的是他宝刀不老，80 岁还登台献艺，而且嗓音照样洪亮宽厚。用他的话说往台上一站，一张嘴，发的声音能打远儿。很多时候，他演出是不用麦克风的。

2002年，北京的曲艺界为关老贺80大寿，在长安大戏院举办了一场演唱会，我有幸亲临现场。那天，关老一连唱了三个名段，下场后大气不带喘的，当时的情景至今记忆犹新。

人们耳熟能详的是他1998年为电影《有话好好说》创作并配唱的北京琴书：

"我从小在北京土生土长，没招过谁，没惹过谁，总想要点强……"

这句话，应该是老爷子自己的写照。

关老出生在一个满族旗人的穷苦之家，他不到十岁就给人打工，挣钱养家。苦难的生活，让他养成了要强的性格。他没上过几天学，却自学成才，许多琴书段子都是他自己编写的，而且他的内功相当深厚，即席编词，上场就唱的节目很多。

我忘不了他跟我讲过从小丧父，母亲含辛茹苦带着他艰难度日的儿时往事；忘不了他讲过十二岁每天步行十几里到隆福寺庙会演唱的情景；忘不了他讲过的解放初期演出新曲艺，受到国民党特务恐吓威胁时的镇定自若；忘不了他说过的抗美援朝时，两次赴朝慰问演出的情景……

关老前半生的坎坷经历，都记在了我的采访本上，那是厚厚的一大本。可惜后来没能如愿把它整理成书。

小娥跟我算是相识多年的笔友。20多年前，我们在双桥农场参加了一次青年作家笔会，我跟她聊起了关学曾。想不到她酷爱北京琴书，让我一定要把她引见给关老。

那一天，我陪她去见关老。老爷子被她的热情所感动，跟她聊了整整一上午。中午依然是炸酱面，关老亲自下厨为小娥炸酱。

他对小娥说，你们别小瞧这炸酱面，它可是北京人最好的吃食，当年我拜师时，请师傅吃的就是炸酱面。

生与死，其实只隔着一道门槛。人的生命消亡和人的生命诞生一样，需要一个缓慢的过程。而这一过程的延缓，精神的作用至关重要。这并非唯心，也不是"形而上"。因为人本身就是肉体与心灵的混合体，精神是人这个躯壳的支柱。很多时候，精神不垮，有这口气儿撑着，人的生命就不会走到尽头。

我一直以为关老的精神是永生的。他曾跟我说，人活着就是成功。这句话让我悟出了许多人生的哲理，我曾跟许多朋友说过这句名言。朋友们无不为能说出这句话的关老所折服。

关老的命大。在他的人生履历中，经历过几次大难不死。最危险的一次是在抗美援朝战场上的慰问演出，美军的炸弹就在他的眼前爆炸，相声大家"小蘑菇"，就壮烈牺牲在离他几米远的地方，他却安然无恙。曲艺界跟他年龄相仿的老友一个接一个地"走"了，而他却很坦然地活着。他也有过与死神擦肩而过的时候，而他却像一棵"常青树"，活跃在舞台上，活跃在北京人的心中。

这一次他能不能度过这一道门槛？我和小娥默默地祈祷、祝愿着。

　　斜阳折射的余光洒落在静静的病房里，关老的眼睛缓缓睁开了。目光里流露着安详、静谧、希冀。老人在与病魔较量着。他的目光似乎告诉我们，他会闯过这一关的。

　　这正是我们美好的祝愿。

附言：

　　关学曾先生最后还是没有迈过84岁这个"坎儿年"。本文发表后的两个月，即2006年9月27日，他在病床上安然辞世，享年正好84岁。我深深地祈祷老人家在天国"活"得更好。有他的北京琴书，在另一个世界里的人们不会过得寂寞。而他留给我们的琴声和笑声，将是不朽的。现在北京琴书已列为北京的非物质文化遗产。

　　2008年9月27日，在关老去世两周年的忌日，我的朋友，北京电视台编导崔维克，面对关老的遗像，正式拜关老为师。我作为引荐师，参加了这个拜师仪式。崔维克从小喜欢北京琴书，对北京琴书的喜欢达到痴迷地步。关老生前，他未能谋面。这个拜师仪式，终于圆了他的一个梦想。拜师仪式之后，维克随他的师兄来到门头沟的天山陵园，在关老的墓前敬拜，告慰关老的在天之灵。

　　一年之后，关学曾北京琴书研究会成立，弟子们还

举办了大型的北京琴书演唱会。我想老人家如果在天有
灵，看到自己的儿孙和弟子为传承北京琴书所做的努
力，会露出欣慰的微笑的。

四海

一

中国人通常把全国各处或世界各处说成"四海"，有个成语叫"四海为家"，还有个成语叫"五湖四海"，说的就是这个意思。老北京有句土话，形容一个人宽宏大量，心胸开阔，往往会说："他可真四海。"或"这个人四海，什么事都不往心里去。"

可见"四海"是个形容词，而且有它特定的含义。但您知道吗？北京有个地名也叫四海。

我曾问过身边的几个朋友：知道四海在哪儿吗？他们想了半天，居然没有一个能说对的。

当我告诉他们四海是北京的一个地名时，他们都愣住了。一个朋友说："我只知道'四海为家'是个成语，不知道还有这么一个地名呢。"

其实，四海离北京的城区只有80多公里，在北京北部山区延庆县境内，开车走新建的公路，一个多小时就能到。

四海是一个环山相抱的乡镇，好像是一颗珍珠，隐藏在深山老林。

为什么叫"四海"呢？原来它周围的山上有四条名叫石窑、菜食河、西沟里、大胜岭的河流相汇于此，形成了一片很大的水域。因为北京人把湖泊称为海或海子，所以取名叫四海。

四海镇虽然处在崇山峻岭之间，但它又在长城脚下，由于两翼的高山相挟，一条南北相通的古驿道穿过四海，所以这里自古以来就是京城北部的一个"门户"和重要的军事要塞。现在四海镇北路边的峭壁上，还保留着明嘉靖年间刻的"天门关"三个大字。

元代守护边关的官军曾在四海这地界，建了一个很大的冶炼场，制造刀枪和火炮，所以当时叫四海冶。

明朝的天顺八年（1464 年）在此建四海冶城。从保留下来的老地图上看，当年的四海城并不大，只有三个城门，但是它的地理位置非常重要。据四海的老人介绍，老城的城墙遗址还在。

我对四海有着特殊的情感，上个世纪70 年代，我曾先后两次到四海的西沟里烧木炭。这里的山上留下我人生的足迹，也留下我青春的梦想。几十年过去了，我时常会想念起四海镇，想念那个让我终生难忘的小山村西沟里。

二

西沟里，这是一个在北京地图上找不到的小山村，离四海镇约有 10 多里的山路。

为什么我会跟四海的西沟里结缘呢？说来话长。

我算是"七〇届"（即 1970 年初中毕业）的学生，刚满 16 岁，便参加了工作。那会儿跟现在的青年可以自由选择职业不一样，工作都由学校分配。分配工作主要看家庭出身，家庭出身好的，便能分到体面一点的工作，出身不好的只能去干"苦脏累"的活儿。我父亲是"右派"，属于家庭出身有问题的，所以分到了北京木制品加工厂的木炭车间烧木炭。毛泽东的著名文章《为人民服务》里提到的张思德，您听说过吧？他是烧木炭时炭窑塌了，光荣牺牲的。我当时的工作就是他干的活儿。

这活儿又脏又累，咱就不聊这些了，单说这木炭。您一定知道它能取暖做饭，还能涮羊肉。但是您也许不知道，这木炭不单能取暖和涮锅子，它还能炼电子元件。

上个世纪 70 年代初，有专家提出世界即将进入电子时代，中国应大力发展电子工业，生产单晶硅和多晶硅。由于当时还是"文革"后期，"运动"搞得人们大脑发热，什么事都讲究轰轰烈烈，大干快上。中央一说发展电子工业，许多工厂便纷纷改行，加入大炼单晶硅和多晶硅的行列，其火热场面，不亚于 1958 年的大炼钢铁之风。炼单晶硅和多晶硅得用木炭。您想这么多厂子"炼硅"，得需要多少木炭呀！

我当时所在的木炭车间，原来有 3 个炭窑，后来又增加了两个。5 个窑轮班烧，但每天烧出的木炭也只有几吨。

这点木炭哪够北京近百家电子元件厂"炼硅"用的？当

然，我们烧的木炭还有其他用途，比如民用取暖的蜂窝炭、礼花厂做礼花、有色冶金冶炼厂渗碳、景泰蓝抛光等。

北京能烧木炭的只有我们车间这几十号人。我们烧的炭一时供不上这些"炼硅"的厂子需要，怎么办？只好派出大批的采购员从湖北、湖南、江西、贵州、福建等地往北京调运。因为那会儿还是计划经济，全国都要保北京，北京需要什么，各地都没的说，先得保障北京的供给。每天大量的木炭源源不断地运往北京，但还是不够用。

没辙，工厂只好把目光放到北京的北部山区和紧靠北京的河北、山西山区。这些山区的山民不会烧木炭，因为山上的枯树干柴足够他们烧火取暖用了，他们用不着烧炭。为了动员山区的老百姓烧木炭，确保电子元件厂"炼硅"的需要，工厂派我师傅贺万凤带着我到山区传授烧炭技术，这才有了到四海烧木炭的经历。

当时，四海这一带山区的林木极其茂盛，有些还属原始森林，遮天蔽日，最粗的树一个人都抱不过来。

由于那会儿的人没有自然生态的保护意识，加上经济落后，当地的农民生活十分贫苦，思想也比较单纯，所以听上边动员要多烧木炭，支援国家建设，他们毫不犹豫地拿起斧锯，跟着我和师傅上了山，对这一带原始森林进行了大规模的砍伐。

说起来有点寒心，当时，我们不但把百年成材的大树，砍了烧成木炭，就连碗口粗细的幼树都未能幸免。现在回想起来，我的心还隐隐作痛，有一种负罪感。

现在反思起来，这也是"文革"带来的灾难，因为砍伐了那么多森林，烧了那么多木炭，这单晶硅和多晶硅最后也没炼出个所以然。随着"文革"的结束，像当年的大炼钢铁一样，这出"闹剧"也草草收场。令人叹息的是大片的森林成了这场"闹剧"的牺牲品，这里的生态环境遭到了历史性的破坏。

三

不过，四海的西沟里，也有我非常美好的回忆。

当年，这一带山上的树木繁茂，泉水充盈。泉水从山间流下来，汇成很大的溪流，从村边淌过，那水甘冽清甜，村里人喝的用的就是这山泉水。

山上有不少鸟，不但有山鸡、野猪、獾，甚至还有土豹子出没。这里能种庄稼和蔬菜的土地有限。靠山吃山，村里人只能靠采山上的榛子、蘑菇、木耳和中草药卖钱，当然伐木烧炭也是一种副业。

上个世纪70年代，山村还相当封闭落后，这里的山民生活非常艰苦。因为当时是计划经济，吃的穿的用的绝大部分商品都要票证。城里人按户口簿和粮本、购货本，每月可以领到这个票儿那个票儿，山里的农民却没有这种待遇了。也许一年锅里也见不到个油星儿，没有布票，也没有钱，村里人连件新衣服也买不起。但是村里人却像山间的小溪一样平静，过着恬淡闲适的生活，尽情地享受着大自然的恩赐。

夏季的清晨，山风徐徐吹来，木秀繁阴，空气里带着水气，渗透着树木花草的清香，深吸一口，沁人心脾。沿着小道往山上走，听着泉水淙淙，周围是鸟语花香，不时有小动物从身边跑过，"日出而林霏开，云归而岩穴暝"。让人好像跟大自然融为一体，忘记了都市的喧嚣，也忘记了政治运动带来的躁动与不安。

夜晚，大地已经安睡，大山静得出奇，听不到一点声息。天幕上的星星明亮闪烁，好像就在眼前，伸手就能摘下来。轻风吹得人难以入眠，即使睡了，做的梦也是恬静的。在这种环境里，一切忧愁烦恼和宠辱都会让人丢入忘川。

西沟里住着四十多户人家，我和贺师傅吃住在老乡家里。这里的民风淳朴，虽然日子过得很苦，但是他们对我们却像亲人，把家里最好的东西都留给我们吃。

我曾在村支书大老魏家住过几个月。大老魏当时有40多岁，个子很高，长得清瘦，平时叼着一个小烟袋锅，说话不紧不慢。

我那年才17岁，看上去还像中学生。整天吃小米蒸饭和山野菜，没有什么油腥，还要干伐木烧炭这样苦大累的活儿，弄得我的胃出了毛病，又黑又瘦，体重不到一百斤。大老魏怕我受委屈，便接长不短地让人到山上打野食，今儿打只山鸡，明儿捉只野兔来给我和师傅吃。

记得有一次，大老魏在山林里下的夹子，打着一只很肥的獾。他透着高兴，把獾油单炼出来，留作治烫伤。又杀了一只鸡，炖了整整一大锅肉，让我有生以来第一次尝到了鲜美可口的獾肉。

四海的风景美，可是在当时的那种生活条件下，我却没有漫游览胜的心情。不瞒您说，我前后在那里工作生活了几个月，连一张照片都没留下来。

四

改革开放以后，中国发生了巨大的变化，古老的北京城的变化更大，老百姓的日子一天比一天好起来，旅游不但成了时尚，渐渐地成了一种文化和消费。

说到旅游，北京人最初多是想走出京门，饱览祖国的名山大川。但越玩心越野，总觉得外面的世界更精彩。前几年，出国旅游又热起来，北京人觉得天地小了，纷纷想走出国门，感受一下世界风情。

但是游来游去，北京人突然觉得前些年，眼睛光盯着外面的世界了，其实本地的风光山色还没来得及领略呢。

大概从 2003 年开始，京郊旅游又热起来。人们利用周末或清明、端午、中秋等短期假日，纷纷到京城周边的山区踏青览胜，访古寻幽，采摘果实，吃农家饭，品尝野味。一天可以走个来回，稍远一点的可以在老乡家的农家院住一宿，倒也从容。

如此一来，北京郊区的许多沉默的山村，变成了旅游景点，一个又一个进入城里人的视野。

北京的周边景区，我走了不少，但四海一直萦绕于心，尤其是我当年烧木炭的那个小山村西沟里。我多么想回到那里重温旧梦，看看那里的山，那里的水，那里的乡亲。

说来也巧，我的老朋友张树科，听我讲了当年在四海烧木炭的往事后，觉得非常有意思。有一天，他对我说："我给你介绍一个四海的朋友吧。"我听了当然高兴。

这个朋友叫张顺龙，四十岁出头，磕实个儿，方脸盘大眼睛，五官周正，脸上带着笑容，一副朴实憨厚的样子。

跟顺龙细聊，才知他是四海镇西沟外村的人。西沟外离西沟里有 5 里地。顺龙对西沟里村很熟。我跟他提起了西沟里的老支书大老魏。他说认识，不过大老魏已经在头两年去世了，他跟大老魏的侄子是拐着弯儿的朋友。

顺龙比我小 14 岁，我当年在西沟里烧炭的时候，他才三四岁。他是在山村的苦日子里度过的童年。那会儿，家里穷得连双新鞋都买不起，碗里一年到头见不到个荤腥，整天饿得肚子咕咕叫，还得上山去砍柴。

不过，他也赶上了国家改革开放的好时候，16 岁初中毕业，他便跟大哥走出西沟外，先到香山卧佛寺搞绿化，以后又烧过锅炉，搞过运输，搞过建筑、经过商，开过饭馆，在北京的地面上摸爬滚打了二十多年。虽说吃了不少苦，受了不少累，经历了不少磨难，但他现在也算混出点儿模样来了。

他已经成家立业，在城里买了房子，买了汽车，孩子也在市里的重点中学上了学。在商海打拼的经历，磨砺了他的性格，也陶冶了他的情操，都市文化已经把他身上的乡土气息，淘洗得无影无踪，甚至连乡音也变了。他一张嘴，满口地道的北京话。

说老实话，现在的顺龙，看上去跟城里人没什么区别。如果不是树科介绍，谁能想到他是四海人呢？

五

我跟顺龙后来成了朋友。跟他接触的时间长了，我才知道他虽说家安在了城里，心却一直在自己的家乡四海，像每个从农村出来打拼的人一样，故土难离。

顺龙对我说："我是四海的根儿呀，不论我走到哪儿，我都是四海人。"

他说的是实话。他的父母一直住在四海的西沟外。头二年，他把老父亲从四海接到城里住，但老爷子住了不到一个月，就嚷嚷着要回四海。他说住楼房憋得慌，还是四海的空气好，住着舒服。没辙，顺龙只好又把老爷子送回了老家。

顺龙是孝子，老父亲上了岁数，身子骨儿不大好，所以他几乎每个礼拜都开车回一趟四海。西沟外还有他的房子。他的车技好，回一趟老家，从广渠门出发，走高速路，一个多小时就到了。

从北京城里到四海，才走一个多小时，对我来说，这是难以想象的。记得当年我跟贺师傅到四海烧木炭，路上走了两天。

当年我的日记清楚地记下了这段路程：

一大早，到东直门坐长途汽车。那会儿的长途车走得奇慢，一路上车站也多，嘎悠到顺义已经中午。吃了午饭，再倒去怀柔县城的车，路上要走两小时，到怀柔县城该吃晚饭了。吃完晚饭，找旅馆住下。第二天一大早，坐长途车奔四海，走的是山路，车速更慢，到四海镇已是中午。

当时四海的供销社是我们运木炭的一个点，供销社有食堂，在那儿吃过午饭，从四海镇坐一段手扶拖拉机，再换牛车到西沟里。这是一水儿的土路，路面坑坑洼洼，还净是石头子儿，颠簸到村里已是掌灯时分。

现在开车走一个多小时的路，过去要走两天。跟年轻人讲这些，他们会觉得不可思议。

"坐我车，回四海去看看吧。"顺龙不止一次跟我说。

是呀，应该回四海去看一看，那个小山村的记忆，一直封存在我的脑海里。

六

人生记忆的长河，像山间的一条溪流，小溪里有泥沙、有水草、有青苔，也有游动的小鱼。四海就像是记忆小溪里的小鱼，时不时地游到水面，让我想起当年的往事。

1971 年初到 1973 年底，我和贺师傅在北京的北部山区和河北、山西的山区，烧了将近 3 年的木炭。我们的脚步顺着太行山脉一直向北向西，翻过了许多山，也走过了许多山村，但四海给我留下的印象最深。因为我在四海待的时间最长，前后来过两次，加起来有四五个月。

我和贺师傅到山区主要是传授烧炭技术，帮助山里的村民垒好窑，教给他们木炭怎么烧，我们便继续往前走，到下一个山村，接着传播"烧炭术"，所以一般在一个村只待一个多月。

为什么在四海待的时间长呢？因为四海是一个镇，也是延庆、怀柔交汇处，是北部山区的交通枢纽，周围山村烧好的木炭，都运到这儿的供销社，然后我所在的工厂派汽车往北京城里运。

我离开工厂很多年了，那个木制品加工厂也早就没了。即便有，也不会再烧木炭了，因为烧木炭太毁森林了，如今人们对环境和生态资源已开始重视。我不清楚烧木炭算不算违法行为，但有一点很清楚，它毁坏森林，破坏生态。

当然，现在京城懂得烧木炭技术的人已经很少了，八成我算是硕果仅存了。我的师傅贺万凤是烧木炭的高手。他烧了一辈子木炭，核桃皮、火柴棍儿他都能烧成炭。

贺师傅如果活着，也有90多岁了。我年轻那会儿，曾专门总结过他的烧炭技术，出过一本小册子。

当然，在贺师傅门下，烧了七八年炭，我多少还懂得一些这里的门道。有时跟朋友们讲讲当年烧木炭的故事，大伙儿听着也很新鲜。

我总觉得自己现在这岁数，还不到怀旧的时候。要不是有人问起我的经历，一般情况下，不愿意跟人讲当年烧炭的事，更不愿细说烧炭这活儿的辛苦。

不是怕勾起那些伤心的往事而潸然，而是觉得我们这个岁数的人，都经历过艰苦的岁月，谁的肚子里没有一把伤心泪呢？提这些往事，有点儿不老装老，或倚老卖老的意思，用北京话说叫"拍老腔儿"。

但说句心里话，按当年职场工种来说，烧木炭是最苦最脏最危险的活儿，或者干脆说，那简直就不是人干的活儿。挖煤这活儿苦吧？烧木炭比矿工还要脏、苦、累。而我烧木炭时，只有 16 岁呀！回忆起来心酸。

所以，我一般不跟朋友聊这些给人添堵的事儿，只说烧木炭的时候，碰到的有意思的事儿。这样他们听着不累心不伤神，也觉得挺好玩儿。

当我说要回四海，去找当年烧炭的炭窑时，几个朋友也想跟我一块去看看。

七

2009 年的初夏，顺龙开车，我又叫上老朋友张树科、画家周之林先生和夫人郭春兰，一行五人来到了久别的四海。

顺龙是个办事仔细的人，事先通知了西沟里村老书记大老魏的侄子魏海春。海春听说我故地重游非常兴奋，老早就在村口候着我们了。

第一次回到我当年烧木炭的西沟里，恍若隔世，山村的巨大变化，让我简直不敢相认了。

是呀，一晃儿快 40 年了。光阴荏苒，岁月如梭，这里的一切都已旧景不再，物是人非了。

依稀记得西沟里是很小的一个山村，地名就可以证明。村里有不到 50 户人家，二三百口子人。印象中村里没有像样儿的带脊的瓦房，几乎都是石头垒砌的石板房或是草房，这些低矮灰暗的房子散落在山坡上。村里的路是石板路或土路，凹凸不平，稍不留神就会绊个跟头。

现在村里已经见不着草房和石板房了，一水儿的红砖灰瓦起脊的大瓦房，路面也铺上了柏油。

魏海春陪着我沿着柏油小路进了村。我仿佛走进的不是西沟里。记忆中的那个小山村早已成为了历史。

魏海春有四十五六岁，长脸宽额，眉目清秀，中等个儿，身材苗条，看上去体格挺健壮。他不苟言笑，说话时脸上会流露出纯朴憨厚的笑意。我细细揣摸，从他的笑貌里似乎能看到大老魏的影子。

海春现在是四海镇中心小学的教师，村里也有房子。他告诉我，他大爷（大老魏）去世有几年了，但大爷的儿子还在村里务农。村里50多户人家二百多口人，有一多半已经不在这儿住了。年轻力壮的都去城里打工、做买卖，有的在县城或北京城里买了房、安了家。守家待地的都是上岁数的人。

原本村里的地就不多，前些年退耕还林，又都种了树，剩下的地，主要是种菜种花（这里的副业是养花拿到城里卖），所以，村民已经不是靠地来生活了。由于家家都有在外打工的人，还有"副业"收入，所以日子过得比较滋润。

我离开西沟里这40年间，村里房子已经翻修了好几轮。我当年住过的大老魏家的几间草房，早就翻盖成了大瓦房，我已经认不出来了。

海春告诉我，大老魏的老宅现在由他儿子住着。我本想去看看大老魏的儿子，但他家的大门上着锁。海春说，他可能住到县城儿子家了。

村里十分安静，我和海春在村里走了一遭，也没见到几个人。路上碰见了一位六十多岁的老人。海春向他介绍我。他愣了半天，怎么也想不起来40年前，从北京来的一老一少烧木炭的师傅，在这村待过。

海春说："年头太长了，你来这儿烧木炭的时候，我只有五六岁。这么多年变化多大呀，估计村里的老人，早就把烧木炭这事儿给忘了。"

海春的话，让我怦然心动，感慨良多。是呀，毕竟我跟贺师傅在这村里只住了四五个月。四五个月对这里的村民来说，只是岁月光阴中的一瞬，很难在他们的记忆里留下什么印象。

不过，让我感到欣慰的是，在村口终于碰上了一位能记起我的老人。

老人有70多岁，头发已经全白了，走道儿颤颤巍巍，当年是村里的木匠。我已经记不得他当年什么样儿了，他却想起我那会儿的样子。

他凝视着我，想了好长时间，那双已经混浊的眼睛，好像穿过历史的烟云，又看到了40年前的情景。

"你那会儿很瘦呀，长得白白净净，很精神，像个电影演员。我记得你还爱看书，常坐在村口的石头上看书，跟村子里的孩子们混得也很熟是吧？对了，我记得你还爱唱，嗓子好，样板戏啥的，你唱得好着呢……"

老人好像打开了记忆的闸门，把这些陈年往事都倒腾出来了，唠唠叨叨有半个小时，最后还非要我到他家去坐一坐。

因为跟海春说好要上山，寻找我当年垒砌的炭窑，怕时间来不及，所以，只好跟老人告别。

八

我们走出村子，沿着小路上了山。这条小路，也不是我当年上山的路了。正值盛夏，刚下过一场雨，山上的荆棘杂草疯长，有一人多高，山路已然被草窠子掩住，看不到了。

海春喜欢打猎，他对这一带山上情况门儿清。他对我说，头几年上山捉野兔子打山鸡的时候，曾经看见过一大堆石头。我说，那可能就是我们垒的炭窑。

我们在杂草和树林里搜寻了近两个小时，终于在半山腰上的草丛里，找到了很大一堆石头。离这堆石头不远有一棵很粗的大叶椴树，我情不自禁地说："没错儿，这正是我们垒的窑！"

我清楚地记得，当年这棵椴树还很矮很小，有胳膊粗细。从炭窑出炭的时候，我的工作服被汗水湿透，像水洗一般。我在树上晾工作服时，贺师傅对我说："别把树枝压折了，50 年以后它会成材的。"想不到 40 年，它已长得这么高大了。

这棵椴树像是一个地标，告诉了我和海春炭窑的位置。

这座炭窑，是我和贺师傅跟村民们一起，一块石头一把泥垒起来的。当时山上没有水，也没有土，我们是用塑料桶往山上背水，用麻袋背土和成的泥。窑建成后，村支书大老魏还特意杀了一头猪，买了十几斤老酒庆贺呢。

时过境迁，现在这座窑早已坍塌，成了一堆乱石。而当年设计和指导垒窑的贺师傅，张罗喝庆功酒的大老魏也已经不在人世了。望着这堆乱石，我思潮涌动，感叹着岁月的无情。

海春似乎看出我的思绪难平，拿起相机，让我在这座昔日的炭窑前留了影。对我来说，能在这堆乱石前留影，确实有不同寻常的意义。

从山上下来，海春开车拉着我，来到西沟外村的顺龙家。顺龙的父母热情好客，也非常实在，摆了一桌席，款待我和树科、周先生夫妇。

桌上尽是山里的野味儿，顺龙还备了两瓶好酒。

也许是故地重游而感怀，别后重逢而感慨，或许是席间海春聊起了他的大爷大老魏让我感伤，那天，我喝得酩酊大醉，在顺龙家睡到傍晚，才返回城里。

九

打这儿之后，四海成了我心中难以割舍的一道风景。有顺龙和海春这两个四海人，我在城里待烦了的时候，便给他们打电话，到四海走一趟。

顺龙说："你干脆在四海安个家吧。"

我说："这正是我求之不得的事。这里山清水秀，空气新鲜，环境幽静，在这儿沉下心来写东西太惬意了。"

说老实话，我还真在西沟里看中了一个小院，只是主人虽然搬到县城住了，舍不得卖自己的这个老宅。

顺龙对我憨厚地笑道："刘老师想到四海住，还用买房子吗？我在四海有个度假村呢，有几十亩地。你想什么时候住，就什么时候住，想住多大的房子，就住多大的房子。"

我当时以为他跟我开玩笑。因为我知道他当时主要在城里谋发展，那会儿还开着两个餐馆。每次见到他，他都像是屁股上长了钉子，坐不住，非常忙碌的样子。怎么可能在四海有度假村呢？

2010 年的春天，顺龙给我打电话："刘老师，想四海了吗？我陪您到西沟里的山上看看花儿吧。"

我当时正在写一部长篇小说，为书中人物命运的结局而纠结，心烦意乱，正想出去散散心，找找灵感。于是便坐上顺龙的车，奔了四海。

五月的四海，春意盎然，是一年之中最美丽的季节。由于这里的气温比平原要低几度，所以，春天来的也要晚半个月左右。我们来的时候，这里的春意正浓。

从西沟里的小路上山，一股清风扑面而来。山上的泉水汇成一股溪流，汩汩地从我们的脚下淌过，除了我和顺龙，山上没有任何人，透着静谧、幽深。

这里的春色真是让人陶醉。形容风光美丽的词很多，其中有个词叫"旖旎"，它是形容景色轻柔、和美，带有飘逸的像轻纱似的美丽。四海一带春天的山景，确实让人有这种感觉。

　　远处是起伏的山峦，在阳光下呈现出一种深浅不一的黛青色，近处的山上草木已经变绿，杏花、桃花开得正艳，满山遍野都是白的桃花和粉的杏花，真是"乱点碎红山杏发，平铺新绿水蘋生"。看上去非常壮观。返青的野草中，点缀着黄的、紫的、粉的小花，在和煦的春风里，轻摇着她们美丽的身姿。鸟儿在树上啼鸣，蜜蜂在花丛中嗡嗡地翩翩飞舞，还有漂亮的蝴蝶也不甘寂寞地来跟花儿们逗趣。

　　阳光明媚，清风送爽，心旷神怡。我不禁想起北周庾信的诗："春色方盈野，枝枝绽翠英。依稀映村坞，烂漫开山城。好折待宾客，金盘衬红琼。"

　　顺龙是在大山里长大的，看惯了这里的景色，他不像我这么有诗意。我蓦然想起当年在这里烧炭时的情景，忍不住问顺龙："当时我们砍了那么多的树，怎么现在这里的树还这么密呢？"

　　顺龙笑着说："这是老天爷喜欢四海，恩赐给这片大山的。"

　　当然，顺龙说的是句吉祥话。

　　据顺龙介绍，早在上世纪80年代，这里已经封山，不但禁止砍伐，而且连牛羊也禁止上山了。由于政府加大这里自然资源的保护力度，加上山上水源充沛，光照足，当年被我们烧炭砍伐的树木又长出次生林。经过二十多年的生长期，现在又成茂密的森林。

　　只是这些年的土质生态变化，山上的泉水不像当年那么充盈了，村外的溪水几乎已经断流，但是山上的水却依然清洌甘美。

下山的时候，我们蹚过小溪，望着清亮透明、清澈见底的溪流，我忍不住蹲下身子，用手掬了一捧泉水喝了一口。水很凉很爽，咂摸一下，还微微带着一点甜味。

"好喝！"我觉得不过瘾，索性趴在地上，脸贴着水面，直接用嘴喝了几口。

顺龙转身看到我跟泉水"接吻"的样子，忍俊不禁道："刘老师，别呛着。真想喝四海的泉水，我管够。"

"怎么，你想找个煤油桶，回头往我们家拉吗？"我笑道。

"用煤油桶干吗？我还没跟你说呢，我在四海投资开了个矿泉水厂。走吧，你到我的厂子看看就知道了。"

"嘿，想不到你真有脑子。"我笑道。

顺龙没跟我开玩笑，他的矿泉水厂就开在山下不远处，规模不是很大，以延庆的"龙庆峡"冠名，现在已经批量生产上市了。

据测验四海的泉水，水质含有几十种矿物质，堪称京北山区之冠。

"这可是真正的泉水呀！"我拧开瓶盖，喝了一口说，"北京人有福气，能喝到四海的泉水，心胸会更'四海'了。"

这次重游四海，我才知道从四海流往下游的水，一直到怀柔，然后进密云水库，而密云水库是京城的主要饮用水源。如此说来，这里是北京城的生活水源之一。古语说：

"京都风水源四海"，真是名不虚传。

十

能投资开发四海的矿泉水，我觉得顺龙非常有眼光，但让我没想到的是，他开发家乡的大手笔还在后头。

回到城里，顺龙请我吃饭。

饭桌上，他跟我吐露了自己的真实想法："这些年在外头闯荡，干过的行当不少，也挣了些钱，但是总觉得心里不踏实，而且也感到很累心。不知为什么，一回到四海，我的心马上就会踏实下来，觉得脚踩在了地上，而在外边，总觉得心是悬在了半空。也许这些年，在外面闯荡，也算见过了世面。回到四海，感到这里可开发利用的资源很多，这也可以赚钱，那也可以赚钱，脑子里琢磨该干的事越来越多。家乡的山、家乡的水养育了我，我也该为家乡作点儿贡献了。"

我听出他说的是肺腑之言。也是他这么多年，在外边打拼之后的一种省悟。

我问他："那你想为家乡干点什么呢？"

顺龙兴奋地说："还记得我跟你说过，要开一个几十亩的度假村吗？你以为我在跟你开玩笑吧？跟你说，这是真的。我觉得四海的旅游资源这么好，将来这里成了旅游景点，很需要一个度假村什么的。现在农家院呀、农家旅馆呀，设备比较简陋，环境也差一些，我想开一个规模大的，条件好一些的。"

我随口说："这个主意不错。你真开起来了，给我留张床，我一定去住几天。"

没过几天，顺龙给我打电话说："刘老师，求您一件事。"

我问："什么事？"

他说："我跟您说的那个度假村，已经开始规划。您对四海有感情，也有学问，能不能给我起个名字。"

"好呀！"我在电话里答应了他。

在我给顺龙准备开的度假村想名儿的时候，我的心忽然沉了下来。

静下来一想，我对四海真正了解吗？40年前，我在这里烧过木炭，对这里的山、这里的水、这里的人有感情，是没的说的。但烧木炭那时候的四海，早已经是如烟往事了，历史早就翻篇儿了。

这几年，虽然我也来过四海，寻找昔日住过的山村，寻找当年垒过的炭窑，也找到了老支书的后人，在山上也看了风景，但这只能说是走马观花，浮光掠影。现在的四海到底发生了哪些变化，我并不怎么清楚呀。

想到这儿，我给顺龙打电话，告诉他，我想到四海认认真真做一番采访。

顺龙听了很高兴，对我说："太好了！刘老师，我一定给您安排好。"

几天以后，我又一次来到了四海。在四海镇政府，见到了年轻的镇党委书记李凤云和镇长郑玉玲。

这两位"60后"的干部，虽然不是四海人，但是对这里的山川河流，这里的一草一木饱含深情。他们带着我在这片熟悉又陌生的大山和山村转了几遭，使我对四海又有了新的认识。

李凤云长得眉清目秀，个子不高，体态轻灵，性格爽朗，爱说爱笑，透着斯文和精干。

据他介绍，四海的平均海拔780米，最高峰凤凰坨高1530米。由于地势高，降雨较多，这里的空气清新洁净，适合各种植物生长，植被覆盖率达到85%，已发现的野生动物有200多种，植物品种有上千种。我当年烧炭的西沟里，已经被列为北京市的原始次生林保护区。

由于这里的土质较好，昼夜温差较大，生长出来的植物耐寒，花期也长，所以林科院的专家到四海考察后，认为这里非常适宜种植观赏类的花卉。

大概从七八年前，这里便建了几个大的花卉养植基地，不但引进了一批名花，而且把山上的野花品种杂交繁育成观赏性更强、四季常开的盆花。

四海的农民也看出养花是致富的一条路，家家户户开始养花。如今的四海已经成为北部地区最大的花卉基地，不但北京的各个花卉市场，来这里批发花卉，而且许多机关事业单位和大的宾馆饭店也到这里订购鲜花。每年"五一"、"十一"等重要节日，天安门广场和其他街头摆的花卉，有不少就是四海人种的。

凤云书记知道我对历史名胜感兴趣，带我到周边看了几处古迹，让我的眼界大开。40年前，我烧炭的时候，没有闲心来观景赏景，更没心情去研究这里的历史人文。走了一大圈儿之后，我才知道四海不仅自然风景诱人，而且这里历史文化积淀十分丰富。

四海的周边，古迹众多，仅古寺庙的遗址就有 32 处。以奇险著称的箭扣长城就离四海不远。在四海东南的火焰山上的明长城九眼楼更为奇特。

九眼楼建于明嘉靖二十二年（1522 年），距今有 480 多年的历史。这座正方形的双层楼，楼体坚固高大，气势宏伟，每边设有 9 个瞭望孔。2003 年被开辟为万里长城第一楼风景区。

站在九眼楼上，俯视周围起伏的山峦，绵延的长城和林山树海，青翠的秀色尽收眼底，真是令人心旷神怡，流连忘返。

凤云书记对我说："从明代开始，许多文人墨客登上九眼楼，都会诗兴大发，留下许多诗篇。我们现在能找到的吟咏九眼楼的碑刻就有 24 处之多。一达老师是文化人，触景生情，是不是也想来首诗呀？"

我笑道："是呀，是得来一首。不过，再好的诗，也描述不尽这里壮美的自然景色。"

跟三十多年前相比，四海真是更美了。但四海人的待人诚恳热情纯朴的民风却没变。

从九眼楼下来，我们来到顺龙正在建设的度假村。度假村的规模的确挺大，投资也不小。看来顺龙是真想回到家乡发展了。

在度假村的小院，我跟凤云书记，玉玲镇长，还有顺龙的几个朋友，一起喝着小酒，品尝着这里的山菜野味，沐浴着山风，看着周边的山景，真是太惬意了。

现代的都市人饱受城市的喧嚣、工作的疲惫，如果在休息日，驱车来到这片净土，寻找一份深幽和野趣，享受一下大自然的安谧，不但会使人神清气爽，而且也会使自己的心灵得到净化。

书记、镇长工作忙，喝了两杯酒先走了，只剩下我和顺龙还有几个朋友。

顺龙突然问我："刘老师，我求您的事，办了吗？"

"当然办了。"我知道他是问度假村起名的事。

"您给我的这个度假村起的什么名儿？"顺龙急切地问。

我放下酒杯，想了想说："叫'四海为家'。"

顺龙一拍巴掌说："'四海为家'，太好了！"

几个月以后，顺龙打电话告诉我，他的"四海为家"度假村已经注册了，再有一年度假村就要建成，对外开放了。

我撂下电话想道："四海为家"，是啊，美丽的四海，的确是可以"为家"的地方呀！

歌 声

音乐的美妙在于回味，一首能触动您心灵的歌曲，往往会在您的心灵深处扎根。

不知道您是否有过这种触"歌"生情的经历，在一个特定的心境下，您身处某一个场景，一支乐曲或一首歌，让您感动，或让您忧伤或让您亢奋。这支乐曲或这首歌也许会让您终生难忘。多年以后，您走到这个地方，会马上想到这支乐曲或这首歌。反之，也一样，当您听到这支乐曲或这首歌，也会马上想到当年您哼唱时的心境和场景。

英国的大作家萧伯纳在《贝多芬百年祭》中说："音乐的作用并不止于创造悦耳的乐式，它还能表达感情。你能去津津有味地欣赏一张波斯地毯，或者听一曲巴哈的序曲，但乐趣只止于此。可是你听了《唐璜》前奏曲之后，却不可能不产生一种复杂的心情，它使你心里有准备去面对将淹没那种精致但又是魔鬼式的欢乐的一场可怖的末日悲剧。"

是的，音乐的妙处就在于旋律与内心情感的撞击。

前些日子，在电视里听到张振富和耿莲凤演唱的《年轻的朋友来相会》，便勾起我的回忆。一晃儿有 30 年了，当年唱这首歌的场景和心境依然历历在目。

《年轻的朋友来相会》是张枚同作词，谷建芬作曲。歌词写得朴实无华，朗朗上口："年轻的朋友们，今天来相会，荡起小船儿，暖风轻轻吹，花儿香，鸟儿鸣，春光惹人醉，欢歌笑语绕着彩云飞。"

您看，这词儿写得多有动感，春光乍泻，跃然如声，热烈而欢快！

后面的歌词就更妙了："再过二十年，我们再相会，伟大的祖国该有多么美！天也新，地也新，春光更明媚，城市乡村处处增光辉。啊，亲爱的朋友们，创造这奇迹要靠谁？要靠你，要靠我，要靠我们八十年代的新一辈！但愿到那时，我们再相会，举杯赞英雄，光荣属于谁？为祖国，为四化，流过多少汗，回首往事心中可有愧？啊，亲爱的朋友们，愿我们自豪地举起杯，挺胸膛，笑扬眉，光荣属于八十年代的新一辈！"

这些词好像不是写出来的，而是激情喷发，豪情涌动，热血沸腾，每句话都是从心中蹦出来的。我琢磨着张枚同创作这首歌之前，一定举过杯，喝过酒，否则写不出这么悠扬豪迈的词儿来。

是的，在粉碎"四人帮"之后不久，上个世纪 70 年代末 80 年代初，这首荡气回肠的歌，曾经唱遍大江南北。当时，我还属于"八十年代的新一辈"。

我想在那个年代，被这首歌感动过，唱着它被弄得热血沸腾的"新一辈"恐怕不止我一个人。

其实，八十年代的新一辈是被"文革"耽误的一代人。

"文革"开始时，我正上小学五年级，1968年小学五年级和六年级的学生一起上的中学。六年级的学生只上了一年初中，便在1969年，响应党的号召，"大拨轰"，一个不剩，都到东北、内蒙古、云南等地"军垦"去了。他们算是"69届"。

由于这一届加上前边的"老三届"学生都去农村插队，厂矿企业、商业服务业一连几年没有招工，急需生员，我们这一拨人算捡了个"便宜"，在1970年，被"大拨轰"留在了城里，被分到了厂矿企业。由于是1970年初中毕业，所以我们又被称作"70届"。

"69届"和"70届"，在新中国的教育史上留下了一个空白，即这两届学生没有高中学制，初中就毕业了。可以想象，这两届学生的文化底子，满打满算也只有小学五六年级的水平。虽然上过初中，但中学那两年，一直在搞"文化大革命"，几乎什么知识也没学到。

粉碎"四人帮"，意味着"文革"的结束，一个新的时代的开始。当时，党中央在十一届三中全会上，提出了建设四个现代化的宏伟目标，全国上下意气风发，心潮逐浪。

"70届"的学生正是二十郎当岁的"八十年代的新一辈"，一个个都风华正茂，激情勃发，豪情满怀。但建设"四化"，光有激情不行，得有真本事。而我们这拨人却只有小学文化水平，当时全国掀起了学习热潮，各种文化补习班、职工学校、业余大学如雨后春笋，高考也恢复了。人们下了班便奔各种业校。我身边的同龄人，几乎都参加了这样那样的业余学习。

"四化"是当时使用率最高的一个词儿，"四化"的奋斗目标在我们这茬人的心里好像是一种奇迹，正如这首歌的歌词所说："创造这奇迹要靠谁，要靠你，要靠我，要靠我们八十年代的新一辈。"大家似乎真有一种历史责任感，不为四化建设流汗，"回首往事心中可有愧。"

粉碎"四人帮"后不久，流行过一段"伤痕文学"，许多人回忆起"十年内乱"造成的心灵扭曲和思想创伤，难免要伤感，要重新思索人生。但是很多青年并没有沉溺于"伤痕"的叹息之中，而是抚平伤痕，面向未来，去开创新的世界。正是有了这种乐观向上的精神，才有了改革开放之后的新天地。

上世纪80年代初，我在北京市土产公司宣教科当干部，公司在右安门内大街，正对着里仁街。那会儿，我跟几个同事在宣武红旗大学中文系上业大。

一天晚上，七个同事和朋友加我八条汉子，相约到陶然亭划船。大伙儿买了几瓶红酒和小肚、粉肠、开花豆。一个同事还背上了手风琴。

大家在船上一边喝酒，一边畅谈各自的理想，后来大伙儿不约而同地唱起了这首《年轻的朋友来相会》。

歌声随着手风琴的伴奏，在陶然亭的湖面上回荡着，我们的心绪也随着歌声飘逸到了远方。远方，也就是未来。到底会是什么样，当时并不明晰。"四化"也不过是一个概念性的口号，究竟"四化"什么样，我们这帮小年轻心里并不清楚。但我们心里却充满信心，好像"四化"非常神奇地在远处等着我们，必须紧追紧跑才能跟上时代的步伐。

那是一个激情四射的年代、奋发昂扬的年代。陈封的冰河已经消融，春风吹遍了每个角落，即便是石头缝里的小草，在这明媚的春天，也要直起腰来，感受一下春意，证明自己的存在。

那是一个百废待兴、千帆竞渡的年代，北京的老百姓还挤在十多平方米的小屋，月薪只有几十块钱，骑自行车和挤公共汽车上下班，3分钱一个馒头，5分钱一个油饼，一个炒白菜4分钱，一两毛钱能吃个肚儿圆，职工们加班加点，还不知道奖金是什么的年代。

但是为祖国，为"四化"，挺胸膛，笑扬眉，全民的心气之高，热情之饱满，思想步调之一致，可以说前所未有。

正因为如此，年轻的朋友来相会，才会有"再过二十年，我们再相会"这样的约定。

二十年过去了，不，三十年过去了。当年唱这首歌的人们已经一只脚步入暮年的门槛，"望六探七"了。

当年一起在陶然亭湖面上荡舟的"八条汉子"，有的出人头地，有的平平淡淡，甚至有的已经下岗或退休。

几年前，我们有过一次小聚。看着他们脸上的皱纹和头上的白发，我也顾影自怜，如同看见了自己脸上的暮色。蓦然想到了当年陶然亭湖里荡舟的情景。我不无唐突地问道：

"诸位还记得当年我们唱过的那首歌吗?"

拉手风琴的那位老兄,现在是北京市二商集团的副总,笑着说:"怎么不记得?一辈子也忘不了!"

是的,每个人的生活境遇各有不同,人生况味也迥然有异,但一首歌给人带来的激情,以及激情涌动给人留下的记忆是难以忘怀的。随着岁月的流逝,我们这些"八十年代的新一辈",人虽然老了,但这首歌依然能把我们带回到那个让人血热的年代。

有时静下心来沉思,我在骨子里并不是喜欢热闹的人,写作的习惯经常让我喜欢一个人独处。这并不是我追求生活的精致,也不是因为宁静可以致远,也许纯粹是人的性格使然。

心沉下来的时候,血也会跟着冷却,心灵随之也会变得寂寞起来。其实,有些时候人是需要来点激情的,这样创作才会有灵感,生活也才有味道。血总让我凉着,心会添病,身子骨也容易受委屈。

每逢我感到寂寞的时候,便会想到当年唱过的那首歌,想到当年心潮澎湃的情景,想到这些,自己好像也突然变得年轻了。这也许正是歌声带来的魅力吧?

采访

　　采访，是每个新闻记者的主要职能。记者，采访的记录者也。从前，新闻记者不叫记者，叫"访员"。您听这名儿，访员，专门采访的人员。

　　可见当记者的，离开采访，等于无本之木。无米下炊，再有本事，也做不出饭来。

　　2008年，《北京晚报》创刊50周年，大家让我谈谈采访的经历。说点什么呢？

　　一晃儿，我在《北京晚报》工作已经20年了。在晚报这些年，我一直当专版编采的记者，用现在的话说叫专版主持人。从1991年一直到2008年，每个礼拜一版，大约四五千字，连采带编。开办的专版先后有"社会特写"、"经济广角"、"广角"、"京味报道"等。算算有18年了。

　　这18年的记者生涯，采访的事儿实在太多了。可以说，我的每篇报道背后，几乎都有非常精彩的故事。随便捡一个印象比较深的事儿说说吧。

　　那是1991年的夏天，我刚来晚报，在当时的社会新闻部，主持"社会特写"专版。

"社会特写"是当时非常流行的新闻报道样式（体裁），它是新闻事实的深度报道，加上背景材料和评说论述。由于选题多是社会热门话题，所以备受社会关注。

我来晚报，正是由原来的四版扩大为八版，由 2 分钱增加到 5 分钱一张的时候。以前，晚报的社会新闻以消息为主，短小精悍，可读性很强，但超过千字的报道却很少。扩版后，特地增加了篇幅长的"社会特写"专版。

您想要撑起一个版，至少要四五千字，报道的内容又都是社会关注的近期发生的热点问题。我作为一个刚刚走入新闻界的新兵，报社领导就把这样的重任交给我，可见他们对我的重视。

我虽然是新闻战线的新兵，却并不年轻了。我 16 岁初中毕业就参加工作了，当时 36 岁，工龄却已经有 20 年了。之前烧过木炭，上过山下过乡，当过装卸工、维修工，上过学，当过老师，职工学校的副校长，又在北京市委商贸部和统战部前后工作了 6 年，这些阅历不算浅了。

当然，我从小喜欢文学，参加工作后，业余时间读了大量的书，从十几岁就开始写散文、诗歌，20 岁写的五幕话剧《闯路人》，曾被北京人艺的导演看中，只可惜最后没有排成。从 1980 年起开始在报刊上发表作品。在来报社之前，已经发表过几十万字的文章，并且出了一本书。也许报社领导正是看中我的这些经历，才把我调到报社，并且委以我这样的重任的。

由于每个礼拜要写出一整版的"社会特写"，我的脑子每天都不能闲着，除了关注各个媒体的新闻报道，还要留神老百姓街谈巷议的话题。

1991年是唐山大地震15周年。大概齐从开春的时候起，不知从什么地方传出来一个小道消息，说七八月份北京要发生七、八级大地震，而且传说这是唐山大地震的时候，著名地质学家李四光的预言：十五年后，华北地区将有大震。这些传言，说得有鼻子有眼儿。

尽管已经过去15年了，但当年唐山大地震的阴影，还没从人们的记忆里消失。京城要发生大地震了。您想这种消息能不让人胆小吗？谁不怕大地震呀？

到了当年的六月份，甚至有人传出国家地震局监测近期华北地震带非常活跃，有种种震前预兆。一时间，民间恐慌的气氛越来越浓，有些老百姓开始抢购方便面、食盐，有的开始储备粮食和蔬菜。在中关村地区，甚至有人在外边搭起了帐篷，建起了防震的简易房。

这无疑是当时的热门话题。但这个话题太敏感了，能不能报道，我心里没谱儿。可还是想试一试，于是我把这个选题向当时分管"社会特写"专版的社会新闻部主任作了汇报。

本来我觉得这个选题热得烫手，报社的头儿不敢去抓，已经把另外的选题都备好了。没想到主任和当时主管社会新闻部的副总编商量后，认为这个选题是很热，但越热才越吸引读者眼球，不但要报道，而且让我尽快采写，争取两周之内拿出稿子来，在 7 月 28 日唐山大地震 15 周年的前一天（即 7 月 27 日）见报。

我原来以为这篇稿子写起来并不难。按我的报道思路，第二天便深入到几个街道，跟几十位胡同里的老北京人聊起地震的事，掌握了他们有关地震的记忆和要发生大地震的传言带来的恐慌心态。

之后，我又到图书馆去查找北京地区历史上发生地震的史料（那会儿还没有网络，查资料一般得去图书馆）。把这些背景资料备齐，接下来便是到有关地震的权威部门去采访了。

一接触地震局的负责人，我才意识到手里的山芋非常烫手。这篇稿子的难度实在太大了。

我先到北京地震局采访，那里的负责人面带难色地对我说：地震的事现在十分敏感，有关地震的信息，国务院已决定统一由国家地震局发布，他们不接受任何新闻单位的采访。

两句话便把我给打发走了。既然他们给我指了道儿，我只好去"扑"国家地震局。

到了国家地震局，我吃了闭门羹。没想到传达室的门卫一听说我是记者，别说采访，连大门都不让我进。

我当时刚到报社，连记者证都没有，身上只带着报社的出入证。大老远的骑车来，不能就这么回去。

我带着打"消耗战"的心理，用十二分的尊敬和耐心，跟传达室值班的一位老者聊了起来。

敢情传说京城要发生大地震的小道消息，弄得国家地震局非常紧张。他们对新闻媒体封着口，拒绝见一切新闻单位的人。

　　那位老者说："别说你们地方小报了，新华社和《人民日报》、中央电视台的记者都来过，也照样进不了这个门。"

　　这位老先生把晚报记者当成了小报记者，而且说话的口气带有一种轻视。这让我有点儿搓火。

　　我心里暗自较劲，心想，您还别看不起晚报的记者，我虽然没有大报的记者范儿大，但我烧过炭，两次窑塌都活着出来，上山烧炭的时候，从一千多米的山崖上掉下来，都大难不死，什么事儿我都经过见过了，这点困难还能难得住我？大报记者采访不到，我这个"小报"记者非要进这个门，而且还要采访到你们的局长。心里话是这么说，但想进这个门还是挺难。

　　按我之前的采访经验，这得需要温火慢工。我不急不恼，微笑着跟老先生闲聊起来。

　　在聊天的时候，我动了一个心眼，问他现在局里管对外宣传的是谁？老先生说："是柴处长。"我又问他多大年纪，他说有五十多岁。我暗自记下了这些。

　　因为快到饭口儿了，我便跟老先生告辞，在国家地震局旁边找了个饭馆，吃了午饭。肚子填饱了，我的主意也想出来了。

　　按常规，传达室的值班人员一般到下午要换班。我掐算好钟点儿，在下午两点来钟，又返回国家地震局。

果然，传达室值班的换了一个年轻人。这回我没说我是记者，只说找柴处长。小伙子问我是柴处长的什么人？我说是柴处长的朋友。小伙子给柴处长打了个电话。按门卫的规矩，找的人得跟我通上话，他才能放人。

柴处长听说我是晚报记者，又是他的朋友，在电话那头愣了片刻说："我不认识《北京晚报》的人呀？"

我笑着说："您忘了，咱们见过面。我是路过这里，想见见您。您要是有空儿，咱们聊几句。"

我把话说到这份儿上了，柴处长只好说："好吧，你上来吧。"

有他这句话，传达室值班的小伙子当然给我亮了"绿灯"，我就这样大大方方地进了国家地震局的大门。

老柴当时有五十多岁，方脸盘，大眼睛。看上去比较厚道，也很热情。

一见面，他问我："咱们见过面吗？"

我笑道："您看晚报吧？"

他说："看，天天看。"

我说："我是晚报记者刘一达，你一定看过我写的文章。"我说了前不久发表的两篇"社会特写"的内容。

他说："有印象，可是咱们在哪儿见过面呢？"

我笑了笑说，在报纸上见过面呀！他这才意识到我说的"见过面"是怎么回事。

虽说这种"见面"只是附会，但毕竟我不是歹人。看得出来，他并没在意我的唐突，而且他对我还是挺有好感，因为他拿出自己的好茶叶，给我沏了一杯茶。

　　我遵守在电话里跟他约定的"只聊几句"的承诺，聊了几句家常，并没涉及到地震的话题。当然更不可能点破我是来采访的这层窗户纸。大概坐了有十几分钟，便起身告辞。

　　这次采访，可以说只是投石问路，虽然一无所获，但是我认识了老柴，给下一步采访蹚了道儿。

　　尽管这是"慢工"，但时间不等人。因为报社给我的时间只有两个星期，而前一个星期的精力都放在了街道采访上，时间已经过了一多半儿，离交稿的时间只有四天了。

　　怎么办？夜里躺在床上，我难以入眠，琢磨着该从老柴这儿找到突破口。

　　第二天一大早，吃过早点，我骑车从建国门（当时我家住在建国门）又来到万寿路（国家地震局所在地）。传达室值班的又换了人。我让他给老柴打了个电话。

　　老柴听出是我，纳着闷儿问："你怎么又来了？"

　　我说："昨天咱们聊得挺好，但该问的一件事忘了问。"

　　老柴知道我大老远地跑过来，不好拒之门外，便让我上了楼。

　　我来到老柴的办公室，见他正擦桌子（他一人一间办公室），我便放下挎包，帮他打扫起卫生来。他也不见外，让我帮他到水房打了一壶开水。

　　他沏好茶，问我想问什么事儿？快点问，因为他十点钟要开会。

　　我看他脸上带着诚意，便开门见山地说："昨天我来找您，是想问您一件现在老百姓最关心的事儿。"

他听出我的意思，连忙说："咱们约法三章如何？'莫谈国事'。"

我说："柴兄，咱们都是北京人，北京会不会发生大地震，您告我一个实底儿。"

他说："告你实底儿？你想干什么？"

我笑道："我好准备点方便面，地震来了别饿着。"

他知道我在开玩笑，一本正经地说："你问的这个问题太敏感了。你以为我是傻子吗？我知道你是记者，你找我是不是想刺探军情？但是我告诉你，不管你说出什么理由，关于地震的事儿也不能报，这可是原则问题。真的，新华社记者和《人民日报》记者找我几次了，都被我挡了回去。"

我笑道："柴兄，你怎么把我当成'特务'了？您放心，我不会让您坐蜡，一切听您的。咱们是朋友，我只是跟您聊天儿，没有您的话，我绝对不会报道出去的。我们新闻记者也有纪律，我不想砸自己的饭碗。"

他听我说出这话，心里踏实一些，不过，他沉了一下对我说："你先在我办公室坐一会儿。我去开会，一会儿咱们再聊。"他拿出一堆地震方面的刊物，放在我的面前，转身走了。

我在老柴的办公室看了一个多小时的刊物，老柴回来了。

我问他："开什么会呀？"

他说："不瞒你说，现在地震的形势比较紧张，我们局领导每天上午要开一次专家碰头会，然后汇总情况向国务院汇报。"

我问道："那到底会不会有大地震呀？"

老柴笑道："看来你真是外行，地震是自然现象，地球的事儿，谁能说得准？'他'一发脾气，动一下，人类就受不了，谁知道他什么时候发脾气呀？"

我意识到想一下从老柴嘴里说出会不会发生大地震很难。当然不单老柴，谁也不敢说出这话。但我得想办法从他嘴里掏出东西。我跟他聊起家常。

时间过得很快，一眨眼，快十二点了。老柴说你别走了，我请你吃饭。我说我请你吧。他说到我这来，我是主，你是客，当然得我作东。于是我们来到地震局附近的一家餐馆。

当时，我并没明白老柴的用意，以为我们只是简单地吃顿饭。到了饭馆我才知道，跟我们一起吃饭的还有几位老专家。

经老柴介绍，原来这几位都是国家地震预测监测方面的顶级人物，有国家地震局的总工，有国家地震监测网站的总负责人，有华北地区地震监测网站的总负责人。

我们边吃边聊，因为有局里的新闻宣传官老柴在场，这几位专家显得无拘无束。

其实，这真是一次难得的采访。这顿饭从中午 12 点多一直吃到下午两点多，我有意识地把该问的都问到了。

跟他们分手后，我赶紧来到路边的街心花园，搜寻记忆，把饭桌上专家们谈话的内容，一一记在采访本上。因为谈话内容涉及许多地震学方面的术语，比如大陆板块、地质构造、地震缓冲地带等等，我生怕骑车回家的路上把这些忘了。

离交稿的期限还有三天时间了，我不敢放慢采访速度。次日一早，又骑车奔了国家地震局，在上班的第一时间见到了老柴。

老柴笑道："你干脆上我们地震局上班来吧。"

这时，我才把自己的采访想法向他合盘托出。看他面沉似水，我说："《北京晚报》是一张北京地区发行量最大的报纸。地震的传言沸沸扬扬，搞得京城的老百姓很紧张，您说这有利于安定团结吗？晚报记者有责任把真实的情况，及时准确地告诉读者，这对于社会稳定，让老百姓安居乐业是很有必要的，您说呢？您是晚报的老读者，应该帮我这个忙。"

老柴淡然一笑说："坦率地告诉你吧，你找我的第一天，我就知道你的用意。我本想用两句话就打发你走，可是我发觉你这人太执著了，像你这样的记者我还没遇到过。我不但想帮你这个忙，也想跟你交朋友，可是局领导那一关很难过。"

我说："那就看您了。"

他说："我要是不想帮你，昨天就不会让你见那几位专家了。"

老柴的话让我很受感动。虽然我不想让他为难，但我得完成报社的任务，所以又将了他一军："既然局长这一关不好过，我亲自找他谈谈怎么样？您帮我说句话。"

老柴听了一愣说："你真是得寸进尺，要直接采访局长。采访我还不行，还要采访局长？"

我说："采访您，您做不了主啊？我也是在机关待过的人，我知道您的难处。这种事儿必须得经过局长。咱们已经是朋友了，您得帮我这个忙。"

老柴为难地说："这个忙可不好帮。"

我一听他说这话，便说："昨天您都让我采访那些地震专家啦。听他们的话口儿，现在虽然华北地震带进入了活跃期，三四级的小震每天都有，但发生六级以上大震的可能性不大，既然专家们敢说这话，说明北京近期不会发生大地震。为什么不把专家们的意见告诉老百姓，却让小道消息大行其道漫天飞，使人们感到恐慌呢？我想跟局长直接聊聊，如果他能让我把掌握的这些情况及时报道出去，对地震局的工作也是有帮助的。您说呢？"

老柴没想到会遇上我这么一个难缠的记者，只好说："让我试试吧，你先回去，等我的电话。"

我一听这话，觉得这回有门儿。

果然，下午我在报社接到老柴的电话，国家地震局的局长同意接受我的采访。

老柴对我说："明天上午 10 点钟你准时来。这可是我们局长第一次接待记者，只给你 20 分钟时间，你要提前做好准备。"

我对老柴说："您放心吧，我在市委工作 6 年多，接触过许多大领导，见你们局长不会怵头的。"

最难过的一关，终于拿下了！报社领导打电话问我稿子进展情况，我想了想说，只要把局长这一关过了，稿子周六发没问题。

周四一早，我又骑车奔了国家地震局。准时准点，国家地震局的局长在他的办公室接待了我。为了让局长放松，我依然没有把采访本拿出来，只是跟他用聊天的方式交谈。局长谈兴颇浓，围绕北京会不会发生地震，从古到今，谈天说地，不知不觉谈了一个多小时。

也许我的诚心打动了局长，他不但跟我聊出许多局外人不知道的内情，而且同意我发稿。不过，他提出一个条件，稿子写出来，他要亲自过目。我说当然，这种稿子您不过目，谁敢发呀！

回到报社已是下午，报社领导对这篇稿子非常重视，问我还有两天了，能不能把稿子拿出来。我说没问题。而且当时把标题拟了出来：《地震，会不会在北京发生》。

报社领导觉得这个标题太敏感，经过反复推敲，大标题改为《地震——恐惧？对策！》外加一个副标题"来自国家地震局的报告"。副总编王兆平特批，在头天的晚报一版醒目位置上，登出这篇报道的预告："明天本报发表专稿《地震：恐惧？对策？——来自国家地震局的报告》敬请关注。"

当我看到周五晚报登的预告时，心里既喜又惊。因为这个时候，一个整版的稿子还在我的脑子里，没写出一个字呢！但是我胸有成竹，给老柴打电话，对他说："明天上午我去你们局，让局长审稿。"

老柴吃惊地说："这么快你就能写出来？"

我说："放心吧，咱们一言为定，但我只求你办一件事儿，因为当天就要见报，报社十点钟截稿，下厂印刷，能不能让局长八点半审稿。"

老柴答应了。

当天晚上，我挑灯夜战，四千五百字的稿子一气呵成，写完最后一个字已是凌晨四点。

我躺在床上眯瞪了两个多小时，六点多起来后，吃了个面包，骑车直奔国家地震局。

到国家地震局门口，我抬腕看了看表，八点钟多一点。老柴见了我问道："你的稿子写出来了？"

我说："当然，没写出来，我敢见您吗？"

"哎呀，真是神笔了！一个晚上，五千字的稿子就出来了！"老柴说，"我也不看了。你快去见局长吧。他还要到国务院汇报工作，正在办公室等你。祝你好运！"

我三步两步地到了局长办公室。

局长对我的写作速度大感意外，当然他对我的文笔也没的说。但这篇稿子事关重大，他看得极为认真。真是字斟句酌，看了有半个小时。

我一直在他旁边，静静地看着他脸上的神色。他的一举一动，让我揪心，因为此时此刻，他主宰着这篇稿子的命运，只要他说一句话，这篇稿子需要再研究一下，那么晚报的专版就要开"天窗"，我的一切努力将付之东流。不知如何向读者交待？

我感觉办公室的空气快要凝固了，大气都不敢喘。

局长好像并没在意我在他身边，一直聚精会神地看着我的稿子。中间，秘书进来两次说有电话，他都挥了挥手，示意一会儿再说。

随着时间的推移，我越来越感到紧张了。而局长脸上的表情却始终没有变化，平静无波，手里捏着铅笔，改动了几个字，看不出他心里到底想什么。

终于他抬起头来，看着我，脸上流露出一丝笑意。我从这笑意里看到了光明，长长出了一口气。

"好，写得不错！"局长说。

谢天谢地，我终于等来了福音。"那么您看没有什么可改的了吗？"我下意识地说。

"噢，你的文笔太流畅了。我只是在几个专业术语上改了几个字。"局长谦和地笑了笑说。

"这么说可以发表了！"我颇为激动地说。

"我看可以。"

"太好了！"我拿出报社的稿签递给他，"请您签个字吧，您的字值千金呀！"

"好！"局长拿过稿签，写下了"同意发表"四个字。

一块石头总算落了地。事不宜迟，我向局长表示谢意后匆匆告辞，为了抓紧时间，我把自行车"扔"在了国家地震局门口，打了一辆出租车，回到报社。此时已是九点半了。报社的各位领导和照排车间的人正焦急地等着这篇稿子呢。

王兆平副总编说："再晚 20 分钟，今儿的报纸可就'开天窗'了。"

这篇稿子是当时老百姓最关心的话题，据说当天的晚报多卖了 40 多万份。这篇报道很快被电台转播，京城的其他报纸也作了转载。其社会影响是显而易见的。

几天以后，报社还接到了国务院有关部门打来的电话，大概是说：晚报关于地震的报道中央领导已经注意到了，报道客观、准确、及时。

这篇报道后来获得了北京市好新闻一等奖。1993 年还获得了由全国记协和国家地震局评选的首届全国地震工作好新闻一等奖。

岁月匆匆，转眼之间，十八年已经过去。这些奖，现在看来不足挂齿，这篇报道也早已淡出人们的记忆。我之所以提起这次采访经历，是想告诉您，写出一篇好的新闻报道是多么不容易。

当然，在我的记者生涯中，这样的采访经历太多了。读者看到的往往是新闻报道本身，而发生在采访中的故事是读者所不知道的。

西北行记

中国的西部是一片神奇的土地，尤其是青海、甘肃两省，幅员辽阔，自然资源丰富，历史文化悠久，每次到这里旅游观光或采风，都会留下不同的印象。我的感受是，到青海和甘肃，主要是触摸历史，感受古老的华夏文明的厚重和雄沉。

2010年的初秋，笔者随北京作协组织的采风团，跟十几位作家一起到这里走了一遭儿，再一次在历史文明的碎片中，感悟到岁月的沧桑。

甘肃的河西走廊是古丝绸之路的重要通道。早在上小学时，我在课本里就知道了这条连接中国和西亚文明的古道。那时，在我幼小的心灵里，这条古道似乎是非常遥远，又是非常神圣的。

非常奇怪的是，我在第一次看到这条古丝绸之路的图片时，便想象着这条古道和北京胡同的关系。当时我正上小学四年级，也许是因为那会儿我听胡同里的老人说过，"胡同"一词是蒙古语的缘故。蒙古语自然是蒙古人说的话，由蒙古人让我想到了西域。

其实这是两个概念。但谁让我当时是小孩儿呢，小孩儿的想法总是很天真的。

可是这种奇妙的联想，一直萦绕在我的心头。直到1995年夏，我真正踏上这条古道，触摸到它的历史时，才感悟到儿时的遐想并非痴念。因为在光阴的隧道里，历史的光影，留给后人的沧桑感是相同的。

在茫茫大戈壁的古城废墟上行走，与在旧京的版图上寻找消失的胡同的那种感觉是相通的。

我已经不止一次去甘肃和青海了，但这两个省的地面实在太大，待上几个月，也不见得能把想去的地方都走到。当然，即便是一个地方，每一次去的感受也不一样。所以当北京作协的秘书长王升山问我去还是不去的时候，我还是决定放下案头的文稿，毫不犹豫地说去！

果然，这次作协采风的线路跟我以前走过的不一样。

我们一行十多人沿着古丝绸之路西行，一直走到了罗布泊的边缘。一路上，望着茫茫的戈壁滩，遥想当年西去的商旅驼队和马帮，仿佛看到了一幅壮美的画卷，耳边传来驼铃的声响。

在通往西域的这段古丝绸之路，我领略到真正意义上的沧海桑田。昔日的河流、湖泊、森林、城市、关隘，全部被风沙掩埋、风化，形成了雄浑壮观的雅丹地貌。

看着岩层被风沙剥蚀成的沙丘和巨石，被大自然刀削斧凿般地剥蚀，形成的各种形态的神奇石峰，不由得让人发出惊叹。

玉门关和汉长城，在汉赋和唐代的边塞诗中多次被提到。大漠中的雄关和巍峨绵延万里的长城，让人联想到古战场上的金戈铁马。

"羌笛何须怨杨柳，春风不度玉门关。"王之涣的这首凉州词，让当年的玉门关闻名遐迩。霍光父子在大漠与匈奴之间的征战，在酒泉和张掖的古迹中亦可找到踪影。

但是岁月的无情，使昔日的辉煌全部化为历史的烟云。两千年后的玉门关，如今被岁月风蚀得只剩下一个黄土台子了，远远望去像在大戈壁滩上屹立的一个大土丘。

大漠的阳光分外刺眼，强烈的紫外线让人的皮肤感到灼热。触摸这些历史痕迹，遥想当年古丝绸之路上的这个重要关口的盛况，让人愈加感到历史文化的凝重。

敦煌是古丝绸之路上的一个重镇，开凿于公元 366 年，历经十六国、西魏、北魏、隋、唐、五代、宋、西夏、元，上下延续千余年的莫高窟，把人们带到了古代的艺术圣殿。这座目前世界上保存最完美、规模最大的佛教石窟艺术宝库，不愧是中华民族留给世界的珍贵历史文化遗产。

同行的一位青年作家把参观的每个石窟都做了记录，她是第一次到莫高窟。面对前人的艺术精品，她感慨地说：这些精美的壁画和雕塑，让我们看到了中华民族悠久灿烂的文明，在这里徜徉，如同穿越时光的隧道，让我对中国传统文化的敬畏油然而生。

这也许是视觉上的巨大反差，留给人的审美印象。大漠古长城和关口的苍凉感，被莫高窟的艺术感染力所冲淡了。

在莫高窟的 323 窟中的一组壁画佛国澄的故事中，我意外地找到了北京胡同的契合点，并由此找到了创作灵感。

胡同，是蒙语水井的意思，后来引申为街巷，甚至成了北京的文化符号。莫高窟的这组壁画不可能有胡同，但是酒却和胡同文化有联系。当年住在胡同里的老北京人，生活中肯定离不开酒。

这是一个有关佛国澄用酒灭火救幽州城的故事。

佛国澄是一位来自佛国的智者，他在跟国君喝酒聊天时，突然有大臣来报，幽州城发生了火灾，大火不但烧着了宫殿，也烧着了店铺和民房，眼看整个幽州城就要被大火吞噬。国君听了惊恐万分，佛国澄却显得从容不迫，他对国君说我自有灭火之计。国君忙问咱们离幽州这么远，你如何灭火？佛国澄笑着举起酒杯道：我就用它来灭。说着他施了个法术，让使者带着他施了法术的酒赶到幽州城，果然用酒灭了大火，救了幽州城。

幽州就是现在的北京。想不到在莫高窟的壁画中看到了老北京。这个意外的发现让我惊叹不已。

为什么佛国澄救着火的幽州城不是用水，而是用酒呢？众所周知含有酒精的酒，是易燃物，酒精含量高的烈性酒，沾火就着。用酒救火，大概只有神话故事里才会有这样的事儿。

不过，这个故事非常有意思，难道北京人爱喝酒，跟这个神话故事有关吗？难道北魏时代的北京人，就已经喜欢喝酒了吗？这里的典故还有待我去考证。

这次西北之行，再一次让我感受到汉唐文化的伟大，也感受到西部文化与北京文化千丝万缕的联系。

如果说不虚此行的话，就是在感悟岁月的同时，我找到了物质文化遗产和非物质文化遗产在保护与传承上的共同点。在玉门关和汉长城的遗址上，我隐约看到了北京胡同的影子。如果我们再不对北京的胡同加以保护的话，再过若干年，它很可能会成为今天的玉门关和汉长城遗址。所不同的是，如今的玉门关和汉长城遗址长眠于茫茫荒漠里，而胡同则湮没于钢筋水泥的城市"森林"之中。

甘肃和青海在西部属于相对贫穷落后地区，但甘肃省的面积 45 万平方公里，青海省的面积 72 万平方公里，两省的面积相加是 117 万平方公里，约占国土面积的七分之一，相当于 11 个浙江省或江苏省，用"地大物博"来形容这两个省并不过分。

这两个省的自然资源相当丰富，以青海省来说，它不但是黄河、长江、澜沧江之源，而且现已发现有一百多种矿产资源，其中占全国前十位的就有四十多种。只有身临其境，才能深切地感到这两个省的开发前景的广阔。尤其是中央实施西部大开发的战略决策之后，这里发生了巨大的变化。

这次来到青海，我的一大收获是，游览了东北部与甘肃省交界的祁连山。出乎我的意料，我没想到祁连山的风光、风貌和风情是如此的壮美。

恰值夏末，这里辽阔的大草原像天然的绿色地毯，铺天盖地，如茵的草原上到处是羊群和牦牛，羊群在草原上如同白银撒在绿色的地毯上。而黄色的麦穗和青稞以及各种盛开的野花，看上去就如一幅色彩斑斓的图画，让人感到清风扑面。祁连山深处原始神奇的黑河大峡谷，以及湍急的河流，更让人感到景色迷人。

更让我动情的是这里的安静。我们在祁连山深处走了两天，几乎看不到行人和游客，即便是山中的小村落，住户也很少。也许是这里的旅游资源尚未开发的缘故吧。

祁连山宛如披着面纱的少女，羞答答地看着我们。而这带有几分神秘的"面容"，正是它的魅力所在。

在我的印象中，青海的高原和甘肃的戈壁是一种苍凉的景象，想不到中国最美丽的草原之一，却在同一地区的祁连山。难怪有人称祁连山是东方的"小瑞士"。

采访当地牧民得知，祁连山有这么美丽的风光，是当地政府近些年大力植树、保护草原和自然生态取得的成果。二十多年前，这里还不是这样。

是呀，人类还得多种树！一路上，大家谈论最多的话题就是植树。眺望车窗外的茫茫大戈壁，有人甚至建议今后国家应制定相应的法规，让那些服刑的犯人到西北大戈壁滩来种树，凡是能在戈壁滩上种活几十棵树的人便可减刑。当然这只是我们的一种遐想。

这次西北之行，我有幸参观了酒泉卫星发射基地。这是一座在一望无际的大戈壁滩上建起的卫星城。让人感到惊叹的不仅是现代化的卫星研究试验装备和高耸云天的卫星发射塔，而且还有绿草如茵、树木茂盛的生态环境。

同行的一位作家在二十年前，曾随北京艺术家慰问团来基地慰问演出。他回忆说，当时他们是从酒泉坐小火车，在大戈壁走了两天两夜才到基地的。一路上，满眼都是无边的砂石，只有一丝一丝的骆驼草，略微透出点绿意，狂风肆虐，飞砂走石。火车行驶中，他们不时要下车去清扫轨道上的砂子，才能前行。当年的航天基地几乎看不到什么树。在他记忆中的那片胡杨林，也是那么孤独，在沙丘中显得苍劲，成了随行画家写生的素材。

如今卫星基地已建起了满眼绿色的公园，一条公路从嘉峪关直通这里，我们从酒泉坐车到基地，只用两个多小时。在那位作家的指引下，我们找到了他记忆中的那片胡杨林，它的周围已经绿树成荫，难觅荒凉。

西北地区自然生态的变化，让人感到在经济开发建设的同时，保护自然资源的重要。

西部大开发十年，的确让甘肃和青海的许多城市，发生了历史性的巨变，不论是在青海的省会西宁，还是在地处偏远的高原县城，人们都能在新建的高速路、居民楼、休闲广场、超市、发廊中，感受到现代化的气息。我们在一个海拔3000米高的小县城，居然发现了肯德基和麦当劳。

同行的一位"80后"作家，看到青海省会西宁的繁荣景象，感慨颇多，他对我说："这里跟我老家长沙几乎没什么两样，实在出乎我的意料。我是第一次踏上这片土地。来之前，看了一些资料。这里缺水、缺吃少穿，经济十分落后。

到了这儿之后，我发现跟资料里说的大不一样。说明这里的变化太大，也太快了。"

15年前，我随中国记者"黄河渡过"采访团去黄河源头采访，在西宁住过几天。那会儿的西宁几乎没有超过10层以上的高楼，街上也见不到什么汽车，商业贸易更不发达。天一黑，找个吃饭的地方都难。买个牙膏要坐几站公共汽车到百货大楼。

如今的变化，让我几乎认不出这是当年的西宁了。眼前的西宁，高楼大厦林立，街上车水马龙，一些繁华地段居然也出现了堵车现象，这里实在变化太大了。

有意思的是我们在西宁住的饭店，与我当年下榻的宾馆只隔两条马路。记得那是一座绿色琉璃瓦的屋脊，带有地域特色的老楼。

傍晚，我去探访故地，转了半天也没找到记忆中的那栋楼。一打听，那栋楼早就拆了，原地盖起了二十多层的新楼。而对15年前的那栋很有特色的老楼，人们似乎早已忘记。

在西宁，我们目之所及，到处可以看到塔吊和脚手架，一幢幢高楼大厦正在兴建。西宁的建设速度让我感到吃惊。当地人告诉我，现在大批的温州人已经瞄上了这块土地，成为开发西北的主力军。温州人可不是空着手来的，他们不但在这里投资，更主要的是把经商意识和投资理念带给了当地人，开启了相对保守与封闭的西北人的生意经。

不过，在惊叹西北高速度发展之余，也让人感到一种隐忧。快速开发，除了对生态环境的影响和破坏之外，感受最深的是城市建筑风格千篇一律，使城市缺少了自己应有的特色。

行走在车水马龙的西宁街头，仿佛置身于北京，抑或是上海、香港，毫无陌生感，当然也体会不到西部城市的新鲜感。

西宁作为少数民族比较集中的地区，在建筑上应该有自己的风格。而现在这种风格根本看不到。这是不是现代化给中国大城市带来的一种千"城"一面的"通病"呢？

当一座城市的建筑失去了个性，失去了地域文化所应有的文化内涵，失去了本来的面目，被所谓"新潮"与"时尚"所取代，还会有它自身的魅力吗？

这次西部之行，感受了三种不同的境况：历史的沧桑与凝重，大自然的纯朴与壮阔，城市现代化的喧嚣与浮躁。三种境况所带来的三种体验，让我生发出对时代与岁月的种种感叹。

大自然赋予了人类生存的一切条件，正因为如此，人类得以在这片神奇的土地上生活了数十万年。当年，这里树木繁茂，河流纵横，土地肥沃，生态环境极佳，使人类在这里繁衍生息，创造了文明。但是经过战争和人类过分的开发以及自然的变化，这里的原始生态失去了平衡，加剧了土地荒漠化的进程，最后使河流干涸，草木枯萎，城市变成废墟，良田变成了戈壁滩，古老的文明成为历史的云烟，这无疑是自然界对人类的惩罚。

然而，当人类的历史付出了昂贵的代价之后，面对荒漠，我们重振昔日的雄风的时候，难道历史的教训不值得我们沉思吗？

　　现代化确实改变了城市的模样，国家开发大西北的战略也加快了城市现代化的进程，但是今天的开发建设，难道不需要我们记取历史的教训吗？面对千篇一律的高楼大厦，面对车水马龙的街道和内地涌来的人流，我们该做怎样的选择呢？

　　站在西宁的街头，我手里拿着从汉长城的废墟上，捡来的一根上千年的早已被风干了的芦苇，做着这样的沉思。

字 典

小时候的许多事，已经觉得很遥远了。但有些记忆却是刻骨铭心的。现在闭上眼睛，那会儿的一些往事如在眼前。

有一次，一位朋友问我："你小时候，最亲密的朋友是谁?"

我想了半天，告诉他："我的朋友是字典。"

朋友不解其意："字典? 你跟字典是最亲密的朋友?"沉了片刻，他似有所悟，问道："你跟字典结缘，难道有什么故事吗?"

他的这句话让我陷入了回忆。

我说的字典，就是现在通用的《新华字典》。它是由商务印书馆出版的，是中国最畅销的字典。从 1957 年出版到现在，已经再版印刷了 155 次（到 1999 年 12 月），销量超过 3 亿册。到现在仍然是中小学生的必备书。

我小时候能跟《新华字典》结缘，是出于一种无奈。然而，这个"朋友"却让我受益终生。

小的时候，我家里很穷。这种穷，不单是物质上的贫穷落败，还有精神上的窘迫不安，或者说是一种心理压抑。

我 6 岁的时候，父亲被打成"右派"，发配到东北，很长时间杳无音信。年轻的母亲带着我和只有两周岁的妹妹，搬到了姥姥家。当时母亲没有正式工作，只能靠打零工和给人当保姆，每月挣二十多块钱，养活我和妹妹。那日子可想而知。

穷并不可怕，最让我感到苦闷的是孤独和精神压抑。当时，中国社会讲阶级斗争，地、富、反、坏、右，被视为"黑五类"，属于阶级敌人。我是右派的儿子，况且又"没"父亲，可以说，时时处处都会遭到别人的冷眼，受到人们的歧视，尽管我那会儿还是个乳臭未干的小毛孩子。

上世纪 60 年代初，国家遇到连续 3 年的自然灾害，粮食和副食品供应非常紧张，我们家的日子更加艰难。母亲怕我饿出个好歹，便把我送到了我大爷家，暂度饥荒。

我的祖籍是山东青州。我大爷就是我爷爷的哥哥。他是个民间艺人，会刻驴皮影、糊纸活，小的时候"闯关东"，在辽宁省昌图农村落了脚。

找我大爷那年，我 6 岁多一点，用北京话说，还是个"小屁孩儿"。临行的时候，母亲塞给我几块零花钱，还给我买了几本小人书。她说，如果在火车上闷得慌，就看看小人书。

我是揣着这几本小人书，一个人上了火车。6 岁的孩子就敢一个人坐火车，现在想起来令人难以置信。当然，在上火车前，我母亲把我托付给列车员，在路上照顾我。在火车上，我看了一路小人书。

辽宁省的昌图县紧邻吉林省，是东北大平原上的一个产粮大县，土地肥沃，有茂密的树林，还有一条大河。这里的农民不愁吃喝，而且远离政治，倒有几分田园生活，只是冬天非常冷。

我大爷只有一个女儿，很早就远嫁到哈尔滨。昌图农村只有他和老伴在一起生活。我的到来，给他平静的生活带来了一些乐趣。

当时我大爷已经六十多岁了，但是身板非常硬朗。他家有一个大院子，养着猪和鸡。家里还有一个很大的菜园子，种着各样的蔬菜。

大爷性格温和善良，老实本分，平时在地里干活，农闲时刻皮影、糊纸活、刻挂钱，到集上去买，挣点儿零花钱。

从北京的小胡同来到东北大平原，一切都觉得很新鲜。很快我就跟村里的孩子混熟了。村口有一个大草甸子，一望无际。

夏天，甸子里长满芦苇和野草，五颜六色的野花点缀在草地上，散发着幽香。牛马在草地上悠闲地吃着草，鸟儿在草甸子上尽情地啼鸣，不时还有叫不出名的鹞鹰在上空翱翔。我们这些孩子光着屁股，在草甸子里尽情地玩耍嬉戏，在河里摸鱼捞虾。不知道世上什么叫忧愁。

冬天，大雪让草甸子披上了银装，漫天皆白，太阳显得那么温暖。我跟村里的大人们到冰面上凿洞打鱼。捞上鱼来，便在甸子里架起篝火，烤鱼吃。

临近春节，大爷带着我到镇上赶集。集市像是北京的庙会，除了有各种吃食，日常生活用品小摊儿，还有十里八村的"社火表演"，以及东北的"二人转"，让我流连忘返。那真是无忧无虑的日子。

　　转过年，我大爷看村里跟我一般大的孩子都上了学，也去找中心小学的校长，让我上学。

　　校长的姓名我已忘记，只记得他长得有些古怪，尖下巴，三角眼，脸上有块疤痕。听说我是北京来的，他对我大爷说，我不是村里的人，毫不留情地把我拒之门外。

　　开学好几天了。看到别的孩子都上学了，我却无学可上，我大爷心里很不是滋味。

　　我大奶奶性格倔犟，干事也麻利，平时家里的事儿都由她拿主意，听说校长不让我上学，她急了："怎么会不让孩子念书呢？甭听他的，上！"

　　我大奶奶的劲头，好像她是教育局长似的，她没听我大爷的，给我缝了个书包，还买了件新衣服，让我跟村里的同龄孩子一起进了学校。但是我没有学籍，板凳还没坐热，就被班主任老师给轰出了教室。

　　就这么回家，我怕大奶奶生气，便悄悄躲到树后，别的孩子上课的时候，我就在教室外面偷偷地听。

　　农村的小学校，条件很简陋，只有几排房子，十几间教室，连正经的操场和院墙也没有。有的老师见我站在教室外面往里张望，以为我犯了什么错儿，被老师给轰到外头罚站呢。

一连几天，我在教室外边偷听，也没人管我。我尝到了甜头，每天背着书包跟村里的孩子一起去上学，别的孩子上课的时候，我就在教室外边偷着听。

村里的小学校，除了校长还有七八个老师。教语文的老师姓刘，名字很好听，叫秀梅，家住在县城，当时有二十多岁，个子高高的，长着一双漂亮的大眼睛，梳着黑油油的两个大辫子，显得挺文静。

有一天，我在教室外边偷听她讲课，小学一年级的课以识字为主，课文非常简单，但她能根据课文讲一些有趣的故事。

我在教室外面，听得正入神，背后一只大手揪住了我的耳朵。我回过身，仰起头一看，原来是校长。

"你怎么又来了？不是跟你说过吗？不许你来。走，马上给我出去！"校长疾言厉色地要把我赶出学校。

我觉得很委屈，看着他脸上阴云密布，不敢再说什么。正不知所措，教室的门开了，刘秀梅老师走出来。

刘老师温和地看了看我，笑了笑，转身对校长说："你别怪他，是我叫这孩子来的。我正要找你，能不能让他当旁听生？"

校长冷冷地说："不行，他不是咱本地人，没资格在这儿念书。"

"好吧。"刘老师好像也有点惧怕这位校长似的，微微皱了一下眉头，不想跟他争辩。顿了一下，她很不情愿地对我说："你先回家吧，以后别再来了。"

我突然感到孤独无助，看了一眼面沉似水的校长，又看了一眼无可奈何的刘老师，满脸羞愧地低下了头。

　　在往校门口走的时候，我回过头，看见教室的窗户上，贴着几张村里孩子的脸，他们朝我挤眉弄眼地笑着，顽皮的笑意里分明带有一种奚落和嘲讽。

　　我觉得自己像是犯了什么罪似的，很想找个地缝钻进去。多少年以后，我还清楚地记得当时令我难堪的场面。尽管我那会儿还不到七岁。

　　从这天起，我再没进过这所学校，不但不想进，甚至不想看到它。校长的威严，让我感到恐惧，像让马蜂蜇了以后，见着马蜂窝就想躲，像让捅炉子的通条烫了一下以后，再也不想碰它一样。我实在怕见那个凶神恶煞般的校长。

　　我不敢把心里的委屈，跟我大爷和大奶奶说，我同样怕我大奶奶那双眼睛。每天早上，照例背着书包，带着大爷给我备好的粘豆包或粘饼子，跟村里的孩子们一起出了村。村里的孩子去学校上学，我却一个人跑到大甸子里玩。

　　到了大甸子，我便忘了一切。像一头小马驹，尽情地在草地上撒欢儿，下河捉鱼，上树掏鸟蛋，一个人玩起来也挺开心。有时跟村里的大人在大甸子里打野鸟。

　　玩到太阳下山，我估摸着村里的孩子该放学了，再往家走。这时，大奶奶早把晚饭准备好了。

　　淘气和贪玩是孩子的天性，玩了几天以后，心就变"野"了。我天真地想，校长不让我上学正好，这下我可以放心大胆地玩了。上学干吗？在大甸子里玩多开心呀！孩子的思想是单纯的，只想眼前的事儿，想不到未来。

多少年以后，我曾想，假如不是遇到了那位刘秀梅老师，假如没有那本字典，我也许会成为一个大字不识的人。因为人对自己本来所想往的事情，努了半天劲，最后却碰了一鼻子灰，受到心灵的伤害，让人心灰意懒。这种伤害也许是刻骨铭心的。一旦伤心变成了失望，很难再重新找回当初的信心。

当时，我对上学已不抱什么希望了。玩，多有意思，为什么偏要去上学呢？在大草甸子里玩野了以后，即便是我母亲把我带回北京，我也对上学没什么兴趣了。

那天，我跟村里的一个大伯，到大甸子里去打野鸭子，回到家太阳已经下山了。正是家家户户做晚饭的时候，村子里炊烟袅袅，空气中的柴烟味揉着炒菜的油香。

我跑了一天，肚子正咕咕叫，嗅到这种味儿，忍不住多吸溜了几下鼻子。也许大奶奶早把晚饭给我预备好了吧，想到这儿，我不由得加快了脚步。

奇怪的是，大爷家的院子显得很静，那只小柴狗摇着尾巴朝我跑过来。我猫腰理了理它的毛，突然听到北屋有个熟悉的声音在说话。

我竖起耳朵，听出是刘秀梅老师，心里不由得一怔：她来大爷家干什么呢？

我悄没声地来到窗根底下，只听大爷一声长长的叹息："这孩子命苦呀！"我听出他们是在谈论我，便屏住呼吸，悄没声儿地听下去。

这时，只听刘老师说："我一开始，也搞不懂校长为什么对他那么厉害，前两天，学校的一个副校长告诉我内情，我才明白是怎么回事儿。敢情他爸爸是'右派'，公社书记已经知道了。大爷，我跟您交个实底吧，现在在搞运动，我们每天都政治学习，可严了。谁敢沾'右派'的孩子呀？校长也是没办法呀！"

　　屋里传来我大奶奶的声音。老太太比较耿直，亮着大嗓门："他爹是他爹，他是他。孩子又不是'右派'，凭什么不让他上学？不行，我明儿得找校长说理去！"

　　我大爷又叹了口气，拦住了她的话，沉吟道："唉，你去说啥呀？啥也别说了，谁听你一个老娘儿们瞎嘚啵呢。算了，我看不让他念书也挺好，真上了学，他也受气。这是何苦呢？既然他投奔我来了，我也不能让他荒着，先让他疯跑一段时间，然后，让他跟我学手艺，刻挂钱、刻驴皮影，只要有这门手艺，一辈子也不会发愁混不出碗大米饭来。"

　　屋里沉默一会儿，只听刘老师用轻柔低缓的语气说："他可正是念书的年龄，哪儿能就让他这么混下去呢？学手艺，也得识文断字呀！我看还是应该让他学点文化。人没文化，一辈子也不会有什么大出息的。我看这孩子挺懂事，也聪明，有灵气，千万别让他就这么疯跑，回头我想想办法吧。实在不行，我单给他开小灶吧。"

　　"那可谢谢你了，大侄女。"我大爷说道。

　　"谢什么，咱们两家的关系，还用说谢吗？"刘老师说。

　　后面是我大奶奶的声音，她非要留刘老师在家里吃晚饭，而刘老师说还有事，执意要走。

我大爷和大奶奶把刘老师送到门口时，他们发现了我。

刘老师叫着我的小名儿走到我面前，她好像知道我听到了刚才大人们的谈话，用手摸了摸我的脑袋，莞尔一笑说："跑累了吧，快去吃饭吧。大奶奶早给你烀得老棒子（玉米）了。"

我抬起头，凝视着她，不知是心里感到委屈，还是她的抚慰触动了我受伤的心，泪水夺眶而出。

"别哭了，孩子。进屋吧。"刘老师轻声说。

我发觉她说这话时，那双美丽的大眼睛也湿润了。

几天以后的晚上，我跟我大爷在院子里剥棒子。东北农村秋收后，要把掰下的玉米，剥皮，挂起来晾晒。晾干后，再剥玉米粒，磨成面。大奶奶在灶上做饭，院里弥漫着柴锅熬碴子粥的淡香味儿。

我剥得正起劲儿，突然听见有人叫我。我一抬脑袋，只见刘老师拎着一个小提兜进了院。

"快进屋，大侄女。"大奶奶拎起一块黑抹布，一边擦着手，一边把刘老师让到屋里。我大爷和我也跟着进来。

寒暄过后，刘老师对我说："我是来给你送书本的。"说着她从提兜里掏出两本书和几个作业本。书是小学一年级的语文和算术课本。

我喜不自禁地翻着崭新的课本，连声说："谢谢刘老师。"

我大爷和大奶奶也很高兴，不停地说着感激的话。

刘老师看我不停地翻着课本，微笑着问道："你认识上面的字吗？"

　　我说："有的认识，有的不认识。"

　　我说的是实话，别看我没上过学，但是我从小是在我外祖父家长大的。我外祖父赵可读是清末的秀才，也是京城的藏书家，家里藏书非常多。

　　我四五岁时，我外祖父便教我背古诗文，还有一些启蒙读物如《三字经》、《百家姓》、《千字文》等。背不下来，我外祖父便用画案上的镇尺打我的手板，所以我硬着头皮也得背。此外，我外祖父还让我练习写字，小学生用的"米字格"本，一天写两片儿。这样一来，我就认识了不少字。所以小学一年级的语文课本上许多字我都认识。

　　刘老师让我念了几篇课文。一年级的语文书很简单，我嗑嗑巴巴居然都念了下来。这让她感到意外。她对我大爷说："没想到这孩子还真是上学的料。"

　　我大爷连忙说："我们刘家就我没出息，他爷爷念过大学，他爸爸是大学老师呢。"

　　刘老师笑着说："怨不得呢，看来我还教不了他了。"

　　我大爷连忙说："大侄女可别这么说。他识的这几个字，只够就饭吃的。你还得教他，你不教他，这孩子在我这儿可就耽误了。"

　　刘老师说："耽误不了，这孩子很聪明。"她转过身问我，"你学过汉语拼音吗？"

　　我愣了一下说："没学过。没人教过我汉语拼音。"

刘老师说："你一定要学会汉语拼音，这是识字的'拐棍'呀。"

我大爷说："他没上学，上哪儿学这个去。大侄女，你就多教教他吧。"

刘老师想了想说："大爷，这几天我一直在琢磨怎么帮着他识字。我白天上课，晚上还要照顾我爸，不可能天天到这儿来，我想给他找个老师。"

我大爷急了："别别，找谁也不如你。再说，我们家这种成分（指出身）谁会上门教他呀，还是你来吧。"

刘老师笑道："大爷，别急呀。我已经把找的'老师'给他带来了。"

我大爷伸着脖子，往窗外看了看，说："带来了？在哪儿呢？"

刘老师从提兜里掏出一本《新华字典》说："这不是嘛，它就是我带来的'老师'。"

"是它？"我大爷拿过《新华字典》，愣了一下说："它怎么是老师呢？"

刘老师说："这本《新华字典》里有一万来个字。多了不说，如果他能认下里头的 3000 个字，看书看报、写文章就不发愁了。"

我大爷说："那敢情好，可是他怎么就能认下这么多字呢？"

"我给他找'拐棍'呀。"

"拐棍？"我大爷纳闷儿地问，"什么拐棍？"

刘老师说："汉语拼音。"她转过身对我说，"汉语拼音有 26 个字母，有 21 个声母，还有 35 个韵母。你如果把这些都学会了，再认字典里的字就很容易了。我先教你学汉语拼音好吗？"

　　我说："好呀，我听你的刘老师，你教我什么，我学什么。"

　　"好吧，我会上心教你的。"刘老师摸着我的头说。

　　刘秀梅老师为什么对我这么好呢？原来她父亲跟我大爷是拜过把子的兄弟。她们家住在县城，她父亲比我大爷大几岁。老哥儿俩会一样的手艺，刻挂钱，刻驴皮影，糊纸活、冥活（即办丧事用的纸人纸马等），只是头两年，坐大车下乡，马惊了，他从车上掉下来，胯骨摔残，不能下地行走了。后来，我跟我大爷到他家看过他。老爷子长得慈眉善目，心地善良，很喜欢我，临走时，还塞给了我两块钱。

　　自从刘老师送给我课本和字典后，学校放了学，她便上我大爷家，教我学汉语拼音。

　　我从 b、p、m、f 开始学。她断断续续教了我两个多月，到了那年的冬天，我总算把 21 个声母和 35 个韵母记下来，而且能用汉语拼音查字典认字了。

　　这之后，刘老师来我大爷家的时候就少了，因为她父亲又得了脑溢血，她要在病床前照顾老爷子。

　　刘老师送给我的这本《新华字典》，确实成了我的"老师"。我本来很贪玩，但这本字典却拴住了我的心。我觉得查字典认字特别有意思，每天拿着它不离手，认下一个字，我便在刘老师送给我的方格本上，把它抄写十多遍，直到把它记住。

不到一个月，我便把刘老师送我的方格本用完了。我大爷看我这么用心学习，很高兴，又到县城的商店，给我买了十多个方格本。

东北的冬季十分冷，天寒地冻，村里的人都懒得出门。东北人管过冬叫"猫冬"，所谓"猫冬"，就是在家里猫着不出门。

我永远忘不了那年冬天，外面北风呼啸，窗户上挂着霜花。我大爷把火炕烧得很热，屋里点着煤油灯（当时农村还没有电灯），我在灯下抄字典，我大爷在一边刻挂钱。他一刻就刻许多，等进了腊月，拿到镇上去卖。大奶奶在我身边，让我脱了白天穿的棉袄，穿上我大爷穿的皮坎肩，她戴着老花镜，在我的棉袄上捉虱子。

当时，东北农村几乎人人身上都长虱子。这虱子藏在棉袄里，吸着人血，弄得人身上总是痒痒得慌。大奶奶捉到一个虱子，便用牙咬一下，她说不能让人身上的血糟蹋喽，咬得她嘴唇上血丝乎啦的，好像她的牙掉了，流了血似的。

我们各干各的活儿，一直到午夜，我大奶奶咬虱子咬得嘴唇发麻，说一声："累了，不逮了。"然后拿起长长的烟袋杆儿，抽两锅子烟。

我们看她直打哈欠，也放下手里的活儿，准备钻被窝。这时，我已经抄了十几页了。

到第二年的开春，我已经把字典上的字，抄了近一半，虽然我死记硬背，但有的生僻字还是记不住。不过常用的字能记下几百个。

这期间，刘老师来过两次，翻看了我写字的方格本，见我写的字一笔一画，而且写了七八本，她很高兴地说："这小家伙学习真刻苦，继续写吧。照这样下去，能把一本字典的字都认下来，那你可就了不起了。"

我大爷听刘老师夸我，也觉得脸上有光。刘老师走后，特地奖励了我两块钱。后来，这两块钱让我在镇上赶集时买了小人书。

在我大爷家生活的那些日子，由于被校长从学校轰走，我心灵受到了伤害。大爷大奶奶后来也知道公社和大队干部了解了我的出身，生怕村里的孩子欺负我，所以平时不让我跟村里的孩子玩了。

我没有小伙伴，也没有一般孩子玩的玩具，后来连大甸子也不去了。平时就躲在大爷家的院子里，闷了，就跟大爷家的那条小狗一块儿待会儿，性格变得比较孤僻，甚至少言寡语了。

在这种寂寞无聊的日子里，这本字典成了我最好的朋友。别人也许认为守着一本字典枯燥乏味，而我却从抄字典认字当中，找到了乐趣。而且这位"老师"，也确实让我认识了很多字。

我在我大爷家生活了3年多，一直以字典为伴。由于我一个字一个字地死记硬背，到我回北京的时候，已经能认下一千多个字了。

9岁那年，我母亲知道我在东北一直没上学，她怕耽误了我的学业，便让我回到北京。

转过年，我10岁，我母亲托人让我上了西城区二龙路小学。

一入学，我就直接读三年级的第二学期。老师发的语文书，我居然都能念下来，期末语文考试我还得了满分。语文老师以为我在外地念过书呢。

一天，语文老师问我："平时有人教你吗？"

我说："有，我的课外'老师'就是《新华字典》。"

"什么？字典是你的老师？"语文老师愣了。

说起来，我真正在学校读书的时间非常短。上小学五年级时，赶上了"文革"，我又失学了。1968年，我们这拨学生才上了中学。

那时，"文革"还在进行当中，学校基本不上文化课，除了大批判就是批斗会。批老师斗老师，老师还能给学生上课吗？

我因为出身不好，只好躲在家里。那时，中外古典文学名著被视为"毒草"，一些古代的典籍也被视为"四旧"。能看的除了革命书籍，似乎只有《新华字典》。

读《新华字典》谁也不会说我什么。于是在苦闷阴郁的日子里，字典又成了我最亲密的朋友。

当时，我曾立志要把《新华字典》上的一万多个字都背下来，背到后来，我就直接抄，背下一个字，就记在纸上。两年多的时间，居然抄了八千多个字。

16 岁那年，我初中毕业被学校分配到工厂当工人。还是由于出身不好，我被分配到木炭车间烧木炭，干了一年多，又跟师傅到北京和河北的山区传授烧炭技术。在山区烧木炭的艰苦日子里，伴随我的还是这本《新华字典》。

　　夜晚，山上的窝棚里又黑又冷，外面经常听到山里的狼嚎叫。我点亮油灯，读字典的情景，至今记忆犹新。

　　这么多年了，我已经翻烂了 4 本《新华字典》。后来我当了记者，又当了作家，发表了许多文章，也写了许多书。《新华字典》始终没离开过我的案头。

　　2001 年的一个夏天，我的一本新书在西单图书大厦举办首发式，并为读者签名。一位白头发的老人拿着我的新书让我签名。

　　我签完名，把书还给她，抬头看了她一眼。

　　她凝视着我，冲我笑了："你不认识我了吧？"

　　"您是？"我想了半天，还是没想起来她是谁。

　　这位老人感慨道："这么多年，你早就把我忘了。我姓刘，还记得你小时候，在你大爷家的情景吗？"

　　我惊诧地叫起来："是您，刘老师！"

　　我的眼前蓦然浮现出那个梳着大辫子的漂亮女老师。

　　"啊，一晃儿四十多年了，想不到你成为名作家了！"刘老师感叹道。

　　我也想不到会在这种场合与她重逢。原来，我离开大爷家回北京后，她也离开了那所小学，到县城的一所中学教语文，直到退休。

　　她曾经跟我大爷大奶奶打听过我，还给我写过一封信，但不知道什么原因，我一直没收到。后来，她调到县城，我大爷大奶奶也相继去世，她便跟我失去了联系。不过，她一直没忘我用字典认字的事。

　　当然，我也不会忘记这位善良的大辫子老师，更不会忘记她送给我的那本字典。可惜，那本字典，早已让我用破，后来找不到了。

　　刘秀梅老师告诉我，在我回北京的几年后，她结了婚，有一个儿子两个女儿。二女儿功课非常好，考上了北京大学，后来又留学美国，前两年，学成归来，在北京的一家外资企业当雇员，结了婚，买了房子，有了小孩。她和老伴来北京照顾女儿，在报上看到了我出书的消息，特意过来看我。

　　我们聊了半天，临分手时，她说："看到你今天的出息，真让我高兴。"

　　"刘老师，还是您给了我读书认字的'拐棍'呢。"我紧紧握住她的手说。

　　"你还记得那本字典？"她激动地说。

　　我感慨万分地说："您让我交了一个好朋友——《新华字典》。是这本字典让我走上了文学道路呀！"

过年

中国有许多传统节日，但没有哪个节像春节这样牵动人心。过年有多重要，只要看看每年的"春运"就清楚了。

在外打工、上学的人们，在外做生意、跑买卖的人们，过了"腊八"便神不守舍，归心似箭了。

"有钱没钱，回家过年。"好像一年的辛苦，一年的奔波，就为了过年。

北京人也不例外，过年是一年中的大事。老北京人从腊月初八就开始张罗过年了，一直到正月十五，几乎天天都有过年的"节目"。

那会儿，有这么一首民谣："老太太不用烦，过了腊八就是年。腊八粥，喝几天，哩哩啦啦二十三。二十三，糖瓜粘。二十四，扫房日。二十七，贴对子。二十八，把面发。三十晚上包饺子，热热闹闹过一宿。"

从除夕到正月十五，又是接神、踩岁、大拜年、亲戚互拜、媳妇回门；又是逛庙会、祭祖、祭财神，又是破五饺子，又是十五元宵。您就算去吧，哪天也闲不住。

一年可就过一个年。好不容易有几天属于自己支配的时间，那还不痛痛快快玩玩，热闹热闹。

过年的内容几乎年年一样，除夕守岁，看央视春晚，放放爆竹，包顿饺子，喝杯"隔年酒"。人口多朋友多的凑到一起打一宿麻将。初一到初六（一般情况初七该上班了），到亲戚家走一走，见见老朋友，互相拜个年。再有闲心，带孩子逛逛庙会。

除此之外，还能干什么呢？过年，如果缺少了这些内容，便没了年味儿。

过年图的是什么？俩字：热闹。

但是细细一想，过年就为了一个热闹吗？也不尽然，除了民俗的、家庭的、社会的因素外，过年还是一种心情，过年也是一种心境。不，过年应该是一种享受。

为什么说过年是一种享受呢？因为不论从民俗的角度说，还是从现代生活"幸福指数"的角度看，过年的所有内容都可以用"享受"俩字来解释。

在外辛苦一年了，好不容易过年了，放七八天假，回家跟家人团聚，难道不是天伦之乐的享受吗？利用过年放假这"黄金周"，跟朋友一起到外地旅游观光，享受的是一种自由自在，享受的是大自然的风光，难道不也是一种享受吗？

"年年过年年年过，年年过年年不同。"年俗也不是一成不变的。我们现在生活在多元文化的时代。萝卜白菜各有所爱。您过年喜欢热闹，尽管去撒欢儿。过年期间，各种文化娱乐活动丰富多彩，别的不说，每年北京光庙会就有几十多处，音乐、舞蹈、戏剧，舞台演出那就更多了。此外，过年出门旅游或自驾车郊游也很时尚，您也可以尽情享受。

您不喜欢热闹，一看人多就眼晕，平时上下班就在人堆儿挤来挤去的，一想起摩肩接踵的人流就脑瓜仁儿疼，现在好不容易有几天假期，您想静静心，在家看看报读读书，这也是一乐儿。

其实，每个人对过年的感受都是不同的，因为人的年龄不同，人的阅历不同，人的生活境况不同，所以过年的心境差别很大。

七十岁的老人跟十几岁的孩子，过年的心境肯定不一样。老人不愿意过年，因为过一年就长一岁，长一岁，就意味着又老了一岁。谁愿意自己老呀？对老人来说，多活一年，就是人生这百十来片儿"纸"（百十来岁）又少一张儿。

小孩子则不这么想，他希望自己快点长大，过一年就大一岁，那多好呀！赶紧长大吧，像大人一样去挣钱，去开汽车，去社会闯荡。

小的时候，每到年根儿，我特别盼着过年，因为过年可以穿新衣服、穿新鞋，可以吃点好吃的，可以放炮，可以逛庙会。当然，还可以得到几块钱的压岁钱。

那时候，我们国家实行的还是计划经济，很多商品是要票儿、要本儿（购货证）的，过年的时候，一家一户可以多买几斤富强粉，多买几两芝麻酱，多买几斤肉，多买几两香油，多买几两瓜子、几两花生，所以，过年能吃上炖肉，能吃上肉馅饺子，孩子们当然心里盼着过年。除了能解解馋，还有胡同里那浓浓的年味儿，过年的那种热闹劲儿。

改革开放以后，老百姓的日子好起来，买什么东西都不受限制了，吃的穿的用的，只要有钱，平时都能买到，用老百姓的话说，天天像过年。

随着年龄的增长，过年的那种喜悦，越来越淡了。我本来就不大喜欢热闹，而喜好一个人独处，静静地坐下来看书，或者思考一些问题。

也许是跟年龄有关，人一过"知天命之年"，往往就不好热闹了，其实这是文人的"通病"。从古代养生学和现代心理学的角度看，人越上了岁数越应该跟社会保持接触，换句话说，就是让自己俗一点。因为有些时候热闹的氛围，往往会让人忘记自己的年龄。您忘了那句话：老要张狂，少要稳。但事实上，许多人做不到。

二十多年前，我在北京市委统战部的知识分子处工作。有一年过年，我跟处长苏建敏到北大和清华给几位知名老教授拜年。

我们是骑着自行车从城里到中关村的。一路上，到处是鞭炮声，满街筒子透着浓浓的年气儿。可是一过白石桥，鞭炮声便稀稀拉拉了，过了海淀镇，几乎听不到什么鞭炮声了。

当时的海淀区还不像现在这样繁华。当我们走进北大校园，不但听不到鞭炮声，而且这里安静得出奇，让人感到仿佛进了世外桃源。

那年，我们先后拜访了张岱年、金克木、季羡林、侯仁之等几位老教授，到谁家都是清茶一杯，聊聊家常，桌子上甚至连花生瓜子都不摆。

当时，北京人过年，再穷的人家也要备点糖果、水果和花生瓜子。到谁家拜年，先敬块糖、再敬支烟，然后嗑几个花生瓜子，说点儿过年的吉祥话。这是起码的拜年礼俗。但是在这几位老教授家里，却没有这种俗礼。让我纳闷儿的是他们似乎没有过年的概念。

问他们过年都干点什么，他们有的淡然一笑说在写书、在看书。有的说有几个学生过来谈一篇论文。平时吃什么，过年也吃什么，好像也没有特别的饭菜，单摆几桌。记得好像是金克木先生，也许是平时也不管家务，甚至连过年每家每户补助二两香油和半斤花生都不知道。总之，他们的心境之平和，让我感觉他们好像不食人间烟火。

过年的热闹气氛是容易让人浮躁的，除了按民俗老礼儿互相拜访，还要吃喝应酬，弄得人们身心疲惫，以至于过了年上班，会出现所谓"过年综合症"。

可是在这些老教授家里，感觉不到过年的浮躁之气。清茶一杯，让我觉得他们不被世俗困扰，心境像茶水一样那么清静。

多少年以后，我想起这些老教授们过年的情景，依然回味无穷。也许正是有这种甘于寂寞，淡定平和的超凡脱俗心态，才使他们做出了那么大的学问。

我记得金克木老人笑着对我和苏建敏说："平时都忙，

过年了，为什么不让自己有一个好的心境，去读点书，整理整理自己的心绪！"

我那会儿还年轻，心气儿颇高，并没用心去琢磨他的这句话。现在看来，老人家的这句话，还是值得玩味的。

过年读书，难道不是把年味儿消化在知识海洋里的一种方式吗？静有静的安适，热闹有热闹的热情渲泄。总之，过年读书也是过年方式的一种选择。

其实，老北京人过年也并非一味地热闹，什么事儿都有时有会儿，比如放烟花爆竹，大年三十放，能烘托一下过年的喜庆气氛。但一年 365 天，天天让您放，那就不是乐趣，而是噪音了。呼朋唤友，杯盘罗列，玉盘珍馐，美酒佳肴，偶一为之，是一种享受。天天让您这么吃喝，您就受不了啦。

所以在热闹的年假里，换一种过年的方法，腾出点儿时间，踏踏实实读几本书，也是一种休息，或者说也是换一换口味。

享受物质生活的大餐以后，来点儿精神上的营养，不是很好吗？

过年读书，显然跟身边热闹的年味儿不大协调，别人都在吃萝卜白菜，您却手里拿着一串糖葫芦，让人觉得另类。但为什么不可以呢？糖葫芦也是吃的呀！

曾国藩在一封家书中，谈到他四弟拟入京读书选择学校时，告诫他说："苟能发奋自立，则家塾可读书，即旷野之地，热闹之场，亦可读书，负薪牧豕，皆可读书。苟不能发奋自立，则家塾不宜读书，即清净之乡，神仙之境，皆不能读书。"看来在什么环境里读书，完全取决于自身的心境。真想读书，在什么环境下都能看得下去。不想看，神仙之境也白搭。

在有些人看来，读书是苦差。李渔在《闲情偶寄》里有句话："读书，最乐之事，而懒人常以为苦；清闲，最乐之事，而有人病其寂寞。"生活中确实有这路人，让他看书，他说苦，让他待着，他又觉得无聊寂寞。那吃饱了喝足了干什么呢？没电视电脑的年代，他去找人扯闲篇儿、侃大山；有了电视，他便成天跟电视作伴。后来有电脑，有网络了，他便在网上泡着。总之，就是不喜欢跟书作伴儿。也许小时候念书，考试总不及格，让老师说、父母打，产生了逆反心理，看见书就头疼。

其实，读书，也是一种习惯。这种习惯的形成，跟家教有很大关系，通常父母喜欢读书的家庭，孩子也会跟书有缘。即所谓近朱者赤，近墨者黑。读书的习惯是从小养成的。

我小的时候，北京还有城墙。那是上世纪五六十年代，北京人过年喜欢逛庙会。逛庙会首推厂甸。当时的厂甸庙会，从琉璃厂的火神庙，一直到宣武门护城河边儿上，沿街和沿岸搭满了席棚，摊位一个挨一个。庙会真可以说是百物杂陈，人山人海。

过年，不去厂甸庙会逛逛，似乎缺少点儿什么。从孩子的心态来说，大人领着逛庙会，一来是看热闹，二来是可以买到许多平时见不着的玩艺儿，因为手里攥着压岁钱，不把它花了，心里不踏实。

孩子们从庙会回来，您看吧，有的手里拿着木制刀枪，有的脖子上挂着大串的山里红，有的手里摇着风车拎着空竹，兜里揣着洋画儿、弹球，脸上都带着开心的笑意，好像这个年是给他们过的。当然，大多数孩子不忘在庙会上，买几本小人书回来。

对了，看小人书，是当时孩子们过年的一大乐趣。

那会儿的小人书，也就是连环画非常普及，而且内容非常丰富，文学名著、道德伦理、成语故事、电影戏曲、历史传说，古今中外无所不涉。

小人书上市也非常快，比如电影《红日》、《野火春风斗古城》刚一上映，很快就会出来电影版的连环画和画家画的连环画几种版本。当时的很多大画家也都画过小人书，比如刘继卤画的《东郭先生》，现在我还保留着。像我这个年龄的人，可以说，是看小人书长大的。

那会儿，小人书出版的太多了，家里再有钱，也不可能把所有出版的小人书都收齐，当然，当时北京人的家庭生活都不太宽裕，也不可能新华书店有的小人书，您的父母都掏钱给您买。怎么办呢？可以租小人书看。

当时北京的小人书店遍布大街小巷。我家住在西单附近，在我的印象中，周围有十几家小人书店。

那会儿，租小人书按天算钱，租一本一天1分钱，上下集的2分钱。一本小人书的定价，也就是两三毛钱。当时一根小豆冰棍是 3 分，奶油冰棍 5 分。少吃一根冰棍，就能看 3 本 5 本小人书。小人书租到手，胡同里的孩子们还可以互相传看。有时租一本小人书，能有四五个孩子看。我记得有一年春节，我一气儿看了几十本小人书。

当时还没有电视，电脑更不知是何物。孩子们的文化生活除了自娱自乐的游戏，就是看电影看小人书。许多历史文化知识，是从小人书中得到的。

连环画之所以俗称小人书，是因为书里有小人儿，也就是有图有义，以图为主，图文并茂，所以它雅俗共赏，老少皆宜。识字的看文看画儿，不识字的看画，捎带着还能认点字，所以孩子们看着不觉得枯燥乏味。

小人书是上世纪五六十年代，孩子们过年最爱看的书。您别小瞧小人书的功能，它对孩子们的成长，尤其是接受传统文化，对孩子们的人生理想、道德情操起到了潜移默化的教化作用。

对于那些"朝九晚五"的上班族来说，过年七天长假，是难得的精神和心理放松的机会。有人把利用过年的假期，踏踏实实，平心静气地读几本书，叫做"充电"。

"充电"的意思，是新年伊始储备点"电能"，开春之后，加足马力，投入到工作中，以便有一个好的开局。

的确，一年之际在于春。春节嘛，春天的开始。草木复苏，万物生发出勃勃生机，人也该在这种时候，释放出自己的热能。我理解"充电"的意义，不在于读书本身，它实际上是一个心理或者说心态调整的过程。

　　平时工作繁忙，人际交往的应酬太多，过年了，大家都在热热闹闹地沉浸在年气儿之中，您却泡上一杯清茶，手捧一本您喜欢的书，只身在家里独处，从书里的知识与智慧中受到某种启发，想想一年来走过的路，品味一下生活中的成败得失，如同打扫一下房间，扫扫尘土，让窗明几净，让心里亮堂起来。然后再琢磨琢磨新年伊始，一年的路该怎么走。难道这不也是一种闲适恬淡，甚至可以说是优雅的过年方式吗？

　　明末的文学家陈继儒在写读书的情趣时，说过一句非常精辟的话："古人称书画为丛笺软卷，故读书开卷以闲适为尚。"什么叫"闲适为尚"？实际上，说的是读书的一种心境。

　　过年了，放假了，一觉醒来，不必像平时那样，踩着钟点去上班，不必那么受制于时间，一切都那么赶落、那么匆忙。生活节奏突然慢下来，心情也随之放松。放松后的慵懒，这时候也会爬上你的心头。这时，你可以揉揉眼睛，接着再睡个回笼觉，也可以躺在床上，靠在枕上，闲看一本书。直到肚子饿了再起床，洗漱之后，去抓挠点吃的。

　　记得我年轻时在工厂上班，难得一个礼拜天休息。过礼拜天，我最美好的享受便是清晨睁开眼，躺在被窝里，看一本中外名著，直到临近中午，闻到母亲做好的中午饭的香味儿，才从被窝里爬起来。

　　一上午，就在"枕上"看书，把时间消磨掉，这是我心里最幸福的时光，至今缱眷。

所以，我说读书的真正乐趣，不在书中，而在书外。陶渊明在"四时读书乐"中有"好鸟枝头亦朋友，落花水面亦文章"的诗句，大概就是这个意思。

　　自古以来，读书就是少数人的事。您别不爱听，真话！

　　过年读书，与平时读书不同。平时读书可能实用性更强一些，比如有人为了写论文读书，有人为了应付考试读书，有人为了消愁解闷读书，甚至有人为了催眠而读书，这些都是为读书而读书。过年读书，不应有这种很强的目的性。

　　我理解，过年读书，重要的是为了获得一种好心情，确切地说为了陶情养性。古人读书讲究心情，如《菜根谭》里所说："学者要收拾精神，并归一路，如修德而留意于事功名誉，必无实诣；读书而寄兴于吟咏风雅，定不深心。""心地干净，方可读书学古。不然，见一善行窃以济私，闻一善言假以覆短，是又藉寇兵而赍盗粮矣。"

　　洪应明在这儿讲的，是读书如果不重视学术上的探讨，只是求得能背下点古文诗词，那就只能获得很浮浅的皮毛，不会有什么心得。只有心地纯洁的人才能读古代圣贤的书，否则看到一件古人的好事，就私下作为自己的见解，听到一句古人的好话，就私下拿来掩饰自己的缺点，这如同给敌人资助兵器，给盗贼送粮食。

　　看到这儿，您也许会说，啰嗦半天，您认为过年该读什么书？

　　读什么书，每个人都有自己的兴趣爱好，现如今图书出版业一派繁荣，言路还算开明，您到书店转一圈，就会发现新书琳琅满目。书海茫茫，您让我推荐书目，实在是给我出难题，我只能说，各取所需，开卷有益。

还是那位明朝的陈继儒，29 岁时"取儒衣冠焚弃之"，绝意仕途，隐居松江，杜门著述。他在《读书十六观》里说："赵季仁（南宋人）谓罗景纶曰：'某平生有三愿：一愿识尽世间好人，二愿读尽世间好书，三愿看尽世间好山水。'罗曰：'尽则安能，但身到处，莫放过耳。'读书者当作此观。"

这位赵季仁老夫子似在痴人说梦，世上的好人、好书、好山水都能做到识尽、读尽、看尽，怎么能够呢？

那位罗老先生说得倒有几分道理："但身到处，莫放过耳。"只要能识得、读得、看得，那就尽情地识、读、看，别放过它们就是了。这才是意境。

不过非要让我说，过年该读什么书？我想说最好去读原著，吃别人嚼过的馍儿不香，而且不是原汁原味。如易中天的《品三国》、于丹的《论语心得》之类的书，虽然是畅销书，但说了归齐《三国》不是易中天先生写的，《论语》也不是于丹女士写的。

您读他们的书，不如直接去读《三国志》、《三国演义》、《论语》，这是我的体会。易中天先生再有本事，写不出《三国》，他只是在解说《三国》。于丹女士再有学问，也写不出《论语》，她的书不过是学习《论语》的个人体会。

看别人的体会，听别人的解说，您为什么不直接去看原著呢？

现在"国学"热是好事，读一读古代圣贤的书，对于我们来说既可养眼，又可明志。虽然古文难懂，但有些原著有注解，此外还有词典相助。

　　所以我说，最好的读书方法是读原著，而且读那些中外历史哲学的经典原著，读那些中外古典文学名著。这些中外经典名著，不利用过年的机会读一读，会成为终生遗憾。

　　我们现在生活在信息时代，知识更新，电脑普及，网络通信，包括"微博"，已经渗透到生活中的各个层面。许多网民别说读书，有的连报纸也不看了，打开电脑，当日新闻一网打尽。而信息网的建立，各种数据库、资料库一"点"就出。在很多网民那里，书海漫游早已变成网海漫游。

　　据 2010 年有关部门的统计，我国的读书人正以每年10% 的概率下降，不看书的人是看书的人的几倍。

　　的确，纸质文化正面临着前所未有的挑战，有报道称美国的一个学者预言，50 年后，纸传媒将在世界上消失。当然，同样是以纸印字的书也将成为文物。这位美国人说得让我们这些写书的人有点儿心寒。

　　50 年以后，世界会成什么样？谁也想象不到，就跟 50年前，没有哪个预言家会想到今天的世界，已然是网络的天下一样。

　　尽管历史的发展有它的规律，但是人类生存的地球，随时都会发生难以预料的事。甭说别的，地球稍微晃悠一下，咱们这些大活人就不知跑哪儿去了。

　　但有一点可以相信，只要人类存在，甭管 50 年后，还是

100 年后，纸文化不会消失，当然印刷术也不会失传，因为人类到什么时候也离不开书，离不开报纸，您去琢磨吧。

因为读书读报，毕竟跟上网不是一种感受，网上看"书"有它的乐趣，但这种乐趣取代不了读书的乐趣。

说句俗一点的话，上网看东西要比看印在纸上的书累眼，何况一旦系统出了毛病，整个网络就会瞎菜。当然最主要的是，读书本身的那种心境没有了。

我认识一位网络写手。他在网上写了两部长篇了。有一天，他对我感慨道："在网上泡了两年，从没看过书。偶然一天，系统出了毛病，我闲极无聊，从书柜里拿出一本书，躺在床上看。哎呀，我感觉书是那么亲切，看书跟上网真是不一样。我好像走了很远很远，突然又回到了老家，回到了从前，一种温馨油然而生。"

他说的是真心话。吃豆汁焦圈长大的人，改吃牛奶面包，几十年后，又吃到了豆汁焦圈，那滋味儿一样吗？

话又说到了过年读书上，沉溺于网络世界的网民，如果在过年的时候，从网络世界跳出来，找几本书读读，也换换脑子，回到从前，重温一下读书的乐趣，难道不也是一种享受吗？

读书

我曾经做过这样的遐想：在这个世界上，假如没有书，我的日子该怎样度过？

也许我的思想会变成荒漠，也许我的心灵会失去阳光，也许我的生活会是一团乱麻。

如果没有书，我会在没有光明的黑暗中，感受寒冷和孤独。我会在没有面包和水的天空下，忍受饥饿和凄凉。我一定会在人生的旅途上，失去生命的坐标，如同在茫茫大海中，找不到到达彼岸的方向。

如果没有书，我肯定也会在平淡的光阴中，失去活着的滋味，如同在漫漫长夜里，看不到一点星光。

是的，没有书的日子是灰暗的，没有书的人生是凄凉的。

我曾在人生的路上艰难跋涉，我曾在命运的河流中奋起扬帆，我曾在思想的原野上任意驰骋，我曾在理想的海洋中壮怀激烈。

当我坐下来，冷静地思索，人生的每一个重要关头，是谁给了我智慧和力量，是谁给了我勇气和信心？

啊，是书！没错儿，书，是我最忠诚的朋友！

书，让我扼住了命运的喉咙。书，让我重新抬起头，把烦恼和忧愁踩在脚下。书，让我整理好纷乱的思绪，鼓起生活的勇气，重新踏上生命的征程。

关于书，从古至今，我们能找到许多对它的描述，或激励，或感慨。

古人说："书中自有颜如玉，书中自有黄金屋。""两耳不闻窗外事，一心只读圣贤书。""书山有路勤为径，学海无涯苦作舟。"这是对书的一种理解。

宋代的黄山谷（黄庭坚）说：书"三日不读，便觉言语无味，面目可憎。"这也是对书的一种感知。

近代以睿智幽默著称的林语堂说："书能将人带入一个与日常生活迥异的世界，一个人，即便生活再枯燥乏味。可是当他拿起一本书的时候，他立刻走进一个不同的世界。""这么一种环境的改变，由心理上的影响说来，是和旅行一样的。""不但如此，读者往往被书籍带进一个思想和反省的境界里去。"（林语堂《读书与艺术》）

读书的境界，还是境界的读书，也许这是两回事。但我眼里的书，就是那些能开启心智的书，能启迪心灵的书，能给我带来思想、文化、知识、打开我"心灵窗户"的书，能让我对历史的思索、对未来的憧憬的书。

所以，我不是为了寻找快乐与愉悦才去读书。因为在我看来，读书本身就是一种快乐和愉悦。

开卷有益，这正是我多年对读书的理解和体会。

英国的伟大哲学家培根说："读史使人明智，读诗使人灵秀，数学使人周密，科学使人深刻，伦理学使人庄重，逻辑修辞之学使人善辩。凡有所学，皆成性格。"

书，不是摆设，不是玩具，更不是表明自身体面的装饰品。只有读它，书才有价值。只有读它，书才有意义。也只有读它，书才是真正的书。

在生活中，只有你真正懂得读书的意义，书才会成为你真正的朋友。

当你在茫茫沙漠里，独自一个人行走；当你在漫漫长夜里，独自一个人枯坐；当你在狱中，人身被禁锢，失去了自由；当你失恋了，当你失业了，当你失意了……这个时候，身边如果有一本书。

啊，只有这种时候，你才能真正体会到书是你的朋友。

我爱书，是因为我在年轻的时候，它成了伴随我走过痛苦经历的朋友。

那时我是一个烧炭工。在劳累与枯寂的日子里，我的内心世界是一片荒芜，但有书与我相伴，我从此告别了孤独。

书，让我有了理想和信念；书，使我有了追求和志向。书，成了我最忠实的朋友。它和我一起度过了难捱的蹉跎岁月。

那时，"文革"还没结束，中国还是"红色"的海洋，阶级斗争使人与人之间变得冷漠，年轻人的思想还处在禁锢之中。

那时，可看的书少得可怜。那时，一本好书要在几十个朋友中轮流传阅。那时，一本经典名著要包上《红旗》杂志的封面。但，那时，我们这一代人看书如饥似渴的劲头儿，让我终生难忘。

这种对书的痴迷，不逊于现在年轻人在网上遨游的劲头儿。那时，书，对于年轻人，才称得上是精神食粮的嗷嗷待哺。

我有时静下心来，回想当年看书的情景。

我不停地追问自己：是什么动力让我如此爱书？

最后找到了答案：因为那时心灵太空虚，思想太饥渴，而且那时我的心里还有"梦"。为了充实空虚的心灵，为了满足思想的饥渴，为了实现心里的梦想，只有读书才是最好的办法。

我忘不了一本《新华字典》伴我走了四十多年，它成了我忠实的朋友，直到今天，还摆在我的案头，与我朝夕相处。

犹记得1978年，改革开放，使春天回到了大地。我们这些年轻人好像从梦魇中醒来。那些被禁的中外文学名著，几乎一夜之间回到了新华书店。

那可真是为书而疯狂，为书而舍身，为书而神魂颠倒的几年。这种为书而狂欢的历史镜头，恐怕空前绝后，永远也不会重演了。

从1977年底，一直到1982年左右，前后五六年时间，北京城的读书人和爱书人几乎完全陶醉在淘书藏书的兴奋之中。

我那时还在工厂当工人，我跟我的朋友刘力和米航，几乎把所有业余时间，都花在了淘书上。

为了买一本雨果的《九三年》和巴尔扎克的《邦斯舅舅》，我半夜两点起床，到西单的新华书店门口排队。

为了淘到屠格涅夫的《罗亭》、《父与子》，我拿着二十本其他外国名著，在西单十字路口的"换书角"跟人交换。

为了买书，我每月四十多元工资几天之内都被花光。而我的朋友刘力，为了买书居然与妻子感情破裂离了婚。

那时，买书真是我生活中最大的享受。我藏书近万册，有三分之一是在那个时候买的。

书，让我有了敢于面对坎坷生活的勇气。书，让我有了敢于克服一切困难的自信。书，让我不在命运面前低头。书，让我始终快乐地对待人生。

一次，一个年轻的朋友问我："你这么喜欢书，能告诉我，哪本书对你影响最大吗？"

这是一个非常难以回答的问题，如同有人问我：你有那么多朋友，哪个朋友对你的帮助最大一样。

书对于人的思想智慧的影响如同蜜蜂采蜜一样，蜜蜂要采多少花，最后才能酿出蜜来？它哪儿会说出某一株花呢？

但是世界已进入"微博"时代，人们喜欢用最简洁、最精辟的语言，来概括一种心理状态、一段历史、一段经历、一种感受，甚至于一种思想、一种理念。

我也只好以从众的心理，告诉这位朋友，我看了几十年的书，也收藏了近万册书，对我影响最大的，是我从书里获得的做人做事的理念。一言以蔽之，那就是一句话：目标始终如一。

而这一理念，正是我看了法国科学家、"镭"的发明者和应用者玛丽·居里夫人的《我的信念》所获得的。

居里夫人在《我的信念》中写道："生活对于任何一个男女都非易事，我们必要有坚忍不拔的精神，最要紧的，还是我们自己要有信心，我们必须相信，我们对一件事情是有天赋的才能，并且，无论付出任何代价，都要把这件事情完成，当事情结束的时候，你要能够问心无愧地说：'我已经尽我所能了。'"

年轻的时候，我也有过血热的日子，这也想干，那也想干，轻狂孤傲，好高骛远。自从看了《居里夫人传》，看了居里夫人的《我的信念》，我才明白，人的一生多了不用，只要踏踏实实干好一件事，就可以说是成功了。记住：干好一件事，而不是每件事！能理解这句话吗？但愿！

但是要干好一件事，就要趁年轻选择好目标，一旦目标定下来，那就一往无前地走下去，千万不能受到挫折就绝望。半途而废，等于前功尽弃。这就是书给我的"生活钥匙"。

我能走到今天，书是我最崇敬的老师。我能活到现在，书是我最真诚的挚友！

尽管我们现在生活在信息时代，网络已渗透到生活的各个角落，各种信息，各种知识，打开电脑，一网打尽。但我仍然坚信，人类离不开书，书永远是我们的良师益友，它永远不会背叛我们。

　　当然，在网络时代，我也依然会与书相伴。

　　因为，我不想让自己的思想变成荒漠，也不想在漫漫长夜中看不到星光。

　　为了勇敢地面对生活中的各种烦恼，为了不在生活中感受孤独和寂寞，我依然要跟我忠实的朋友——书，日日厮守，直到永远。

业 大

我有时会突发奇想，人生的许多机缘往往是等来的，而不是盼来的或求来的。但这种"等"并不是枯坐在大树底下，等着某一天树上会突然掉下一个苹果来。而是坚守某种信念，当某种机缘来临时，你能紧紧抓住它不撒手，将某种信念与这种机缘结合起来。

所谓"缘"，其实是一种机会的把握和利用。如果你没有一定的心理准备，或者说某种心理预期，即便有种种机会，你也会让它擦肩而过。

1980 年，我 26 岁，在北京市土产公司宣教科当干部，公司地处当时的宣武区。这一年，北京市宣武红旗业大恢复办学，向社会招生。当时公司里的几个年轻人得到这个信儿，到"红大"报了名。他们知道我喜欢文学，便撺掇我也去试一试。

我那时业余时间正在写书，本来就觉得时间不够用，不想再分心。但公司的领导对职工业余学习很重视，当时规定谁能考上业大，不但学费由单位报销，而且还给奖励。等于不用掏学费就能上大学。这让我经不住诱惑了，于是抱着试一下的心理，参加了当年的入学考试。

其实，我在考试之前几乎没有时间复习，只是临阵磨枪，在考试的前几天翻了翻书，对于考试，自然心里没底，进了考场，有点儿撞大运的感觉。

想不到，考试成绩下来，我居然考了高分。记得那年考试，我的历史考了98分，语文92分，是入学考试中分数比较高的。

这多少出乎我的意料，因为那年考"红大"的有上千人，而我并没有多少文化底子。我上小学五年级赶上"文革"，初中三年，几乎也没学什么知识，16岁便参加工作了。说实话，其实只有小学五年级水平。也许是因为我从小对古文的喜爱，以后一直在自学，所以占了一点儿便宜，抓住了这个上业大的机缘。

北京宣武红旗业大在几个城区中，是"文革"后第一个恢复办学的，也是北京业大中办得最出色的，而且历史悠久。

它创办于1958年，校名是时任中共北京市委统战部长的廖沫沙题的。有意思的是1986年，我成了市委统战部的干部。在拜访老部长时，我提到了这件事。老人家说：是有这事，这是一所很不错的业余大学。

在"文革"前，"红大"培养了许多名人，如工人作家、后来当了文化部副部长的高占祥、著名诗人李学鳌、著名舞蹈家陈爱莲等。在京城，"红大"虽然是业余大学，但知名度很高。

不过，我入学的时候，"红大"正处于恢复期，几乎没有办学的校舍。我记得当时"红大"办公的地方，都是借用北京手扶拖拉机厂的一座灰色小楼，我是在那儿办的入学手续。上课也是借用的教室，我在"红大"学了四年，曾辗转了老墙根小学、菜市口中学等几所学校。当然，上学几乎都是在晚上，那会儿的业余大学倒是名副其实，因为学员都有各自的工作岗位，白天得上班。

虽然学习环境"简陋"，但"红大"在教学质量上却是一流的。当时"红大"请的老师大都是北大、北师大、人大、首师大等名牌高校的教授和教师。我想中文系80级的学员不会忘记，教现代汉语的是王力的弟子苏老师，教外国文学史的是人大的老教授，教当代文学史的是首师大的著名教授，英语课还把外语学院的许国璋教授给请来。

在教学管理上，"红大"也很严格，比如每次上课都要由班长点名，旷课三次，就要有个说法了。而且当时每门课的考试极严格。我印象之中，考场的气氛营造得比现在的高考还让人紧张。一个班有两名从外校请来的老师监考，发现打小抄的当场没收考卷，并取消考试资格。

记得有一年，班里的一个同学因为在考试的时候，拿出事先准备的小纸条，被监考老师发现，不但受到了严厉的批评，而且被取消了考试成绩，后来又去补考，这位同学在单位是个领导，可是为这事，弄得很长时间在班里抬不起头来。据说后来这事儿还影响了他在单位的升迁。

也许正是由于这样的严格管理，当时"红大"的学员学习非常刻苦、努力。我记得班里有几个学习成绩好的学员，每次听课都带着"板砖"（即老式的录音机），听完课，把老师的讲课内容做整理，考试之前把内容要点打印出来发给大家。当时，还有做作业一说，每次作业由班长收上来，登记成绩，作业的成绩与考试的成绩综合算总分。

当时"红大"学员中的学习风气很浓，也许都是"文革"被耽误的一代人，大家都有一种"不待扬鞭自奋蹄"的心气儿。我们班的学员当中最大的已经40多岁，最小的只有19岁，但大家都非常珍惜在"红大"的学习机会，真有把失去的青春夺回来的劲头儿。

最让我难忘的是学员之间、学员与老师之间的那种情谊。这种由共同的理想和追求而产生的友谊是难以忘怀的。

我所在的中文系802班，班长叫赵友。他是"老三届"的学生，在东北插过队，后来返京在工厂当了工人，当时已三十出头。这是个为人热情、十分活跃的人物，虽然班里的学员来自四面八方，有中央单位的，有市属单位的，有区属单位的，有领导干部，也有一般工人，平时都在各自单位上班，只有晚上上课才能碰面，能把这些人拢到一块儿，并和睦相处，需要一个张罗人。

班长赵友用他"一团火"一样的热情，使大家的心聚到了一起。我们班每年都要搞春游和秋游，大家出钱，租大轿车出去郊游，最远去过河北省的盘山，有时也特邀班主任和学校聘请的教师一起去。印象中的中文系802班是个非常有凝聚力的集体。同窗几年，许多同学的友谊保持至今。当时的班主任郭老师，直到我们毕业十几年以后，还跟许多同学有联系。

正是"红大"好的校风，严格的管理，为我们创造了好的学习氛围，我们这些"回炉"深造的成年学生才学有所成。我所在的 802 班学员，后来从事新闻出版工作的有十几名，当律师的有 2 人，出国留学和工作的有 3 人，当了处级以上领导干部的有七八人。

我后来又考上了人大新闻学院，也曾在党校学习过，但是当年在"红大"上学时的那种学习氛围，以及学员们的那种刻苦学习，"不待扬鞭自奋蹄"的激情却再也找不到了。

"红大"风风雨雨走过了 50 年的历程。头年，我又回到了"红大"。感到当年就学的"红大"已发生了翻天覆地的变化。现在的红大不但有了占地面积近 50 亩，建筑面积 3.1 万平方米的教学区和教学楼，并且在此基础上成立了北京宣武区社区学院（现改为西城区社区学院）。"红大"有全市一流的教学管理者，有一大批出类拔萃的骨干师资队伍，吸引着四面八方的求知青年。一拨又一拨具有专业知识和能力的优秀学员走出"红大"，成为各条战线的骨干力量。

北京宣武红旗业大已成为北京市成人教育的一个重要基地。上个世纪 50 年代，红旗大学以红旗命名，是北京成人教育的一面旗帜。50 年后的今天，"红大"的光荣传统正在发扬光大，而且与时俱进，继往开来，依然是北京成人教育的佼佼者。

50年来，"红大"培养了大批优秀人才，可谓桃李满天下。我作为一个曾经在"红大"学习受益的学员，为此感到荣幸和骄傲。在纪念"红大"成立50周年之际，我衷心感谢母校"红大"的校领导、"红大"老师的培养之恩。

　　古人说：滴水之恩，当涌泉相报。学生对母校的最好回报就是学以致用，在自己的工作岗位和所从事的事业中能取得优秀的成绩。今天，当我成为一个被读者喜爱的记者和作家，回首在"红大"的学习经历，我要说，我没有辜负"红大"的培养，在"红大"这段难忘的学习经历让我终生受益。

　　（本文是在"红大"成立50周年纪念大会上的讲演稿）

谈 笑

笑，人活在世上谁不会笑呢？谁都会笑。不会笑，那脑子就有问题了。尽管人是哭着从娘胎来到这个世界上的。但人活在这个世界却一直在追求笑。

有个段子说："我们不会哭，还不会笑吗？"其实，哭与笑有时都挺难。很多时候，会笑是一门学问，会哭是一种智慧。

笑跟哭，是两种心境。虽然这俩字，从象形上来说，差不多，但从心理情态上，却猴儿吃麻花，满拧。笑是开心，哭是伤心；笑是欢乐，哭是痛苦。

有一次，一个外地朋友问我："你们北京人怎么不会笑呢？"这话问了我一激灵。

北京人不会笑吗？如果我在报纸上发表一篇文章，把这句话后面的"吗"字去掉，恐怕我得哭了，为什么？挨北京人的板砖打的我。

是呀，谁说北京人不会笑？10 个北京人听了，有 10 个人得跟我急。可是您还先别急。

在您跟我急之前，我问您一句，您如果出门，走在街上，或者坐公交车坐地铁，到商店商场购物，或者到政府机关办事，或者……总之，在您跟生人接触的时候，又有多少次见到让您感动，或者让您心里舒坦的笑脸呢？

咱谁也别装着玩，实话实说，打头碰脸地，我碰上的这种时候少。要想讨北京人一个笑脸，有时，不，不是有时，是时不时，能碰上有谁赠给您一个笑脸，确实很难。

说到这儿，您会说了，人家又不认识您，凭什么要冲您笑呀？对您笑，傻不傻呀？

是，要是碰上一个生人，您冲人家笑，那是有病。但我这儿说的可不是这种傻笑，我说的是人脸上和蔼可亲的微笑。

和蔼可亲的微笑是发自内心的，不是装出来，也不是生硬地在脸上挤出来的。这种微笑是内心情感的自然流露，是善意、平和心态在脸上的一种表述。

您忘了有首歌叫《读你》。怎么读你？在你脸上的表情里读你，在你的微笑中，人们能读出你的内心世界。而这种"读"很容易，用不着去查字典，或上网查资料，一目了然。

微笑对人的情绪影响很大。不知道您是否有这样的体会。早晨起来上班，如果在路上，或者在公交车上，或者在地铁上，碰上一个和蔼可亲的微笑，你一天的心情都是快乐的，如果赶上这个灿烂的微笑，出现在一个美女的脸上，你会一天都是兴奋的，像心里抹了蜜似的。

反之，你一大早出门办事，碰上一张"丧门星"似的脸，说话的时候，面沉似水，北京话叫驴脸呱嗒，跟欠了他多少钱似的。完了，你会别扭一天，这一天都会多云转阴。

当然，如果在您多云转阴的时候，碰上一个美女的甜美微笑，也许您心里的天空会阴转晴。

我有时也纳这个闷儿，这微笑对人心情的影响，怎么有时比天气预报还准呢？难道人与人的交往，笑与不笑真的这么重要吗？

其实，这是没什么可疑问的。笑在现实生活中，的确挺重要的。您忘了有句老话："一笑泯千仇。""泯"是消灭的意思。甭管您跟什么人有多大的仇，一笑，全都没了。

还有一句老话叫"拳头不打笑脸人"。本来您身上带着气，心里搓着火，拳头都举起来了，人家冲您微微一笑，这微笑像带着电，让电这么一击，得，您的胳膊抬不起来，拳头也跟着放下了。人家都跟您示好服软了，您的气儿自然消了，还用动拳头吗？

这又让我想起一句老话："古今多少事，都付笑谈中。"笑谈，这里的"笑"恐怕跟我们说的微笑不一样了。但这是明白人说的话，人生的恩怨情仇，是会随着时光的流逝而冲淡的，到那时便成笑谈了。想想这个，也就别再计较眼面前的一时恩与怨、得与失了。这大概是另一种对笑的理解。

您看，笑，有时居然有这么大的效力。

当然，古人说的这个"笑"字，有更深的含义，绝非大面儿上的这么一笑。

生活中有各种各样的笑，微笑、欢笑、浅笑、傻笑、媚笑、冷笑、阴笑、皮笑肉不笑、奸笑、嬉笑、嘲笑、怒笑、嘻笑、醉笑、贱笑、傲笑、狞笑、浪笑、暗笑、窃笑……

在作家的笔下，对音容笑貌的描写更显得生动有趣了，可谓笑姿百态。笑容可掬、笑样惹人、强颜作笑、莞尔一笑、开怀大笑、会心一笑、嫣然一笑、释然一笑、笑若春风、淡然一笑……

笑，也可以反映出各种不同的心理状态。人在开心的时候，情不自禁地要笑，但也有人在发火的时候会笑，在伤心的时候也会笑，更有人在面对死亡的时候会笑。

有人笑看人生、有人笑傲江湖，有人笑对生死，有人笑解春秋。

人们常常把人生、把社会，甚至把历史比喻为舞台，每个人都会在这个舞台上，扮演不同的角色，人生如戏。所以，当我们在现实生活的舞台上，扮演不同角色时，笑也就成了一个"道具"。

比如当您面对您的上司，面对您的领导时，您总得在脸上挂出点笑意，这样才显得您谦恭，当然也出于某种礼节。也许这种笑，是您刻意装出来的，因为您心里正恨这个上司呢，正是他挡了您晋升的道儿，或者正因为他，您过得不如意。但在他面前，您不得不笑一笑。

这种违心的、虚伪的笑，在生活中，我们已司空见惯。没辙，谁让我们在社会舞台上是个"角色"呢？

角色一词，让我想起了美国的前任总统罗纳德·里根的传记《终生难遇的角色》，里根之所以能在 69 岁的时候当选美国总统，靠的是什么？有人说是他的政治家才能，有人说是他的政治手腕，还有人认为是他抓住了机遇。

众所周知，美国的总统可不是那么好当的，美国人不认您有什么政治背景，或高贵的出身与显赫的地位。里根也没有这些先天的条件，他可就是一个演员。

但正因为他是演员，才懂得在政治舞台上，角色的重要。换句话说，他不是会演戏，而是太会演戏了。在当总统之前，他是美国演员协会的主席。

高大的身材、出众的演说能力和招牌的笑脸，这些就是他当上美国总统的资本。里根是所有美国总统中最能笑的一个，也是最会笑的一个。里根有句名言：笑给了我一切。

里根当总统不到 3 个月，就遭暗杀。那个冒失鬼朝他连开数枪，子弹打穿他的胸腔，从靠近心脏的地方穿了过去。这事要搁一般人得吓蒙了，可是里根这时候仍然没忘了自己的角色，在紧急送往乔治·华盛顿大学医院的途中，血流不止，生命垂危的他，微笑着对魂飞魄散的夫人南希说："亲爱的，我忘了弯腰躲子弹了。"

您别忘了，里根在面带微笑说这句话时，电视机的摄像头可正对着他呢，与此同时，全国的老百姓也看着他。他的笑容等于给不安之中的全国百姓打了一针镇静剂。

现任美国总统奥巴马是看着里根的笑脸长大的。他曾在火奴鲁鲁以北 20 英里的一处海滨小屋休假时，把里根的传记《终生难遇的角色》认认真真读了一遍，深知笑对于一个大国总统的重要。他的招牌式的笑脸与里根相似，赢得了许多美国人的信任。

美国的评论家认为：在"脸色外交"逐渐成为强权外交的潜规则之时，人们从奥巴马的笑脸中，看到里根招牌笑脸的回归，这种微笑，具有一种摧枯拉朽般的感染力。

说里根是所有美国总统中最能笑的一个，我认为并不是说其他总统不会用笑脸作秀，而是说，只有里根最会笑。

他的笑，让人感觉不到是在作秀。我研究过他的笑，他的笑是非常自然的，不是假模假式、矫揉造作的笑，也不是故作姿态的强颜作笑，完全是（或者说像）内心真情实感的流露，所以具有亲和力和感染力。

笑有真笑和假笑之分，笑也有会笑与不会笑之别。有的人天生长着一副笑眉笑眼，人家不用刻意地去咧嘴，笑意就挂在脸上，只要一张嘴，笑意就随之而来。谁不喜欢看笑呀！这种人在生活中最讨人喜欢。

有的人天生长着一副像祥林嫂、窦娥似的苦相，或者是冬瓜脑袋、扫帚眉，或者是豹眼狮鼻河马嘴的凶相，用说相声的话说，不笑倒好，一笑够十五个人看半个月的。这都是老天给的，爹妈肚子里带出来的长相，没辙的事。

但是苦相也好，凶相也好，笑得得体，笑得自然，笑得大大方方，坦坦荡荡，照样能招人待见，有道是：一笑遮百丑。

笑得得体，笑得自然大方，用嘴一说容易，真让您这么笑，不是一件容易的事。

记得上世纪60年代，有一部喜剧电影，叫《满意不满意》。影片的主人公是得月楼餐厅的服务员，由于他不喜欢整天端盘子的工作，整天无精打采，干活儿也吊儿郎当。单位的领导做他的思想工作，老服务员教育他要学会笑，只有做到笑脸相迎，笑脸相送，顾客才满意。

于是他便照老师傅的样子，开始学习笑。敢情这笑并不是那么好学的，于是引出一连串的笑料：他每天对着镜子练习笑，见了顾客，撇着大嘴哈哈傻笑，把顾客给吓得直躲他。后来，他又挤眉弄眼地愣笑，也把顾客弄得啼笑皆非。

当然，这是电影为了达到喜剧效果，演员的夸张表演，生活中不会有这么滑稽的事。后来，这位服务员转变了思想，爱上了酒楼的服务工作，真心实意地把顾客当作亲人，笑得也自然大方了。

这说明刻意装出来的笑，不但没有亲和力，无法取悦于人，相反是一种虚伪和滑稽，让人反感。

当笑成了虚伪的遮羞布或卑鄙的面纱，笑就不是美，而是丑了。

中国是礼仪之邦，北京作为六朝古都，又是"首善之区"，老北京人对笑是有规矩的，而且有些规矩还挺严。比如对女子的笑，讲究笑不露齿，掩面而笑，要笑得含蓄，一颦一笑要得体。

在社交场合，更是不能随随便便地笑，尤其是在官场。在老北京，似乎有什么不成文的规定，官儿们见了面儿都不苟言笑，一个个都板着脸，透着那么矜持。即便笑，也要把握分寸。

为什么不敢轻易笑呢？这是只可意会，不可言说的事。因为笑的不是地方会引起副作用，即使碰到可笑的事，您也得忍着。有个成语叫"忍俊不禁"，忍不住了，非笑不可了，憋出声来了，您只好如此了。但多数场合，您得"忍住"。

老北京有一个笑话，一个官儿对手下的人训话，一本正经地口若悬河，突然"后门"出气儿，"噗"放了一个响屁，正襟危坐的手下人知道可笑，却忍住了。只有一个冒了傻气，忍不住哈哈大笑。

他这一笑，把饭碗给笑没了，第二天就被这个感觉自己难堪的官儿给炒了"鱿鱼"。这位心里还觉得委屈呢，怎么只准你放屁，不许我笑呢？

这叫不开面儿，谁让您笑的是官儿呢？您在不该笑的时候笑了。看来笑，也能折射出人生百态。

中国有句老话：人怕笑，字怕吊。再好看的一张脸，笑不好，也会变得难看。字也如是，您的字写得再好，一旦挂在墙上，千人看，万人品，总会让人给您看出毛病来。

笑有没有标准呢？当然没有一定之规。北京举办2008年奥运会之前，招聘了百十号礼仪小姐。这些礼仪小姐不但代表着北京的形象，而且也代表着中国的形象，当然，长相个头儿得精挑细选。用北京话说，得人是人，个儿是个儿的。不能说千里挑一，也得说百里挑一。

挑选出来之后，要对礼仪小姐进行严格的礼仪培训，培训的一个内容就是笑。怎么笑呢？当然老北京笑不露齿的规矩早已过时。得笑得得体，笑得大方，笑出灿烂阳光来，笑出春风沐浴来。

据说礼仪专家翻阅了大量的资料，参考了上万幅中外美女笑的照片，最后认为女人以露出 8 颗上牙的微笑，是最有魅力的。

可是谁有张嘴一笑，准能露出 8 颗上牙的本事呢？有这本事，平时也没人给您数着呀。

于是礼仪教员憋出了一个主意，用筷子来支着嘴，让礼仪小姐们对着镜子每天练，最后练就了"笑露八齿"的功夫。据说，在北京奥运会期间，北京礼仪小姐的这种甜美的微笑，被外国记者视为笑的经典。

微笑，绝对是一个城市，乃至一个国家的"名片"。套用这句话，有人把商业服务业，比喻为城市的"窗口行业"。人们正是从"窗口行业"的从业人员脸上的微笑，来了解或者说感受一座城市、一个国家的，如此说来，笑的意义举足轻重。

笑，对于一个人来说，又是开心的钥匙。人们常说："笑一笑，十年少。"当然这是一种象征性的说法。

侯宝林先生的相声里有：笑一笑，年轻 10 岁，那 50 多岁的人，笑 5 次，就不敢再笑了。怎么呢？该进幼儿园了。所以有爱较真儿的人把"十年少"，改成了"少一少"。

甭管"十年少"，还是"少一少"，总之，笑对人的身心有好处。那些百岁老人谈"百岁经"时，总离不开一条，"想得开，喜欢笑"这一体会。想身心健康吗？想活一百岁吗？好，您不妨常把微笑挂在脸上。

有人会说，生活中那么多烦恼的事儿，上哪儿找笑去？一肚子气还没地儿撒呢，让我笑？我笑得出来吗？

是呀，人生在世，"不如意事常八九，可与人言无二三"。单位不景气，发不出工资来；老婆有了外遇，正闹离婚；跟头儿闹别扭，被炒了鱿鱼；大学毕业几年了，还没找到工作；上超市一看，这也涨钱，那也涨钱了；得了疑难杂症，苦不堪言，或面对生死一筹莫展，凡此等等，您让他笑，他确实笑不出来。

但是家家有本难念的经，人人都有不愉快的事儿，假如能坦然面对，淡定自若，怎么就不能笑呢？

这种时候，正是可以用笑，来驱散心里阴云的时候。听听音乐，听段相声，跟朋友聊聊天，到郊外呼吸一下新鲜空气，静下心来看看书，忘掉这些烦恼，换一种心境，去想生活中那些愉快的事儿，难道不也是一种活法吗？

按佛教的说法，人在世上，就是受苦来的，要经过"四苦"、"八难"，才能使灵魂得到解脱，走向"彼岸"。真的，关键在于您怎么面对这些苦难，随遇而安，永远保持良好的心态。

您看大肚弥勒佛像，不总是笑着的吗？有一副对联说他："大肚能容，容天下难容之事；开口便笑，笑世上可笑之人。"只有把难容之事容在肚子里，才能开口便笑。笑谁呢？笑那些可笑之人。谁是可笑之人呢？就是那些不把难容之事容在肚子里的人，因为这种人总是愁眉苦脸，总是怨天尤人。

还有一首诗说得也好："有舍有得才有乐，能施能舍立大德。一心向善无所求，人人皆可修成佛。"只有把得与舍全抛在一边，人才能笑口常开。

忘了是谁，说过这样一句警语："在这个世上，除了你，没有人能主宰你的快乐！"人生太短，短到你来不及浪费时间去恨一个人。是呀，当你没有时间去恨谁的时候，自然也就明白对什么事情也应该包容了。

美国有个很有名的女作家叫海伦·凯勒，她出生18个月就因病失去了视觉和听觉，成为残疾人。从7岁起，她在家庭教师的帮助下，开始学习用手触摸识字，开口说话，与人交流。后来她以乐观的人生态度和坚强的毅力，考上了哈佛大学附属剑桥女子学校和拉德克利夫学院。她写过一本书叫《我生命的故事》。

我读过她写的散文《假如给我三天光明》，其中有一段让我特别感动，海伦写道："如果我有三天视力，我能看到多少东西啊！第一天我一定很忙，我要把我所有的亲爱的朋友请来，久久地观看他们的面孔，把体现他们内心美的外部特征，深深地印在我的心上。"

在一个盲人看来，能享受视觉的美是世上最幸福的人。

她还写道："第三天早上，我将再一次迎接黎明，我渴望获得新的美感。因为我深信，对于那些真正能看见的有眼睛的人来说，每一天的黎明都永远会显示出一种崭新的美。"

是的，看海伦的照片，她永远是微笑的。因为她的心宁静无波，她的心是干净的、纯洁的、没有杂念的。

在她看来，我们这些有眼睛的人，每一天的黎明都会看到崭新的美，我们没有理由不用微笑面对每一天的生活。

　　笑吧，想想海伦，为什么我们不笑呢？

　　当我们笑着在人生舞台上，扮演自己的角色时，在谢幕的那一刻，也许就不会留下遗憾了。

　　当我们笑着面对生活，面对纷繁复杂的社会，我们就会更有信心地活着，不会成为"可笑之人"了。

喝茶

跟朋友品茶聊天，他不知怎么冒出一句："看一个人生活有没有品位，只要看他怎么喝茶，便一目了然。"这话说得我有些惶然，难道我喝茶的方式不对吗？

想了想，随之释然。因为我们是坐在茶馆里，围坐在一个老树根做的茶案前，在共同品茶道。茶案上摆着精致的茶海和紫砂的茶具，音响里播放着轻柔舒缓的古琴曲，一个妙龄茶师在用器皿给我们分茶，我和几个朋友品茶的方式没有什么区别。

我的这位朋友，以前，男人的三大嗜好：烟酒茶都沾，几年前信了佛之后，为求六根清净，烟酒彻底戒掉，唯独保留了饮茶这一嗜好。许是求静，皈依佛门后，他研究起茶道来，三句话不离这个"茶"字。

佛家弟子，自然出语不凡。我问道："怎么看一个人喝茶有没有品位？"

他沉吟片刻说："有人喝茶，是为解渴；有人喝茶，是为解忧；有人喝茶，是为遣兴；有人喝茶，是为洗心。目的不同，所以喝茶的品位自然不同。"

他的话带着禅味儿，我听之顿时恍然。

是呀，茶是何物？茶本身并无品位可言，尽管茶有身价，但茶毕竟是"死物"，而人是"活物"，茶的色香味是靠人的眼鼻舌品出来的。茶的味道、茶的情趣、茶的意境、茶的雅俗，也是人们喝出来的。从这个意义上说，这位朋友的话也含着几分"茶道"。

喝茶，讲究茶道，讲究情趣，讲究品位，是近几年才真正走进中国人的生活辞典里的。冷静地回顾一下，充其量也就是十五六年的光景。

15年前，跟一个朋友说起"茶道"。他一头雾水，误以为这是日本人的专利。尽管中国的古籍中，对烹茶、煎茶、茶具、茶品的描述甚详，但人们却不以为然，因为那些茶事离现实生活好像非常遥远。

我喜欢喝茶，也许肠胃让茶水反复洗过泡过，不管什么茶，每天必须饮几杯。不喝，五脏六腑就会有反应。可谓：一天不喝茶，肠胃便发麻；两天不喝茶，火攻喉与牙；三天不喝茶，周身倦又乏；四天不喝茶，只好找药匣。

为什么如此爱喝茶？因为平生爱喝两口儿（酒），一喝便出汗，北京话叫"走皮"。酒精在身体里，随着水分从皮肤里出来遛弯儿，只好大量补充水。白开水没味儿，嗓子眼不答应，肠胃也有意见，只好请茶来伺候。

老北京人认为烟、酒、茶是亲"哥儿仨"。这"哥儿仨"不分家，相生相克，相容相解。抽烟的人，必得喝酒，酒能解烟里的尼古丁，茶又能解酒，肚里的酒精让茶水一冲，走肾走皮，脏腑便平安无事了。"哥儿仨"缺一个，脏腑便会出毛病。

当然这是民间的说法，并无科学依据，但老北京人认这个。不过，有报道说，日本的男人抽烟喝酒的多，患癌症的却少，查原因，敢情日本的男人多喜欢喝茶。

虽然老北京人喜欢喝茶，但却不懂茶道。用我的那个朋友的说法，叫没品位。我理解所谓品位，至少包括泡茶的水和器皿，以及环境、心境。

不过，说老实话，那会儿的北京人，不懂喝茶还有品位这一说。因为当时的茶还很"金贵"（北京土语：稀缺、值钱的意思）。上世纪70年代，北京人买好茶还要票呢。一般公职人员喝茶，走的是"劳保"。品位？能喝上茶就已经算有品位了。

北京不产茶，茶都是从南方运到京城的。从明代起，京城经营茶的主要是三个地方的人：浙江、安徽、福建。由此形成了"三大行帮"，如"张一元"属徽帮（字号创始人是安徽人），"吴裕泰"属闽帮（字号创始人是福建人）。

浙江以"龙井"赏心，福建以"乌龙"悦人，安徽则以"毛峰"抢眼。

这些都是茶中上品，但是却不对老北京人的口儿。北京人最爱喝的是茉莉花茶。老北京的茶叶铺都挂着"香片"的招牌，上等的花茶经过十几道茉莉花的窨制，香气扑鼻。

被视为饮中仙子的花茶，除了能喝，讲究的老北京还用它来"沁口儿"。在京城生活多年的明末清初大文学家、戏剧家李渔在《闲情偶寄》中有如此描述:香茶沁口,"不过指大一片,重止毫厘,裂成数块,每于饭后及临睡时以少许润舌,则满吻皆香,多则味苦,而反成药气矣。"

那会儿没有口香糖,嘴里有异味(口臭)怎么办?嚼几片花茶,满口皆香,似乎比现在的口香糖还管用。记得我小时候,我姥姥还用花茶沁口儿呢。

自然,老北京人也不能一概而论,有些在北京已世居几代的南方人,虽然生活在京城,在喝茶上却很难随俗,依然保持着喝绿茶的习惯,他们认为喝绿茶才是正宗。

我家有个远房的亲戚是上海人,记得儿时跟母亲到他们家做客,给我们沏的就是"龙井",这是我有生以来第一次喝茶。按老北京的规矩,未成年人是不能喝茶的。

中国古人喝茶,讲究煎茶和烹茶,到了近代才改为泡茶(也有叫冲茶的),北京人则一概称为沏茶。

泡与沏是有区别的。泡,是用不太烫的水慢慢泡着,泡出了茶色再喝,比如喝绿茶,就得用这个"泡"字。因为绿茶必须要用80度的水来泡,滚开的水会破坏其营养,清爽的茶味也会被冲淡。

沏红茶或乌龙茶,则用开水。北京人喝的是花茶,通常是用滚开的水,沏出的花茶,茶香味儿会更浓。

过去,没有燃气灶,北京人家里烧水做饭用的是火炉子。各家各户都备有一个水氽儿,铁皮做的,底是尖的,上边有拳头大的口儿。客人来了,把水氽儿盛满水,放到炉眼里，几分钟水便烧开。然后用大把儿罐子（搪瓷的），抓把茶叶，用开水一冲，蹿出花茶香味儿，冒着热气儿，齐活儿，给您端上来，这就叫沏茶。还有更讲究的，往茶里抓把白糖，要的是有股子甜味儿。

您要到北京人家里做客，进门之后，无一例外会享受到这种礼遇。

当然那会儿，北京人喝不起，也喝不到真正的花茶，所谓的花茶，也就是香片，是专供或特供品。

一般老百姓喝的是茶芯或茶叶末。所谓茶芯和茶叶末，就是把窨好的花茶挑出来，剩下的茶底子。因为用开水一浇，那些茶叶末就会漂上来，所以北京人也叫它"满天星"。

上个世纪70年代，我在工厂当工人，上班的头一件事是拎着暖瓶，到水房打开水。开水打来，给师傅的大把儿缸子里，放把茶芯或茶叶末，然后用开水一冲，盖上盖儿闷着。

师傅上班，头一件事是喝茶。因为北京人讲究："早晨一杯茶，饭后一袋烟。"师傅如果缺了这口茶，一天心里都不舒坦。

我呢，当然也跟师傅一样，先灌一肚子茶水，再去干活儿。这种喝茶的方法，只能说是解渴，别说品位，连品味都谈不上。因为那"满天星"也喝不出什么茶味儿来。

年轻的时候，读周作人的散文《喝茶》，对他写的"喝茶当于瓦屋纸窗之下，清泉绿茶，用素雅的陶瓷茶具，同二三人共饮，得半日之闲，可抵十年的尘梦。"颇为神往。我曾想，喝茶必须得有一个"闲"字，不把心静下来，是喝不出闲情逸致来的。也许喝茶本身，就是一种闲情逸致。

有一年游西湖，看到一篇古人美文《四时幽赏录》，其中有"扫雪烹茶观画"的境况，不免又惹神思。

雪后在西湖边上，一边喝着香茶，一边观着西湖的雪霁烟景，定会是"高朗其怀，旷达其意，超尘脱俗，别具天眼，揽景会心，便是真趣"。这与周作人说的"得半日之闲，可抵十年尘梦"的心境正相吻合。这让我想到了福建人喝的功夫茶。

现在北京人喝茶的口儿已然变了，当人们进茶叶店不再为腰里的钱包不鼓而发愁，而为选择什么茶而踌躇的时候；当人们喝茶不是为了解渴，而是为了求得雅趣的时候；当喝茶的人比喝酒的人多了的时候，喝茶才有品位这一说，喝茶也才能找到唐代诗人卢仝所说的："一碗喉吻润，二碗破孤闷，三碗搜枯肠，唯有文字五千卷，四碗发轻汗，平生不平事，尽向毛孔散，五碗股骨清，六碗通仙灵，七碗吃不得也，唯觉两腋习习清风生"的那种感觉。

如今，花茶已不再是北京人的"专利"，您如果再到北京人家里做客，主人给您沏茶时，肯定先问您喝什么茶？绿茶、花茶、红茶？龙井、毛尖、铁观音？水汆儿和大把儿缸子早已成了"文物"，茶具变成了茶海、紫砂、精致的陶瓷杯、玻璃杯。

看北京人喝什么茶，只须到茶叶店看看经营的都是什么品种，便一清二楚了。就连张一元、吴裕泰这样的老字号，都以经营绿茶、红茶、铁观音为主了。

　　喝花茶的多是地道的老北京，他们依然认老祖宗留下来的茉莉花茶，一时半会儿改不了口儿。不过，喝花茶时，大把儿缸子换成了盖碗。要知道盖碗在老北京只有皇上、王爷和五品以上的官员才能用。

　　当然，北京人喝茶不光认茶、认茶具，也开始认水了。用什么水来沏茶，成了北京人上心的事儿。老人们宁愿坐半天公共汽车，去西山的老泉汲水，背着回家，也不愿直接用自来水沏茶。有的为省脚力，直接用桶装水。

　　讲究点儿的北京人则直接奔茶馆，坐半天，享受那个"闲"字，去抵"十年的尘梦"。这也促使北京的茶馆业有了大的发展，由原来的几家到现在的二百多家。难怪我的朋友会有喝茶的"品位"之说。

　　有时手捧香茶，静心一想，北京人喝茶，到现在才喝出味儿来。开门七件事，柴米油盐酱醋茶。茶事小吗？不小，难道它不是社会变迁的缩影吗？

说 "虫儿"

一

我的长篇京味小说《画虫儿》（2008 年由作家出版社出版），2009 年在天津《今晚报》连载后，许多读者很想知道创作这部书的初衷，也想知道我是怎么写出这部书的，当然更想了解一些书中还有哪些没写进去的故事。应《今晚报》副刊部之邀，笔者就读者关注的几个问题，撰写了此文。

"虫儿"是北京的土话，一个人在某一个行当，从事某种职业的时间长了，自然会成为这一行或这一门里的行家里手，这就是北京人说的"虫儿"。从这个意义上说，"虫儿"不是一个贬义词，当然也不是褒义，只能说是个中性词。

有读者问我：你是怎么想起要写《画虫儿》的？有什么机缘或有什么故事，触发了你写这部小说的冲动，或者说灵感吗？

说老实话，写这部长篇，谈不上冲动。《画虫儿》只是我计划要写的"虫儿系列"中的一部。1994 年，我写《人虫儿》的时候，我就计划写一个"虫儿"的系列，其中包括"画虫儿"。

我最初的设想是一个"虫儿"写一个人，包括这个人的命运和在他身上发生的故事，以此来反映某一个行当、某一类人群、某些社会现象。这样由一个一个"虫儿"，来反映生活在当代的小人物命运。

但是后来我在写作过程中，发现这样写起来，社会的面儿太窄，单写一个"虫儿"，很难更深刻地反映社会的现实生活。

为什么？因为社会太复杂，而"虫儿"作为小人物，虽然是社会的一分子，是社会的一个"细胞"，但他生活的舞台是社会，他跟社会方方面面的人都有联系，而且"虫儿"作为社会的另类"精英"，必然社会关系很复杂，所以要描写某一类"虫儿"产生的原因，必须要写出历史背景、社会原因，这样就会涉及到很多人，单写一个人（一个"虫儿"），很难全面地揭示某些社会现象。

于是我便放弃了原来的写作计划，沉下心来，重新构思，或者说重新结构我的"虫儿"系列了。

有读者说，看了我的"虫儿"系列，让他想起巴尔扎克的《人间喜剧》。问我的"虫儿"系列，已经写了多少"虫儿"？

巴尔扎克是 19 世纪法国的世界级的大作家，也是我景仰的作家之一，《人间喜剧》包括八九十部长篇，是巨著。我的"虫儿"系列跟巴尔扎克没法比。

不过，从《人虫儿》开始到现在，我笔下的"虫儿"有十多个了吧。但有些"虫儿"，在我看来，在素材的积累上还不充分，不足以构成一部长篇，所以是以纪实文学的形式写的，比如已经发表和出版的"票虫儿"、"买卖虫儿"、"车虫儿"、"古玩虫儿"、"房虫儿"、"媒虫儿"、"饭虫儿"、"网虫儿"等。

有些读者可能不知道，"网虫儿"这个词也是我发明的。这个词现在已经成了网络上的通用名词了。我最早写"网虫儿"的时候，北京的网民才有 60 多个。自从我的这篇文章发表以后，"网虫儿"这个词才开始流行。

"画虫儿"在我的写作计划中，算是素材积累比较丰富的一个"虫儿"，所以我把它写成了长篇。

二

其实，写一个"虫儿"，素材积累的过程是非常漫长的，以《画虫儿》来说，从开始酝酿到动笔，花了十多年的时间，真正动笔写也用了五六年。

有读者问我，为什么要用这么多年，来写一个"虫儿"呢？

这事说来话长，因为写"虫儿"，实际上是写人，写某一类特定的人群。而写人要写出典型来，才能立得住，给读者留下深刻印象，这是很难的。

这当中要积累大量的生活素材，因为我要写的不是普通的人，而是有个性、有本事的人。"虫儿"这个词本身，就是某一行当的行家里手的意思。要写一个行当，你就得懂这个行当里头的事儿。换句话说，你写的是行家里手，自己不能是整个行家里手，起码也得是半个行家里手。否则你就会说外行话，让人笑话。

所以要写好一个"虫儿"，我要花很多时间和精力，尽可能地多接触一些"虫儿"，收集大量的生活素材，直到自己都弄清楚"门里"的那些事了，这才能动笔。

有人说：你写了那么多"虫儿"，是不是到最后你自己也快成"虫儿"了？

没错儿。他说的真没错儿！因为他说的是"快成虫儿"了，还不是"虫儿"。很多时候，我还不够"虫儿"的份儿。比如说"画虫儿"，我敢讨要这名号吗？

"画虫儿"都是玩书画的高手，眼里不揉沙子，给他一幅画，他能马上说出这幅画是谁画的，是真是假。有些假画仿得比真的还真，"画虫儿"能独具慧眼，一锤定音，那可是真本事呀。

我接触过一位现在国内很知名的画家，他的画儿现在一平尺能达到十五六万元，当然仿他的假画也很多。

有一次，一个朋友把他的真画儿和假画儿放在一起，让他挑哪个是他的真迹。一般人肯定会以为那是他自己画的画儿，当然他不会看错。

但事实上，他却把假画儿当成了自己的作品。当那个朋友说，那幅是假的。他还跟人家急了。

假画逼真的程度都到了这份儿上，你说鉴定真假难不难？当然，这里头还有很多其他学问。书画收藏水忒深，不是任何人都可以往里蹚的。

所以说，"画虫儿"这个名号，不是什么人都可以当的。现在搞收藏的人很多，收藏的门类也很多。就收藏，或者说就鉴定的难度来说，第一难的就是书画，往下说才是瓷器，再往下说是金石、碑帖、玉器、古典家具等。

马未都先生现在是很有名的收藏家了，我跟他是好朋友。他同意我的说法。他玩得这么大，都不敢"碰"书画。

三

因为我写了《画虫儿》，有人问我玩不玩书画？我坦率地跟他说不玩。我玩不起。您想连马未都这样的大家都不敢玩，我就更不敢"碰"了。不过，要是谁白送我一幅，那我当然要收着了。这跟您说的"玩"是两码事。

"玩"这个字，在北京话里，就是收藏的意思。我虽然不"玩"书画，但这并不妨碍我跟书画家们接触，也不妨碍我跟玩书画的人在一起混。

我最早跟"画虫儿"接触，是在上个世纪 90 年代初。捯根儿的话，那可早了。我从小是在我外公家里长大的。我外公叫赵可读，是个藏书家，算不上很有名儿，但当年在京城也有一号。他的藏书 5 间房摆的书柜都装不下。您说他的藏书有多少吧。

我记得我外公收藏的一部宋版书的孤本，当时北京图书馆要收购，给他开价 4000 块钱。这是上世纪 50 年代末的事儿，那会儿普通工人一个月也就挣四五十块钱，4000块钱绝对是大数儿。可我外公愣没舍得出手。

藏书的人当然也喜欢书画，我外公家住在北京的辟才胡同，离住在跨车胡同的齐白石家很近。我外公跟齐先生是朋友。

我外公手里肯定有齐白石的画儿，这是毫无疑问的。但我那时太小，说不清楚了。因为"文革"抄家时，红卫兵几乎把我外公的藏书和藏画儿都烧了。为什么我说起了我外公呢？因为我最早接触书画跟他有关系。

我外公虽然只是个藏书家，也收藏字画，但他本人不会画，不过书法不错。我小时候反倒爱写爱画，当然这种写呀画呀属于信手涂鸦，小孩淘气那种。

我外公的书房里挂着不少字画。记得我四五岁的时候，跑到他的书房，在墙上挂着的一幅山水画上，用毛笔画了一个小人。这不是把这幅画给毁了吗？结果受到了我外公的惩罚。

我外公教训孩子有一套方法，孩子犯了错，他先拿桌上的镇尺打手心，轻者十下，重者二十、三十。他打，让我数着，然后罚站，面对墙壁，背十首唐诗，什么时候背下来，什么时候让你吃饭或睡觉，背不下来，对不起，你接着面壁。

那一次，我记得好像挨了三十镇尺，手心都打肿了。之后，他又让我母亲教训我，大概是他太心疼那幅画儿了。

那是谁的画儿？我已经记不得了，觉得应该是清以前的画儿，因为纸已泛黄。这幅画被我的那个小人给糟践了，我外公没再挂。

这幅画儿，后来在"文革"时，也让红卫兵给烧了。通过这次挨打，我再不敢动画笔了，手痒难耐时，就在地上画一画，这就是我最早对书画的印象。

我属于"50后"。我们这一代人也被叫做"被'文革'耽误的一代人"。经过"文革"，破"四旧"，以及后来的批林批孔等一系列"运动"，我们这一代人净跟着"运动"折腾了，当时把书画当成了"四旧"，谁还能看到书画的艺术价值和收藏价值？

直到上个世纪80年代初，我们这一茬人，对中国古代和现代书画艺术的认识还是糊涂的，或者说是麻木的。

举个例子，那是一九八几年吧，我当时在北京市委统战部工作。统战部在"文革"后期，一直在给党外民主人士做平反和落实政策的事。我调到统战部时，这些落实政策的事儿已进入尾声。

有一次，我跟一位处长和另一个跟我岁数差不多的同事，去北师大看望启功先生。

由于启先生的出身，以及其他众所周知的原因，在"文革"期间，自然也受到了冲击，他很长时间住在一间斗室里。"文革"结束后，统战部的干部配合北师大，给启功解决了住房问题。启功先生当然非常感动，见我们到他家慰问，他自然会心存感激之情。老爷子待人和蔼可亲，对我们说：我也没什么谢你们的，给你们写幅字吧。

　　我记得他写了两幅字，一幅好像是唐诗，另一幅是一句警语之类的词儿。处长有一定水平，懂得统战政策，见老人家给我们写字，不要不合适，就收下了。

　　那会儿，这是非常普通的事儿，因为在人们眼里书画就是书画，谁也想不到它还是人民币。说句实在话，那时我们谁也不懂启先生写的毛笔字就是书法作品，当然谁也没把这当回事儿。

　　回到机关，处长把两幅字放在办公室的桌上说，这是启功先生给写的字，你们谁喜欢就拿去。一屋子人没人抻茬儿。

　　倒不是因为我们有多高的觉悟，也不是对启先生不尊重，只是觉得要这两幅字没什么用。我想要是处长把一桶油或是一箱鸡蛋放在桌上，大伙儿肯定不会这样。

　　后来一个上点年纪的同事说，你们都不要，那我拿去挂我们家墙上吧。大伙儿听了也不以为然，不就两幅字吗，拿就拿去吧。他就拿走了。

　　过了有几个月吧，这位同事病了。我和两个同事到他家去看他。他家住平房。我果然发现那两幅字被他挂墙上了。但是他并没装裱，而是用几个图钉和糨子，把那两幅字儿给粘墙上了。

　　看到这儿，您也许会说，太可惜了。放到现在这两幅字得值点银子。拍卖会上，启功先生的书法，一平尺得几万元了。你的这个同事肯定发了。

　　是呀，那会儿，我们要是有这眼光，不就真成"画虫儿"了吗？大概又过了几年，我在街上碰上了那位同事。他那会儿已经退休，我也离开了统战部。

我们聊起了当年部里的事儿，我猛然想起启功先生的那两幅字，问他，他不以为然地说，一幅送了人。另一幅因为下雨房子漏雨给湮湿了，最后让他给扔了。

我讲这个故事的意思是告诉您，这就是当时人们对书画作品的认识水平。写字的启功先生没有把它当作"钱"，他完全是用这两幅字表达自己的心意。收字的人也没把它当作"钱"，只是觉得人家老爷子写了，不要会驳人家的面子。最后要这幅字的人，又是用那么一种方式来对待这幅作品，谁都没有收藏它的意识，人们是真不懂。

有一次，跟一个看过《画虫儿》的朋友聊天。我聊起了这个故事。他听了以后，对我说，你讲的这个故事，让我想起《画虫儿》里的钱小湄和张建国这两个人物。看来，你笔下的这些人物都是有生活依据的。

我说，当然了，我为什么要塑造钱小湄和她丈夫建国这两个人物，其实就是想说明，对大多数平民百姓来说，对书画作品是没有收藏意识的，而一旦他们意识到这些作品的价值，一切都已经晚了。

这不是书画家的悲哀，也不是钱小湄的悲哀，而是那个时代的悲哀。不知读者体会到这一点没有。

四

您也许会问：那么你是什么时候认识到书画收藏价值

的呢？

如果我没记错的话，大概是在上个世纪 90 年代初。我在不少场合说过，中国现代的收藏热，是在上个世纪 90 年代早期，也就是 1992 年、1993 年左右才兴起的。尽管在这之前，有不少人已经玩出了名堂，比如马未都他们。

但那会儿还属于"小众"，大众收藏应该说从 1995 年以后才开始的。北京以外的情况我不大清楚，反正北京的情况大致如此。为什么我这么了解收藏界的事儿呢？因为我是记者，而且是最早报道收藏的记者之一。

从 1994 年到 1996 年，我在《北京晚报》主持"经济广角"专版，此外还办了个"收藏"专版。《北京晚报》直到现在，还是北京地区发行量最大的报纸，影响很大，在这期间我做了四件事，我想北京的玩家不会忘记我。

哪四件事呢？一件事是，我最早报道了北京的潘家园旧货市场。

上个世纪 80 年代末，随着改革开放，个体经济的发展，喜欢玩的北京人坐不住了。京城陆续出现了一些古玩摊儿和自发的古玩旧货市场，如天桥的福长街、玉渊潭、官园、德内的后海南亭等，这类古玩旧货市场都不大规范，但却是玩主淘宝的好去处，由于没人管理，这类市场难免会出现一些不正当的交易，甚至发生了走私文物的事儿，引起有关部门的注意。1991 年左右，公安和工商部门对南城的几家古玩旧货市场进行了查抄，并取缔了几家旧货市场。这样一来，喜欢玩的一些南城人只好另找地方，他们相中了潘家园。

当时的潘家园周围还是菜地和建筑工地。一些做古玩生意的小贩、玩收藏的人星期天在路边摆摊出售古董，由于这里是三区（朝阳、崇文、丰台）交界之处，管理上松一些，加上空地比较开阔，面积也大，所以很快这里人气儿就上来了。到这里摆摊儿和淘宝的人越来越多，我看到这里天不亮就人头攒动的景象，联想起老北京的鬼市，于是我连续写了几篇报道，介绍潘家园的"鬼市"，让潘家园旧货市场"火"了起来。先是形成了星期天旧货市场，后来发展成为北京最大的古董和旧货市场。

后来潘家园地区的街道主任专门请我吃饭，当着众人的面说，要不是刘老师的文章，也许潘家园市场就死了。因为这个市场当时并不规范，属于工商部门整顿治理的对象，但是刘老师的这几篇文章，把潘家园这个市场给保了。

一位了解内情的朋友对我说，现在逛潘家园的人，还真得念你的好儿呢。我笑着对他说，这不是我一个人的功劳，潘家园古玩市场能到今天，是北京和天津的玩家们给玩起来的，因为当时天津的那帮玩家，每个礼拜都坐火车往潘家园跑，这儿有他们的地盘儿。当然，现在来的少了。

第二件事是，我报道了当时已经玩出名堂的四个人，即玩瓷器的马未都、玩书画的刘文杰、玩古籍善本的田涛、玩古典家具的张德祥。

我在《北京晚报》上发表的文章，题目是《京城"四大玩家"》，后来又写了《玩家论道》，等于让这四位玩家很早就成了名。我想，到现在他们也不会忘了我当年写的这几篇文章。

第三件事是,我比较早地报道了当时的北京东方收藏家协会,这是北京最早的搞收藏的民间团体。现在在古玩鉴定方面赫赫有名的人物,如马未都、杨静荣、单国强、张淑芳、叶佩兰、路东之等,当时都是东方收藏家协会的会员,我在报上都介绍过他们。

第四件事是,我在《北京晚报》报道了北京最早的两家大的拍卖公司:"嘉德"和"瀚海"。

我说这些的目的,并不是在读者面前王婆卖瓜,自卖自夸,也不是想评功卖好儿。中国的收藏热是民间自发的,并不是哪个人给搞起来的。不过,话又说回来,就算我是有功之臣,又能怎么样?谁也不会发我奖金。

我跟您讲这些,只是想告诉您,我是比较早就介入收藏这个圈子的,也可以说,是现代民间收藏兴起过程的一个见证人。

正因为如此,我才能写出《古玩虫儿》、《京城玩家》、《爷是玩家》,包括《画虫儿》这样的书。

五

有一次,我在首都图书馆举办的讲座,给人讲北京的玩家。下了课,一位老先生对我说,如果不是长时间跟这些玩家打交道,是写不出这种书来的。那么,我想问您,您写的"画虫儿"冯爷,是不是也有生活原型?

我记得当时跟这位老先生说,当然有了,但您看到的冯爷，已经不是一个人的形象了。

的确如此，"画虫儿"冯爷，是一个文学作品中的典型形象。文学跟纪实文学不一样，纪实文学要求写的人和事，必须是真实的，不能虚构，也不能夸张。

文学则不同，可以凭借作者的丰富想象力去创作，去进行艺术处理，如鲁迅所说，你可以把山东的眼睛、山西的鼻子、云南的嘴、湖南的眉毛拼凑到一起，构成一张你想要的一个人的脸。这不是鲁迅的原话，大致是这意思。所以说，冯爷是有生活原型的，但他已经不是生活中的那个人了。

有人看了《画虫儿》，习惯性地跟现实生活中的某个人"对号入座"。问我，你写的是不是谁谁谁。我说不是。他说不可能，肯定是他。我说真的不是。末了儿，他也不相信，认准了我写的是某某人。

还有人问我：你说冯爷有生活原型，那么，生活中的原型，也像冯爷似的有那么多的藏画，也有那么丰富的经历，同时也那么有性格吗？

这可把我难住了，因为涉及到人家的个人隐私，谁也能理解其中的原因，我不能说出他是谁。但可以告诉您，他确实非常有性格，有一种爷劲，因为人家也有本事、有眼力，他的藏画，应该说比小说中的冯爷收藏得还多。

要知道北京的地面儿藏龙卧虎，真正的大玩家是不显山露水的。经常在电视上、在报纸上抛头露脸的，也许不一定都是真正的大玩家。

我写了这么多"虫儿"，也培养了不少"虫儿迷"，用现在时髦的词说，叫"粉丝"。一位"80后"的"粉丝"问我：您写了这么多"虫儿"，冯爷作为"画虫儿"，是您写的比较满意的人物形象吗？

这让我怎么说呢？这本书，对我来说，谈不上十分满意，也谈不上不满意，只能说，我在冯爷这个人物身上下了很大的功夫。

我总觉得一个作家的创作，跟一个画家的创作有相通的地方。写一个人跟画一个人一样，只有当你对这个人的内心世界十分了解了，他的一举一动，一个眼神传达的是什么情绪，一句话表达的是什么意思，你了如指掌了，写出来的人，才能做到深刻、传神。

我的一些"粉丝"看了《画虫儿》以后，都觉得这部小说写的有味儿，文笔还算流畅，而且看了以后感觉非常亲切，就像我面对面地在跟人讲故事，形成了独有的创作风格，让我说说创作体会。

我觉得"体会"这俩字说得好。其实每个作家都有自己的创作体会，每个人的创作体会是不一样的。要说我的体会，主要有两点，这两点也可以说是我一直在努力去做的。

第一是，我要让我写的东西有人爱看。第二是，我要让人看了我的东西，能从中得到点儿什么。说俗点儿，就是看了不白看。

您可能觉得我说的这两点体会，倒符合我的写作风格：简单明了。

是呀，您说您再有学问，再有艺术天赋，写出来的东西，读者不爱看，那有什么价值可言呢？

还有您写出来的东西，再伟大，再怎么有思想深度，可是别人都看不懂，那不是猴儿拿虱子，瞎掰吗？

另外您写的东西，别人看了半天，如同喝一碗白开水，喝了半天没喝出什么味儿来。什么知识、什么学问也得不到，那不也是让人瞎耽误工夫吗？

说句不好听的话，您净顾自己出名了，把读者当猴儿耍了，最后的结果，只能让读者说声对不起，或者干脆不买您的书，或者买了当废纸，末了儿，便宜给收废品的小贩。

现如今谁比谁傻呀？读者可不是好糊弄的。所以我写每本书，在动笔之前，先要想好，这本书写出来有人看没人看？如果没人看，干脆不写。我记得在我的一本书的前言里，写过一句话：我不能对不起读者，不能让读者花冤钱。

为什么我要说这话呢？因为我本身也是读者，经常碰到这种情况，一本书宣传得挺好，也是大名头的作家写的，但掏钱买回去，看了一个开头，就看不下去了，总有一种花冤钱的感觉。

现如今物价涨得这么厉害，书价也很贵，读者掏几十块钱买本书，看了几页就扔一边儿了，有一种上当受骗的感觉，作者的良心何在呀？

正因为如此，我的写作自认为还是认真的。有时为了写一个开头，都要反复琢磨，翻来覆去重写几遍，甚至几十遍。我现在正写的一部长篇，从酝酿到动笔花了至少5年时间了，开头已经写了30多遍，到现在还没写出来。真应了那句老话，万事开头难。

六

许多"粉丝"之所以喜欢我写的书，是因为有京味儿。

一次，一位忠实的老"粉丝"见了我说：我就喜欢看您写的东西，您写的东西京味儿太浓了。跟当年的老舍很相似，我在网上看到，有人说您是"第二个老舍"，您对这种说法认同吗？

妈耶，这位老先生的话吓了我一跳。我怎么敢跟老舍先生比呢？跟您说句让您难以置信的话，我平时不上网。尽管我是最早写网络和网民的记者之一，但我到现在还不是网民，更谈不上是"网虫儿"，所以网上的事儿我不太了解。

老舍先生是京味儿文学的代表，而且在近代文学史上有相当高的地位。说到现代文学代表性的作家，一般都要说到"鲁、郭、茅、巴、老、曹"（即鲁迅、郭沫若、茅盾、巴金、老舍、曹禺），老舍先生是写京味儿小说的作家，能与鲁迅、郭沫若等大师级人物比肩，说明他在文学史上的地位是别人无法取代的，同时也是无法超越的。

就我个人来说，老舍先生是我敬佩，甚至是景仰的前辈。他就像是一座高山，作为晚辈，我只能仰望。虽然，我们都是用京味儿语言来写作，但写的不是同时代的人和事，而且我也没有老舍先生的名望和才学。老舍先生不但写小说，在戏剧、曲艺、诗歌等方面也都有建树。

我没有那么高深的文学理论，来阐述京味儿小说的文学地位和所谓审美的价值取向之类的东西。就我个人的观点，京味儿小说并不见得都是北京人写的小说，或者说是写北京的人和事的小说。

北京是六朝古都，也是共和国的首都，是全国的政治文化中心，不能说全国最有才的作家都在北京，但也得说北京的作家，在全国来说绝对是最多的。

首都嘛，政治文化中心嘛，这是一个城市的地位决定的，谁不服也没辙。跟那些歌星影星笑星，包括画家书法家收藏家一样，您不到北京露个脸，淬一下火，要想出名太难了。

现实就这么残酷，没辙！但是北京的作家多了，能写出北京味儿来的人并不多。有的小说或电视剧是写北京的事，作者也是北京人，但他们并不是用地道的京腔京味儿的语言来写作的。换句话说，您把他们小说里写的故事，发生的地点，换一个城市，换一个场景也说得过去。而并不是北京所独有的。

就像天津的作家一样，并不是所有天津的作家，都能写出津味儿来，虽然他也是天津人。

什么是京味儿？有人以为在小说里有几句北京土话，小说的人物说话带几个"丫的"（北京人嘴边儿常挂着的脏话）就是京味儿了，其实这是对京味儿的误解。

京味儿可以说博大精深，胡同儿、门礅、豆汁儿、爆肚儿、炒肝儿是京味儿。王府、会馆、大宅门、京剧、相声、烤鸭、涮羊肉、仿膳的满汉全席也是京味儿。王朔、冯小刚、葛优、姜文是不是京味儿？肯定是，因为他们本身就是北京人，身上的爷劲儿、派头、范儿，您能说不是京味儿？

北京是首都，又是六朝古都，"天子脚下的臣民"，身上多少沾着点皇气儿，说话办事肯定跟其他地方的人不一样。不信，您可以在接触北京人的时候去细品。

我说这话的意思，绝不是说北京人比别的地方的人有多好，只是就这座城市的文化和人的性格而言。

其实每个地区的人，也都因文化差异和特点，有每个地区的味儿。这个味儿涉及到历史人文、民俗风情等等，方方面面，我们不能简简单单地去理解和认识。

就以京味儿来说，根据我多年的研究，我认为起码包括三个层面的文化。第一是皇家文化，第二是士大夫文化或者叫宅门文化，第三是胡同文化，也可以说是平民文化。

写《骆驼祥子》、《龙须沟》、《茶馆》里的小人物是京味儿，写皇上，写王爷，写纪晓岚这样的京官，是不是京味儿？当然是。问题在于怎么去写？

说到这儿，有读者可能会问：照你这么说，凡是在北京生活过的人，身上就会有京味儿了。我认为也不见得。我采访过许多在北京生活了几十年的南方人，尽管他们在京城待了大半辈子，但是他们生活的环境是大学的校园，是科研单位或部队大院，接触的都是上层或自己工作圈子里的人，生活习惯也还保持着家乡带来的那些，怎么能有京味儿？

老北京有句话："七辈子学吃，八辈子学穿。"什么意思？您家里得富上（或者说在京城待上）七辈子，才知道怎么吃？富上八辈子，才知道怎么穿。当然七和八不是定数，这句话实际上是说北京文化的底蕴有多丰厚。

至于说到文学，京味儿不单是指语言，还有人物性格的塑造。同样一件事，外地人可能会这么说这么干，北京人可能说这么说这么干。比如描写一个人在马路上被劫了，劫人的流氓手里拿着刀。可能山东人见了会去追那个流氓，天津人会大喊一声，上海人可能会躲得远远的。北京人呢，也许会拿手机把那个流氓照下来，或打"110"报警。因为他觉得追，等于送死，白挨那一刀。大喊一声，会让那流氓跑得更快，袖手旁观或躲得远远的，会让人觉得你不仁义。最好的办法是叫警察，并记下流氓的特征。这里反映的不是北京人的机智，只能说北京人见过世面。

有人说，只有民族的才是世界的。把这句话引申一下，只有北京的才是全国的。我认为话是这么说，但有些时候把它变为现实还是挺难的。

事实上，南方的一些读者对京味儿小说就不太认。起码有些土话那边的人就看不懂。但我认为不能因为他们看不懂，就放弃自己的追求。看不懂可以加注解，解释一下不就看懂了，也就能体会到它的味道了。

这要有一个过程的。就像凡高的画儿，明代的徐渭、八大山人，近代的齐白石的大写意画一样，最初也是不被人认可的，随着时间的推移，人们越来越觉得他们的画儿好一样。

作家当中，张爱玲的小说也是一个很好的例子，她活着的时候，绝对没有她死后有名儿。我曾经说过，京味儿小说要的是一种味道，这种味道绝不是喝一口就能咂摸出来的，需要细品。

这也许正是京味儿小说很难写的原因吧。没有对北京文化的透彻的理解，不是在北京生活几十年，不是对你所写的某一个故事、某一个行当有足够的了解，是写不出来像《画虫儿》这样的京味儿小说来的。这不是我跟您这儿吹嘘，谁不信，可以去试试。

七

说到津味儿跟京味儿有没有区别，我认为当然有。北京人喜欢喝豆汁，吃烤鸭，涮羊肉；天津人爱喝面茶，吃煎饼果子、嘎巴菜、大麻花、狗不理包子。

虽然北京和天津只有100公里，现在有城际快车了，坐火车半个小时就能到。但十里不同风，百里不同俗。天津和北京的风土人情，民俗民风，包括人的性格，还是有很大区别的。

您会问了，这种区别是两地文化上的差异吗？

当然可以这么说。从历史人文的角度说，北京属于皇家文化，六朝古都嘛。天津则属于码头文化。北京有3000多年的建城史，850多年的建都史。天津是在元朝的时候，设立的海津镇，明朝永乐年间设置天津卫，直到清朝雍正年间，才改天津卫为直隶州，后来升为天津府。

天津的历史跟北京没法比，但天津文化也有自己的特点，由于它是北方的重要港口城市，许多国外的所谓时髦的东西，都先在天津落脚，所以天津比北京要洋得多。

而且天津又是黄河以北最大的轻工业品生产基地。我记得直到上世纪70年代，北京人用的大件如自行车、手表，小件如饭盒、搪瓷缸子、皮鞋、毛巾，包括香烟、牙膏等还多是天津制造的。

有一年，我所在的单位组织人们去天津玩。我记得，大伙儿在劝业场一通儿抢购，有点儿像现在的内地人在圣诞节的时候，去香港淘货的劲头。

我对天津很熟悉，我舅舅在天津的一所中学工作。小的时候，我经常在放暑假的时候，到天津玩些日子，感觉天津人比北京更时髦一些，比如天津租界小洋楼，印象更深的是起士林的西餐。

北京有皇家文化的恢宏大气，但相对保守一些。天津人也很保守，但有些东西能守得住，比如老的民俗风情，不像北京，包容性那么强，而且有时跟风儿走。其实每个城市都有自己的特质和风格。

不过，京津两地在文化方面也有一些渊源。起码在文化上有不少认同性，不然为什么大清国倒台之后，一些清朝王爷，遗老遗少包括后来的末代皇帝，要到天津落脚呢？

过去北京人在京城混不下去，首先会想到去天津找饭辙。天津有多少说相声的、唱大鼓的，都是北京人呀。有名的如马三立、常宝霆、马增芬等。

说到玩，天津人跟北京人一样，也喜欢收藏。当然在古玩书画收藏上，是没有地域之分的，这一点全国都一样。一幅齐白石的画儿，在北京能卖 800 万，在天津也是这价儿。

不过，物价好像天津比北京要低一些。前几年，北京的年轻人曾流行过在北京举办婚礼，开车到天津开婚宴的事儿，现在好像没了。

我认识几位玩古典家具的朋友，前几年，每到周末，便开车到天津的沈阳道淘宝，他们没少从天津买东西。当然，北京的潘家园旧货市场和古玩城也是天津玩家们的根据地。所以天津人喜欢我的《画虫儿》，也是有原因的。

也许是因为古玩书画收藏的高烧不退，而且日益活跃的原因，人们迫切地想了解一些书画收藏的内幕和玩家的玩法，所以《画虫儿》一书出版后，引起不小的社会反响。

我记得当时在北京王府井新华书店签名售书，创造了一小时卖出 700 多本的纪录。这是我在报上看到的。

八

现在看书的人越来越少，一部小说能吸引这么多的读者，我觉得不是我个人的荣幸，而是京味儿文化的荣幸。可见大伙儿对京味儿还是非常喜爱的。

让我没想到的是，天津的读者也这么喜欢《画虫儿》。《画虫儿》在《今晚报》连载的同时，搞了一个"集报有奖活动"。

活动结束，今晚传媒人才资源部的总经理周贵友，组织举办了一个作者与读者见面会，场面很热闹。我看到许多读者把每天报纸上连载的《画虫儿》都剪下来，贴在一个本子上，装订成册，有的还做了装潢，请名家题了字，请画家配了画儿，让我签名。

哎呀！真是让我很感动。因为不是十个八个读者，见面会是在南开中学礼堂搞的，黑压压的一大片，看上去有几百人。

后来，贵友兄又让我把京城有名的陶瓷鉴定专家、故宫博物院的研究员杨静荣先生和书画鉴定家金鑫先生、以及中古陶艺术品鉴定中心的张崇檀总经理请到天津，为收藏爱好者鉴定，场面也很热闹。用"爆棚"来形容一点儿不过分，可见天津人对《画虫儿》作者的认可和对收藏的喜爱程度。

看到这样的场面，让我想起十多年前，电视连续剧《人虫儿》在天津播出之前，天津电视台在新华书店搞的《人虫儿》一书的签售活动。

那次活动，天津把电视剧《人虫儿》剧组的主要人物，差不多都请到了，有我，有导演陈燕民，制片人田春圃，以及主要演员李丁、李成儒等，记得当时新华书店门口排起了长龙，十多个警察来维持秩序。签得我手都酸了。

我有一个非常好的朋友叫岳建一，他是中国工人出版社的老编辑，曾经编过我的书。多年前，也给我的一本书《极地苍凉》写过序。

我的书很少让人写序。这些年，我尽给别人的书写序了。建一兄给我写的序，文笔非常好。

大概15年前吧，我出了一本叫《畸魂》的书，封面是建一兄设计的，当时《畸魂》非常畅销。别的不说，据一个"书虫儿"告诉我，光盗版本就印了 10 万，不知是真是假。

总之，这本书让书商赚了钱，我却只得到了为数不多的一点稿费，好像连一万块钱都不到，而建一兄设计封面，也只得到了两百块钱的稿费。

我为此有些恼火。建一兄的心态极平和，对我说："一达，作为一个写书的人，看到那么多人买你的书，而且看到报纸上那么多文章和报道介绍你的书，这是最大的一种享受，也是每一个写书的人得到的最高'奖赏'，比你获得什么大奖都应该让你高兴。也许这种幸福感是多少稿费所买不到的。快乐去吧，一达！"

他的话，能让我记一辈子。现如今，全国上下不是推崇"幸福指数"这个概念吗？我的建一兄真有特异功能，那会儿就跟我提"幸福感"了。

正是因为有这种"幸福感"，同时也被这种"幸福感"所激励，才使我停不下手里的这支笔。说到这儿，您也许会明白，我的"虫儿"系列将会一直写下去。

下一个是什么"虫儿"？等着吧，等"虫儿"从我的"格子"里爬出来，您就清楚了。

第三辑

人生翰墨

胸中豪气吐虹霓，
笔下文光有雄风。
闲散人生春秋梦，
多少悲欢翰墨中。

墨魂

一

写小说的可以叫作家，画画儿的可以叫画家，唱戏的可以叫戏剧表演艺术家。在众多的这个"家"那个"家"当中，只有书法家是中国所独有。

因为中国的"方块字"，包括在汉字形成之前的甲骨文和金文等，都有美学意义上的一种艺术之美，这是其他文字所不具备的。所以书法似乎是中国人的"专利"。

当然，中国会写毛笔字的人多，所以中国的书法家也多。有人戏言，天上掉下一块陨石，砸到十个人的头上，可能会有九个是书法家。

其实，书法家这个称谓的出现是现代的事儿，起码在清代以前的史料和典籍中，您很难找到书法家这个词儿，也不会看到有谁冠以书法家的头衔。即使是晋代的王羲之，以及唐代的欧阳询、虞世南、褚遂良、颜真卿、柳公权、孙过庭、张旭、怀素等，在他们生活的时代，也没有人说他们是书法家。毫无疑问，他们的书法作品，现在都已成为我们这些后人临摹和仿效的经典。

为什么他们不以书法家相称？因为在他们生活的年代，写毛笔字是再平常不过的事了，只要是读书人，都会写毛笔字。那会儿，说一个人没文化，要说胸无点墨。只有文盲，才没动过毛笔。

今天，我们生活在网络时代，有许多人别说毛笔字不会写，就连钢笔字和铅笔字都写得不大利落了。所以会写毛笔字的人，敢斗胆自称是书法家，也就不足为怪了。

平心静气地说，会写毛笔字和书法家并不是一回事。能称得上书法家的，或者说真正意义上的书法家，现代人当中为数极少。不信您可以掰着手指头去数。

老话说：人怕上房，字怕上墙。自称书法家的人很多，但是有几位"书法家"的作品，敢跟"二王"（王羲之和王献之）和欧、虞、褚、薛、颜、柳等古人的书法相比呢？也许晋、隋、唐已经把中国的书法艺术发展到了巅峰，后人再怎么折腾，也难以逾越了。

但现代人对书法艺术的研究和理解，也许比古人更透彻了，或者说会写的人少了，会看的人多了。

只会"书"，即只会写毛笔字，如果不懂"法"，即不懂"书"的结构、气韵等艺术特征的人，称不上是书法家。比如像我就如是，拿起毛笔，我敢写，但是那不叫书法，只能说是写大字，离真正书法家还差着十万八千里呢。

我跟金鑫先生是老朋友。在我跟他的接触中，他从没自称是书法家。但我认为书法家这个尊称他当之无愧。这并不是捧他，也不是一种恭维，完全是我从他的作品里品出来的。

当然，我并没有把他的作品，跟古代的和现代的书法名家相比的意思。就书法艺术本身来看，金鑫先生的书法非常有个性。所谓的个性，就是他的书法有味道，这正是他与众不同之处。

二

唐人尚法，宋人尚意。唐以后，中国汉字的字体已经完全成熟，从章法来说，写得再规矩也难超越，所以更偏重个人的风格。如果说中国的书法，从唐代开始张扬的就是艺术个性的话，那么，金鑫先生的书法恰恰证明了这一点。

金鑫先生的书法艺术特色是什么？换句话说，金鑫先生的书法个性体现在什么地方呢？如果您仔细品味，便能咂摸出来。他写的每一个字都有一种气韵。

南北朝时代的南齐，有位研究书法的明白人叫谢赫。他把蔡邕、王羲之等名家的作品，仔细地琢磨了一番，最后对中国绘画和书法的"法"归纳为六大要素，即：气韵生动，骨法用笔，应物象形，随类赋彩，经营位置，传移模写。这六大要素，也被后人称为"六法"。

　　谢赫说的这"六法"中的第一法，便是气韵生动，可见书法中的气韵是非常重要的。

　　跟谢赫几乎是同时代的另一位书法家王僧虔，在《笔意赞》中，也提到了气韵为上的观点。他说："书之妙道，神采为上，形质次之，兼之者方可绍于古人，骨丰肉润，入妙通灵。""神采"，其实指的就是气韵。

　　也许毛笔字人人会写，但称得上是书法，重要的标准就是看这字写得有没有气韵，其后才是用笔和"位置"经营，即构图。

　　金鑫先生对这一点，可以说理解得相当透彻。品他的作品，您会感觉到一种气息在流动。这种浸润于笔墨之中的"神采"，足以让人感受到书法自身艺术的魅力。

　　我曾跟金鑫先生探讨过书法的要诣，他说："气韵是一个书法家必须具备的条件。俗话说字如其人。唐太宗在《指意》中说：'字以神为精魄，神若不和，则字无态度也。以心为筋骨，心若不坚，则字无劲健也。'习书几十年，我体会到，书法是养气之功。气韵看起来体现在书法作品当中，其实，气韵又是在书法之上的。一个人没有深厚的文化功底，没有极深的艺术造诣，写出来的字再漂亮，只能说是字而已，说不上书法，更谈不上艺术。为什么我们常说，练习书法是陶神养性，道理就在这里。"

　　金鑫先生的这种见解，跟唐代的张怀在《广川书跋》中所说的"智则无涯，法固不定，且以风神骨气者居上，妍美功用者居下"的论点是一致的。

这种书法之上，或者说书法的气韵，是金鑫先生几十年来的坎坷人生阅历和道德情操、自身修养所形成的。

我们平常人欣赏书法作品，往往只看到单摆浮搁的一个一个的字，很多时候忽略了整幅作品的气韵所在。其实，书法家在创作一幅作品时，并不只是写字，而是通过笔墨，把一个一个字变成了连贯的整体。透过气韵，我们会发现书法家本人的性格特质和对艺术的理解。

正如蔡文姬她爸爸蔡邕在《笔论》里所说："为书之体，须入其形，若坐若行，若飞若动，若往若来，若卧若起，若愁若喜，若虫食木叶，若利剑长戈，若强弓硬矢，若水火，若云雾，若日月，纵横有可象者，方得谓之书矣。"

您瞧，一幅优秀的书法作品，能看出这么多的意境，真是万象奇观。

金鑫先生的书法作品，追求的恰恰是这种意象。

细品他的作品，有风雨，有雷电，有日月，有山川，有悲欢离合，有喜怒哀乐，而这一切都是通过他自身的气韵来营造的。

三

1987年，日本神户市华侨总会在神户主办了"金鑫书法大展"。当时在日本书界引起很大轰动。

开幕那天，当地的政府长官、知名学者、社会团体、艺术家、新闻界，以及观众数百人前来捧场，场面非常热闹。

就在大家兴致勃勃欣赏书法展，当地新闻记者采访金鑫先生的时候，从外面进来一位银发白须，身穿和服，看样子有八十多岁的老翁。他的身后是七八个气宇轩昂的年轻人。

老翁进场后，旁若无人，直奔主席台，脸上带着一股目空一切的高傲之气，对在场的人质问："这是哪国人在此办的书展？此人是什么来路？为什么我们不知道？"

本来在金鑫先生的书展之前，神户当地的报纸和电视台一直在做这次书展的介绍，老翁不可能不知道。

毫无疑问，老翁的这种神态和发问带着一股煞气，而且语气分明含着一种居高临下的鄙视和挑衅。说白了，这是来叫板的。

华侨总会的翻译小姐神色有些慌乱，悄声对金鑫先生说："真是来者不善，善者不来。看来今天要坏事。"

金鑫先生侧身斜视了这位老翁一眼，对翻译小姐问道："他是哪路神仙？"

翻译说："他是神户地区最有名的书法家，也是神户书道协会的会长。因为我们办展之前忙着布展和宣传，没有来得及去专程拜访他。也许让他感到很没面子，所以现在他带着他的学生想闹场。"

金鑫先生初到日本，对当地的情况并不熟悉，听到这儿，有些迟疑。还没等他想好怎么对付这位老人呢，白发老翁却在台上公然叫起板来："中国的书法家没有什么了不起的，展览的书法是他事先写好的。不是我看不起他，如果他真有本事，要当着众人在现场写几个字。"

现场一片哗然。

金鑫先生吃了一惊，这种突发事件是他之前没有料到的。

老翁的话像是投来一把利刃，刺痛了他的心。他觉得这番话不只是对他的污辱，也是对中国书法的蔑视，心里不由得冒出一股怒火。

此时满堂宾客也预感到情况不妙，几百号人的目光，不约而同地看着金鑫先生。

侨会的主席也被这突如其来的事情，弄得一时不知所措，暗自为金鑫先生捏了一把汗。为了回应老翁的叫板，他正要上前跟老翁解释，却被金鑫先生拦住了。

金鑫先生原本对日本的书道就不以为然，今天碰上一位敢来叫板的人，他心想，正好可以让这些日本人知道什么叫真正的书法。

他通过翻译对那位前来挑战的日本老翁说："当场写字是中国书法的基本功，请出词吧！"

那位老翁没想到金鑫先生会毫不犹豫地接招儿，眉头微微向上一挑，阴阳怪气地哼了一声，不紧不慢地说："好，多了不写，我只要你写四个字：'技即人格'。"

这四个字的意思是，看你写字即知道你的人品如何。

金鑫先生冷笑一声说："好，这个词好！"

那位老翁说："那你开个价吧。"

金鑫先生沉吟了一下说："一个字20万。"

四个字80万，这个价位超出了他的作品在日本的价格。

"好，一言为定！"那位老翁没眨眼睛，很爽快地答应了。

金鑫先生随即让他的日本学生准备笔墨。铺开宣纸，他用眼睛扫视了一下在场的宾客，只见现场鸦雀无声，几百人凝神静气地看着他。

他从容不迫地淡然一笑，紧接着提笔运气，奋力挥毫，拧、顿、颠、提，笔势雄阔，落锋混成，顷刻之间写出了"技即人格"四个大字。

这四个字，方圆穷金石之丽，纤粗尽凝脂之密，藏骨抱筋，含文包质，看似古韵生动，实有横扫千军的气势。众人看了无不拍案惊奇，顿时掌声四起。

老翁被金鑫先生的书法惊得目瞪口呆，脸色由红变白，又由白变青，抖动着胡须，半天没说出话来。

金鑫先生十分大气地把毛笔放下，不动声色地凝视着这位老翁。

这位日本老翁像斗败的公鸡，羞愧得无地自容，沉默了有几分钟，才拍了一下巴掌说："好，你不愧是书法家！"

说完，他当场认栽，颤颤巍巍地站起来，走到金鑫先生面前，连连向金鑫先生鞠躬致歉，并让他的学生付款。

金鑫先生傲然一笑，摆了摆手对他说："钱可以不收，这幅作品算我送给你的,但也请老先生写同样的四个字,作为互赠。"

但那位老翁面带窘色,连连推辞,不敢动笔,最后还是付了款,带着愧意离开了书法展现场。

让金鑫先生没想到的是,第二天,老翁又带着自己的学生来到书法展现场,执意要跟金鑫先生讨教中国书法的奥秘。

金鑫先生对他说:"中国的书法博大精深,书有筋骨、血脉、皮肉,法有神韵、脂泽、气息,并不是三天两早晨就能学会的,书法的奥秘,只有在书写的千锤百炼中自己去领悟。"

这番话,是对老翁当初对他颐指气使的最好回答。当然,也是他这些年对书法艺术的理解。正如著名画家李可染所说的,"所贵者胆,所要者魂"。

四

毫无疑问,中国的书法作为一门独特的艺术,是书法家心境的反映,也是书法家气韵在书法之外的体现,即所谓的"功夫在字外"。因此书法家的审美思想、审美追求,以及情感因素,对美的各种感受和体验,都会体现在他们的作品之中。

金鑫先生的书法特色在气韵之外,还体现在他的用笔上。

元代书法大家赵孟頫说："书法以用笔为上，而结字亦用功。"中国古代的书法家，可以说把笔墨功夫琢磨到家了。蔡邕在《九势》中，强调用笔以"势"取胜。

所谓"九势"是指：布势、转笔、藏锋、藏头、护尾、疾势、惊笔、涩势、横鳞九种用笔的法度。蔡邕说："此名九势，得之虽无师授，亦能妙合古人，须翰墨功多，即造妙境耳。"

金鑫先生在习书的过程中，深悟其道，并在总结前人经验的基础上，独创了拧、顿、颠、提的用笔方法，使他的书法在笔法上具有鲜明的个性。

说到金鑫先生的书法，真草隶篆四种书体，他样样都能拿得起来，最见功力的当属他的隶书。

隶书是中国书法的重要书体之一。它发萌于战国时期，孕育于秦代，形成于西汉，盛行于东汉，所以汉隶最为成熟。隶书是从大篆演变而来，上承周秦，下开魏晋，是中国古代文字演进为现代文字的重要标志和里程碑。

隶书可以说是篆之变，楷之先。由于它具有易书写、易辨识、艺术装饰性强的特点，不但在书法史上占有重要位置，而且也是现代人比较崇尚和喜欢的书体。正因为隶书跟后来的楷书一样，易书写、易辨识，是人人都能写的书体，所以它又是最难写出自己风格的书体。

世界上的事大都如此，越是看似容易做的事，越是难以出彩儿的事。金鑫先生的隶书，不但继承了汉代留下来的大量碑刻上古隶的笔法，而且吸收了商周时期青铜器铭文、古代玺印、货币文字、瓦当文字等笔法。这些文字因为年代久远，经历了大自然的风化，水咬土浸，造成了线条的剥落、锈蚀，甚至残断，但是也产生了一种古朴、自然、残缺的美感。

金鑫先生长期从事古器物文字的研究，对金石篆刻也有极深的造诣，因此，他的隶书在笔法上古朴浑厚、笔短意长，其造型平正寓险奇，严整寓变化，雄伟整饬，雅拙端朴，具有一种金石气。

金鑫先生步入中年以后，由于他有很深的书法功底，又不断与日本、韩国、东南亚等国的书法家广泛交流，在与之接触中，不断切磋书法的用笔和布局结构，取长补短，摸索出了自己独到的用笔方法。

品金先生的隶书，可以看到他篆意作隶，含蓄而劲涩，线条圆润沉稳，铁画银钩，体态隽永秀美，把汉隶蚕头燕尾的笔法推到了极致。尤其是在构图上，风格雄强奔放，率意纵肆，给人以疏朗开阔的美感。

他在圆笔的运用上，方圆并用，线条劲健而秀挺，刚柔相济，峭拔而洒脱。同时，他还大胆采用圆笔横线和圆笔直线，逆锋平起，中锋行笔，收笔凌空回锋，大力突出其波画中提按、拧顿、挑磔的变化，展示出一波三折，飞扬灵动的书法构图之美。

金鑫先生在长期的书法创作中，还挖掘整理和探索出多种鲜为人知的书体，比如"岣嵝体"。这种书体来自"岣嵝碑"。岣嵝碑刻石在湖南衡山的岣嵝峰，因此而得名。相传是夏禹治水时所刻，至今传世之拓本，仅余七十多字。因其文字奇谲诡异，无人能识，故带有神秘的色彩，古人哀叹它为无法辨认的"天书"。千百年来学者们众说纷纭，争论不休。金鑫先生集中了古今学者的观点，形成了自己扎实的理论，并用岣嵝碑文字书写了书法作品，甚是奇妙。

又如他写的"鸟虫体"。鸟虫书是一种古人精意美化过的篆体字。这种书体始见于春秋，兴起于战国，盛行于两汉，古代它作为篆书的美术体曾被广泛使用。春秋战国到两汉时期的兵器、铜器、玺印、旗帜、符节等，有许多鸟虫书的实例。鸟虫书是以鸟夔鱼虫为基本特征的，所以整个文字的书写是用鸟头、龙头或鱼身虫尾等组成，使文字意趣横生。

再如九叠篆字，给人以优美华贵、端庄威严之感，受到历代统治者与贵族的欣赏，被誉为"上方大篆"。因此，从隋唐到宋、元、明、清，官印的文字主要是用九叠篆法。而甲骨文"十二属相"，则是集中了甲骨文中的象形文字组成，亦书亦画，字体极象形，由此可深刻体会古人所讲"书画同源"的道理。

金鑫先生汲取汉砖的铭文与瓦当文字为书体，更是令人称奇。砖瓦文字中的字体分布均匀，线条古朴遒劲，文字内容祈求祥瑞康宁，文句优美古朴。我们的祖先在两千年前，就有如此高的审美意识与工艺技术令人赞叹。金鑫先生利用九叠篆所创作的书法作品，令人耳目一新。这种叠篆笔画蜿曲圆转，布局密不透风，有些字字相连，但笔画舒展随意，显出活泼与自然的美感。

五

金鑫先生的书法透出的那种气韵是生动的、洒脱的，即便是不懂书法的人，看了他写的字，也会觉得有一种气息扑面而来，这是一种文化积淀所构成的神韵。

对于书法的气韵，我揣摩过很长时间，谢赫的为书"六法"中，为什么把"气韵生动"列为第一位？我认为书法生动不生动，关键在于有没有气韵。气韵来自于气势，没有气领千军之势，驾驭不了笔墨。而这种气势来自于书家胸中舍我其谁的浩然大气。

书家常说：字如其人、书如其人。不无道理。不信，您可以对不同的人写的字去细心揣摩，字的气息气韵气感绝对不一样。比如康熙和乾隆两位皇上的字，跟一般王公大臣写的字就不同。为什么？有人说康熙爷和乾隆爷的字沾着皇气。这还真是一点不假。皇帝是真龙天子，至高无上，所以他写字带出的气息能跟王爷或大臣一样吗？

再比如毛泽东的书法与一般书法家的字也不一样，为什么？因为毛泽东是伟人、是领袖，他的气概无人可比。

明白了这个道理，对金鑫先生的书法带着的那种气韵，也就不难理解了。

为什么？因为金鑫先生是努尔哈赤的后代，他家是满族镶黄旗。金鑫的本名爱新觉罗·继业（金继业），号钰沛、影湖。他的老祖在清宫内务府掌管果房，老人们习惯叫他们家"果房金家"。在他的血脉里流淌着昔日贵族的血液，所以他身上多多少少也沾着皇气。

当然皇族的血脉承传是一方面，最主要的是他自幼喜好书法，九岁便拜师学书，兼攻绘画。在以后漫长的岁月里，不论身处何地，每天都要临池挥毫，几十年来从未间断。这种对书法日积月累的研究和不断的书写，也成就了他在书法上的业绩。

此外他的兴趣广泛，博学多才，爱好文学、历史、音乐、佛学及心理学，这些都为他研习书法打下扎实的文化基础。

自然金鑫先生的书法能自成一派，独领风骚，还得益于他的古玩收藏和鉴定。

他从二十几岁就开始古玩收藏，此后长期从事书画和古董鉴定。家藏甚丰，陶器、瓷器、书画、青铜器、古玉、碑帖、古钱币、瓦当、竹简、玺印等等种类繁多，是京城小有名气的玩家。我曾在《爷是玩家》一书中，专门写过他。

毫无疑问，大量的收藏不但对他书画古董的鉴赏有所帮助，而且对他古文字及书法的研究与提高，起着至关重要的作用。

上个世纪 80 年代初，金鑫先生任北京琉璃厂书画店的经理兼书画鉴定师，以后赴日留学，先后在日本东京友好学院及东京文化设计专门学校学习。从上个世纪 80 年代末，他定居在新加坡，专门从事书画古董鉴定与书法创作，先后担任过新加坡、马来西亚、泰国、菲律宾、香港等国家和地区的多家拍卖公司、古董画廊及艺术品公司的鉴定师。在日本、新加坡、马来西亚、印尼等国家，多次举办个人书法作品展及书画古董鉴定的讲学。他的书法作品在日本曾达到 250 万日元一幅，在新加坡拍卖的成交价也达 4000 新币。在印尼他的书法作品曾拍到上千美元一幅。其书法在日本和东南亚享有很高的声誉。

尽管金鑫先生的书法已达到很高的水准，但是他的为人诚恳谦和，性格内向，不喜张扬，在处世做人上一直保持低调。

北京的老字号烤肉宛饭庄，挂着金鑫先生的几张大幅书法作品。有一次，我和金鑫先生及几个朋友到烤肉宛吃烤肉，看到他的作品，朋友连连赞叹，我细细品赏之后，对朋友说："确实出手不凡，气韵袭人。"

金鑫先生却在一旁谦然一笑说："这几幅字算不上我的代表作品，让一达先生见笑了，请您给提提意见。"

金鑫先生的谦逊由此可知一二。这也许正是书法大家的风度。

金鑫先生从新加坡回国，已经有七八年了。回国后，他曾经出版过自己的书法作品集，也曾举办过个人书法展。这次他再次将自己的书法精品汇集成册，出版《金鑫书法作品选》，可以说，是他这些年书法艺术创作的一个总结。

细品这部书法作品选中的每幅作品，我们会欣喜地看到金鑫先生的书法艺术，又有了新的境界。

筋骨更老健，风神更洒脱。正如他所说："艺无止境，我会在书法艺术领域不断追求，不断创新，达到日渐完美的气韵风神境界。"

古人论书曾做过这样的比喻：字有筋骨、血脉、皮肉、神韵、脂泽、气息，数者缺一不可。但愿您能在金鑫先生的书法作品中，感受到他的气韵风神。

（本文是为河北教育出版社出版的《金鑫书法作品选》所写的序言，这里略作了一些修改。）

执 著

三十多年前，我初学写作的时候，读过海明威说过的一段话："在人生或者职业的各种事务中，性格的作用比智力大得多，头脑的作用不如心情，天资不如由判断力所节制着的自制、耐心和规律。我始终相信，开始在内心生活得更严肃的人，也会在外表上开始生活得更朴素。在一个奢华浪费的年代，我希望能向世界表明，人类真正需要的东西是非常之微少的。"

初读这段话，没看出它的深刻性，但是当我把这段话读了十遍以后，突然省悟了，海明威说的这段话是表明性格的重要，而他所说的性格不是一般意义上的性格，说白了是指个性。

看看您身边或者您知道的成功者吧，在他们身上，哪个没有点个性？这种个性往往反映在他们所追求的事业的执著上。

这种执著往往会被人视为任性或另类，让人感到不可思议。其实他们外表"生活得更朴素"，而"内心生活得更严肃"。

这让我想到了马爷。马爷是中央美院国画系毕业的。这么多年，美院国画系毕业的学生成百上千，他能在众多的高材生里脱颖而出，靠的不是智力，也不是天资，而是执著地选择了京味儿，这恰恰是他的个性。

中国有句老话，好看的东西得经得住琢磨。的确，一幅画儿也好，一幅字也罢，挂在墙上让人百看不厌，这才是好画儿。

马爷的京味儿画就具备了一眼看不够，两眼还嫌少，越琢磨越有味儿的特色。这也算是个性吧。

您会问了：你说了半天个性，究竟什么是个性。简言之：个性就是别人没有，我独有的东西。

马爷的大号马海方，地道的北京人。方头大脸磕实个儿，一双大眼透着有神，无冬历夏永远是寸毛不留的光头，脸上也是永恒的似笑非笑的憨态。一眼看上去，典型的从胡同里出来的老北京。其实他是京南大兴人，但是在胡同里住久了，味儿熏出来了，更像是胡同人了。

在本乡本土刨食，自然没有水土不服的时候。画老北京的民俗风情，马爷有很多优势。

说起绘画，马爷算是"科班"出身。他毕业于中央美院国画系，得卢沉、周恩聪、姚有多等名师的真传。按说他应该走"学院派"的路子。但是"师傅领进门，修行在个人"，他偏偏另辟蹊径，画起了老北京。

扎实的基本功，勤奋的写生垫底，加上笔墨功夫的日益炉火纯青，他笔下的人物栩栩如生，生动传神，尽现老北京的民俗和新北京的风情，没骨写意，笔墨含蓄，笔情恣肆，意境翻新，淋漓洒脱，风格自成一派。什么"派"？京派！

难能可贵的是他的画儿，不但有人有景儿有情，有境有意，还有味儿。什么味儿？北京的"二锅头"味儿，炸酱面儿味儿，豆汁、麻豆腐味儿。

看他的画儿，耐人寻味儿。这正是他的个性所在。

当然，有些时候这种味儿您甭细咂摸，多看两眼，浓厚的京味儿便会直扑人面，甚至会窜鼻子。

常言道：好茶不怕细品。不但北京人对他的画儿有一种亲切感，看在眼里，一时半会儿忘不掉。外国人看他的画儿，也会不由自主地奉献出自己的眼球儿。难怪他的画儿，这几年在艺术品拍卖市场上有点儿烫手，价位一个劲儿地往上翻跟头。

马爷的画儿能达到这种成色，跟他画画儿用心用情有直接关系。他画画儿不是一般的用心，而是把全部心血都投到自己的笔墨之中。他画画儿也不是一般的用情，而是把自己对北京对艺术的全部情感都掏出来，宣泄在纸上。他玩的不是艺术，而是自己的生命，所以他的画儿才有味儿，也才有看头儿。

马爷在作画的闲暇，必到北京的大街面儿上溜达几圈儿，古玩旧货市场啦、街心公园啦、汽车站火车站啦，哪儿人多，他奔哪儿转悠。到这些地方干吗？不是散心，而是寻人气儿、找感觉、抓灵感。

当然啦，他身上总揣着速写本，看到有特点有个性的人，他便拿出速写本。"刷刷刷"，几笔便把这个人物的表情特征记录下来。那可真称得上是速写，速度不比按照相机的快门抓拍慢多少。

在他的画室，这样的速写本有一大摞。头二年，他自掏腰包去了一趟埃及，又去了一趟欧洲。到那儿去，他是琢磨把京味儿老北京的风情，跟异国他乡的风情做一番对比。一般人出国观光总会带回来一堆"到此一游"的照片，可这位爷带回来的却是几本异国风情的速写。

这些异国风情的速写，居然也带着京味儿，有人得知后想买断，出版成速写集。马爷付之一笑说："您让我再焐些日子，我得琢磨一下京味儿和洋味儿的区别。"

马爷作画儿是全身心地投入。记得 2008 年，一过春节，圈儿里的朋友又找不到他了，手机关了，家里的电话也没人接。这种"失踪"在马爷身上是常事。

我寻思着这位爷是不是又出国采风去了？朋友们也纷纷猜测。其实，马爷哪儿也没去，正一个人猫在家里画画儿呢。

原来为迎接 2008 年北京奥运会，北京画院要搞一个"北京风韵"系列展，让国内外的朋友从画儿上了解北京的历史人文。您别忘了，"人文奥运"是北京奥组委提出的一个口号。搞"北京风韵"画展，当然少不了京味儿画家马爷。所以马爷又捋胳膊绾袖子，"泡"在墨里了。

这次"北京风韵"系列画展，马爷画了 8 张大条屏，仍以人物为主，每幅高2米，宽50公分，有耍中幡的老北京人，有玩鸟儿的北京人，也有烧制烤鸭的北京人。这些都是有一定代表性的北京风情，画里的人物有几十号。

马爷实在，他说，我是一个画家，没别的本事，只能用我手里的这支笔，为2008北京奥运会作点贡献。当然，要画，就要画出精品来，得让世界人民了解北京，知道什么是正宗的原汁原味的京味儿。

其实，很多老北京人物都在马爷脑子里，他随便提拉出一位来，就是一幅画儿。但他绝不轻易往外拽，用他的话说，拉（画）出一个人物，就得让他有骨头有肉，活灵活现。咱要在画展上露脸，不能现眼。

早在二十多年前，马爷的京味儿画，已经在京城的老少爷儿们面前露脸了。1990年他画的《古都风情》，获全国首届中国风俗画大奖赛一等奖。这之后，他的画儿多次在国内书画大赛上获奖。

这些年，马爷并没有被大奖的光环给照晕，相反，他越来越沉稳，越来心越静。一直在潜心琢磨怎么让画里画外的京味儿更浓。

马爷为人厚道，京城凡有画家参与的大型公益活动，他召之即来，而且不惜笔墨。我印象最深的是2001年，他为外来务工子女上学，搞的一次书画义卖，那一次他共捐了40多万元。

朋友有事跟他张嘴，他也是有求必应。他先后为我的两部长篇京味儿小说《故都子民》和《画虫儿》配插图。给小说配插图，稿费极低，一幅插图的稿费只有150元，而他画一幅画儿，一平尺能达到2万元，但是我跟他张嘴，他一点儿没打嗑巴，他看重的是情义。从这一点，可以看出他的人品。

马爷的画儿现在已经在画坛占有一席之地，他也成为一位名画家。我总想马爷成名的因素是什么呢？我说了，主要是他执著的个性。他的这种执著体现在什么地方呢？这让我想起多年前的一段往事。

大约是在十五六年前吧，在一个三伏天的晚上，北京城像是一个大桑拿房，热得人喘不上气来。跟马爷在电话里说好，晚上和几个朋友一块儿去三里屯的酒吧喝啤酒。

当时马爷的生活还比较清寒，在人美出版社下属的《中国美术》杂志当编辑。人美出版社在建国门内的赵家楼。五四运动不是从火烧"赵家楼"（即北洋政府外交部次长曹汝霖的宅子）开始的吗？对，就是这个赵家楼。它是一条有名的胡同。

我吃过晚饭，赶到赵家楼。《中国美术》编辑部有五六个人在一间屋子里办公，屋里堆满了书和杂志，显得很局促。

马爷跟沈鹏先生坐对桌。哪个沈鹏？是那位大名鼎鼎的书法家吗？对，正是这位沈先生，马爷跟他是同事。

编辑部的办公室有个用木板隔成的小休息室，大概有五六平米吧。休息室有个大桌子，白天，上岁数的老同志想午休，便在这大桌子上铺上毯子眯瞪一会儿。晚上，同事下班以后，这间小休息室便成了马爷的画室。

斗室的犄角旮旯堆着画画儿用的颜料、墨汁，墙角放着画板，画画儿用的宣纸和大小不一的画轴儿，快堆到天花板上了。人们很难想象，马爷参展获奖的一些作品，是从这间斗室里诞生的。

天热，五十年代盖的楼没有空调设备，办公室的桌子上放着一个台式电风扇，吹出来的也是热风。上了楼，还没坐，我已经是大汗淋漓了。

马爷听见我喊他，应了一声，掀开那间"画室"的布帘，从里头走出来。

他穿着一件白的和尚领（即圆领）背心，背心已经湿透，笑不叽儿地对我说："刘爷来了，快坐快坐。"

因为都喜欢老北京文化，我们之间见了面，总爱以"爷"相称。

我笑道："坐？爷，你让我坐哪儿呀？"

他环顾了一下凌乱的办公室，苦笑了一下说："还真是找不着让刘爷坐的地儿。"

我笑道："编辑部都这样。我在报社的办公室比你这儿还乱呢。"

他见我用手不停地擦汗，从桌上拿起一把折扇，打开扇了两下，递给我说："先纳纳风。"然后把一张堆着杂志和报纸的椅子腾出来，让我坐下，笑道："坐这儿吧，这是先生坐的椅子。"

我知道他说的先生是指沈鹏。他平时对沈鹏先生很敬重，总是称他为先生。

"沈先生的位子，我哪敢坐呀？"我跟他开了句玩笑。但还是坐下了。

因为按北京人的老礼儿，到谁家去拜访，就算是"客"了，"客"不落座，主人心里不踏实，也显得欠礼。我跟马爷之间虽然没那么多礼数，但他让你坐，你不坐，也显得你对他有意见。

他见我坐下，像是心安"礼"得了。

"我正在画……噢，我在赶一幅画儿。"他好像是刚从画的画境里溜达出来，猛然想起我们之前的约会，带着歉意说。

"看你这样儿，好像还沉在你的画里，没事儿，你先画着，我等会儿你。"我扇着扇子说。

"那多不好意思，我跟那几个朋友说好了，他们已经先去了，在三里屯酒吧街。他们刚才给我打电话说，已经找好了地儿。我跟那几个朋友说，花多少钱我买单。不行的话，你先过去，别等我了。我还真不知道手头的活儿几点能完。"他想了想对我说。

我不假思索地说："那干么呀？要去，我跟你一块儿过去，哪能把你一个人撂在这儿。再说，我跟那几个人也不熟。"

他犹豫了一下说："也好，那你就坐下，踏踏实实待会儿。这儿有的是画报和杂志，你先看着。"

我说："好，你赶紧去画你的画吧。只要有书有杂志，我坐得住。"

"好好，对不住了刘爷。"他显得欠着人情，有些不好意思地说，"那边儿有矿泉水，渴的话，你就喝，我这儿管够。"

"没事儿呀，咱俩，你还客气什么，你让我在沈先生的'宝座'上多坐会儿，多沾点仙气儿。"我站起来，看着他脑门子上冒着汗，问道："吃晚饭了吗你？"

"吃了。"他指了指桌上的泡过方便面的纸盒。

"你可真是'爷'，这碗方便面就打发了？快擦擦汗吧。"我笑道。

"好好，我去洗洗。"说着，他从衣架上拿起一条干毛巾，奔了水房。

过了有几分钟，他用冷水洗过脸，冲过头，回来了。对我说："这下精神了。刘爷，你先坐，我干活儿去了。"说完，转身一挑门帘，进了他的画室。

我坐在沈鹏先生的椅子上，随手从办公桌上拿过一本画报翻着。心想马爷的手快，这幅画撑死了一个小时，也就画完了，静下心来等着吧。

办公室里透着静，单位里的人都下班了。我心里琢磨，整个办公楼也许就我和马爷两个人了。屋里闷热，由于安静，那台陈旧的电风扇发出的"刺啦刺啦"的声音有些刺耳，窗外不时传来胡同里纳凉人的嘈杂声。因为离得远，嘈杂声时隐时现，像是从另外一个世界传过来的。

我一连看了十几本杂志，当然主要是看画儿，没有细看文字。中间又喝了两瓶矿泉水，抬头看了看墙上的挂表，不知不觉已经快 11 点了。我突然意识到，在这儿已经坐了有两个小时了，马爷怎么还没画完呢？

等人的耐心被时间一点一点地消磨掉了，我心里未免有些起急了。但是我已经被马爷给"焊"在这儿了。马爷在创作，我知道此刻我说句话，都会让他分神，更别说过去骚扰他了。我不敢过去跟他说话，也不敢抬屁股就走，这样会让马爷觉得心里不落忍，产生自责的。唯一的办法就是继续坐在这儿等。

我看了看表，又拿起一瓶矿泉水，喝了一口，压了压躁动不安的心，接着又拿起一本杂志，继续看下去。

时间过得很快，而我却觉得过得非常漫长。屋子里听不到马爷的画室里有什么动静，好像整栋办公楼就我一个人。

天热，容易让人感到困倦，再说，我白天忙了一天，汗流了有一桶，这会儿也到了午夜，有点扛不住了，不由得产生了倦意，一连打了几个哈欠，头跟着也进入昏睡状态。我身不由己地合上眼，趴在桌上，很快就进入了梦境。

不知睡了多久，我被马爷的笑声惊醒。我打了个激灵，睁开惺忪的睡眼，看到马爷正冲着我笑。我怔了一下。没等我开口，马爷先说了。

"哎，刘爷，你什么时候来了？"马爷惊诧地问道。

"我？我什么时候来的？嘿！你不知道我什么时候来的吗？"我以为他在跟我开玩笑。

说老实话，我当时简直有点梦游的状态。但是让他这句话问得我像头上浇了一盆冷水，大脑迅速清醒了。

"哎，我一直在画画儿呀。真的刘爷，你什么时候来的？"马爷摸着脑袋，纳着闷儿问。

看他的脸上一本正经的神情，绝对不是在装着玩。

"马爷，你这是怎么啦？大脑出现空白了？难道你忘了今天晚上约哥儿几个去酒吧喝酒了吗？"说完这句话，我下意识地看了一眼墙上的挂表，表的时针已指向"2"了。

我心里不由得激灵一下：都两点多了，哪儿还有"今天"呀！那帮提前去三里屯喝酒的人，这会儿早就回家洗洗睡了。

"约你们一块儿喝酒？"马爷像是挨了一板砖，突然大叫起来："哎哟，我怎么把这事儿给忘了呢？对不住了刘爷，我光顾画了，把什么事儿都忘了。"他带着一百二十分歉意，赶紧给我赔不是。

我愣了一下，恍然大悟道："你呀，真是太投入了，陷到艺术感觉里出不来了。"

马爷嚓了个牙花子说："真是对不住了，你是不是一直在这儿等着我呢？"

"是呀，我一直没走。"我说，"你画的什么画儿呀，这么投入？"

马爷说："你进来看看吧。"说着他挑帘进了画室，我也跟着他进来。屋子太小了，连转身的地界都没有。

我侧着身，走到画案前，定睛一看，案子上展放着一幅八尺整纸的老北京风情画儿。画儿的颜色和墨迹未干，还散发着墨香，画面上几十个形神各异的老北京人物栩栩如生。

"这就是你刚画的？"我回头看了他一眼说。

马爷谦和地一笑："刘爷上眼，给指点指点吧。"

我还能说什么？这是他几个小时心血的结晶呀！我细细地品味着他的这幅画，想象着他在这么热的天气里，全神贯注，忘我地挥动画笔的情景。

马爷在我的身旁，也在审视着自己的作品，突然他像是被什么东西烫了一下，眉头皱了皱，对我说："刘爷，你先侧一下身。"

我侧身挪到了门口的位置，只见他拿起画笔，在画面上的一个人物的脸上，又勾了几笔，转眼之间，那个带着苦相的脸，带出了笑模样，而且也灵动起来。

他放下画笔，凝视了几分钟，突然脸上发了光，露出了满意的神色，自言自语地说："这回可以了吧？"说这话时，好像我不在他身边。

这一动作，一下触动了我。这就是艺术家的执著呀！个性？这就是马爷的个性呀！

三十多年前，还是在我初学写作的时候，我读过奥地利的著名作家、诺贝尔文学奖的获得者茨威格的一篇散文《从罗丹得到的启示》。茨威格在这篇散文中写的情节，跟我在马爷这儿遇到的情景，竟然异曲同工，有惊人的相似。

这篇散文当时对我触动很深。为了表达我的内心感受，我把这篇不长的散文抄录于后（因为我太喜欢这篇文章了），请读者体会：

我那时大约二十五岁，在巴黎研究与写作。许多人都已称赞过我发表的文章，有些我自己也喜欢。但是，我心里深深感到我还能写得更好，虽然我不能断定那症结的所在。

于是，一个伟大的人给了我一个伟大的启示。那件仿佛微乎其微的事，竟成为我一生的关键。

有一晚，在比利时名作家魏尔哈仑家里，一位年长的画家慨叹着雕塑美术的衰落。我年轻而好饶舌，热炽地反对他的意见。"就在这城里，"我说，"不是住着一个与米开朗基罗媲美的雕刻家吗？罗丹的《沉思者》、《巴尔扎克》，不是同他用以雕塑他们的大理石一样永垂不朽吗？"

当我倾吐完了的时候，魏尔哈仑高兴地拍拍我的背。"我明天要去看罗丹，"他说，"来，一块儿去吧。凡像你这样称赞他的人都该去见见他。"

我充满了喜悦，但第二天魏尔哈仑把我带到雕刻家那里的时候，我一句话也说不出。在老朋友畅谈之际，我觉得我似乎是一个多余的不速之客。

但是，最伟大的人是最亲切的。我们告别时，罗丹转向我。"我想你也许愿意看看我的雕刻，"他说，"我恐怕这里简直什么也没有。可是礼拜天，你到麦东来同我一块吃饭吧。"

在罗丹朴素的别墅里，我们在一张小桌前坐下吃便饭。不久，他温和的眼睛发出的激励的凝视，他本身的淳朴，宽释了我的不安。

在他的工作室，有着大窗户的简朴的屋子，有完成的雕像，许许多多小塑样——一只胳膊，一只手，有的只是一只手指或者指节；他已动工而搁下的雕像，堆着草图的桌子，一生不断的追求与劳作的地方。

罗丹罩上了粗布工作衫，因而好像就变成了一个工人。他在一个台架前停着。

"这是我的近作。"他说，把湿布揭开，现出一座女正身像，以黏土美好地塑成的。

"这已完工了。"我想。

他退后一步，仔细看着，这身材魁梧、阔肩、白髯的老人。

但是在审视片刻之后，他低语着："就在这肩上线条还是太粗，对不起……"

他拿起刮刀、木刀片轻轻滑过软和的黏土，给肌肉一种更柔美的光泽。他健壮的手动起来了；他的眼睛闪耀着。"还有那里……还有那里……"他又修改了一下，他走回去。他把台架转过来，含糊地吐着奇异的喉音。时而，他的眼睛高兴得发亮；时而，他的双眉苦恼·地蹙着。他捏好小块的黏土，粘在像身上，刮开一些。

这样过了半点钟、一点钟……他没有再向我说过一句话。他忘掉了一切，除了他要创造的更崇高的形体的意象。他专注于他的工作，犹如在创世的太初的上帝。

最后，带着舒叹，他扔下刮刀，宛如一个男子把披肩披到他情人肩上那种温存关怀般地把湿布蒙住女正身像，于是，他又转身要走，那身材魁梧的老人。

在他快走到门口之前，他看见了我。他凝视着，就在那时他才记起，他显然对他的失礼而惊惶，"对不起，先生，我完全把你忘记了，可是你知道……"我握着他的手，感激地紧握着。也许他已领悟我所感受到的，因为在我们走出屋子时他微笑了，用手抚着我的肩头。

在麦东那天下午，我学到的比在学校所有的时间学到的都多。从此，我知道凡人类的工作必须怎样做，假如那是好而又值得的。

再没有什么像亲见一个人全然忘记时间、地方与世界那样使我感动。那时，我参悟到一切艺术与伟业的奥妙——专心，完成或大或小的事业的全力集中，把易于弛散的意志贯注在一件事情上的本领。

于是，我察觉我至今在我自己的工作上所缺少的是什么——那能使人除了追求完整的意志而外把一切都忘掉的热忱，一个人一定要能够把他自己完全沉浸在他的工作里。除此以外，没有——我现在才知道——别的秘诀。

茨威格从罗丹的艺术创作中得到了启示。我呢，在马爷的艺术创作中也获得了灵感。在文学写作上，我比不了茨威格。当然，在绘画上，我也比不了马爷。但是我找到了提高自己写作能力的秘诀。这秘诀，就是茨威格说的："一个人一定要能够把他自己完全沉浸在他的工作里。"

心 经

北京的地面上，藏龙卧虎，山外有山，楼外有楼。所以人前背后，您千万别说大话。北京的地面水忒深，保不齐您一不留神说了大话，会让"风"给闪了舌头。因为谁也不知道站在您面前的这位爷，是个什么来路。

别说是陌生人了，熟人有时也弄不清他有多大的道行。因为北京的爷多，爷的范儿讲究真人不露相，露相不真人。

有一次，跟几个朋友吃饭喝酒聊天。席间，有两个自称是书画收藏家的爷，聊到了京城的书法家。

一位爷自以为懂行，对另一位爷说："知道米南阳吗？他在京城书界有一号。眼下，他的字论尺说价了，一平尺至少两万。"

另一位爷莫测高深地笑道："米南阳还不知道？他的字儿早就按尺说话了。知道我跟他什么关系吗？想要他的字儿，我一句话的事儿。不瞒你说，我手里有他十几幅字儿。你们信吗？"

"什么？你认识米南阳？"那位懂行的爷将信将疑地

笑道。

"当然，我跟米哥是拍肩膀的朋友。"那位爷显然是喝美了，话里带着几分酒味儿，说着说着米南阳成了他的"米哥"。

他们聊得正起兴，坐在我旁边的李淳却默不作声，静静地听着这几位爷酒后的口若悬河。

聊着聊着，那位懂行的爷嘴里冒出一句："米南阳是学王羲之的字，王羲之你们知道吧？唐代大书法家。"

我听到这儿，忍不住笑了，对李淳道："王羲之什么时候跑唐朝去了？"

李淳用胳膊肘碰了我一下，低声说："让他们说吧，听他们聊挺有意思。"

那位说跟米南阳拍过肩膀的爷好像喝高了，居高临下地用小眼扫视了一下饭桌上的人，带着几分醉态说："听我们聊，长学问吧你们。"

李淳似笑非笑地点了点头说："是是，我们确实不大懂眼，听你们聊，挺长见识。"

散席之后，李淳开车送我回家。路上，我问他："今儿你怎么话不多呀？"

他淡然一笑道："这种场合，我不便多说话。他们挺能聊，还是多听听他们的吧。"

我笑道："这几位爷话说得忒大了，把咱们都当了'棒槌'。"

李淳对我说："他们说自己很懂书法。其实，懂不懂不能凭嘴说。"

我笑道："我倒觉得他们更像是侃爷。"

李淳顿了一下说："他们说认识米南阳，其实，未必。"

我笑道："米南阳他们家住哪儿，你问他们知道吗？"

李淳微微笑了一下说："真认识米南阳的人，也许不会在他们面前吹嘘。"

我怔了一下，问道："这么说，你认识米南阳？"

李淳笑了笑说："岂止是认识？回头我跟你聊聊我们两家的关系。"

几天以后，我又见到了李淳。我们喝着茶，聊了一会儿，他从挎包里拿出一张复印纸，笑吟吟地对我说："哥，你看这字怎么样？"

我拿过那张复印纸，仔细看了看，这是用小楷写的《心经》，字体端庄，苍润秀泽，骨架沉实，笔墨浑厚，不失为绝佳的书法作品。

我以为这是他找人拓的碑帖，笑着问他："这是谁的字？"

李淳笑眯眯地看着我说："哥，这字行吗？"

我说："太行了！我虽然不懂书法，但我知道'真草隶篆'，最难的是'真'，也就是楷书。如果我没看错的话，这字儿脱胎于欧体，又有魏碑的影子。现在的书法界很难找到能写出这种字的人了，你这是从哪儿拓的？"

李淳笑着说："我说这字是我写的，你信吗？"

"你写的？这字是你写的？"我当时真是吃了一惊，甚至有几分疑惑。

说老实话，我认识李淳已经十来年了。我跟他的交情亲如兄弟。我比他年长十来岁，这些年，他一直称我为兄，我也称他为弟。我算是对他有所了解，但没想到他的书法有如此深厚的功底和造诣。在这之前，他压根儿也没跟我流露过练过书法呀！

记得有一年，我家装修房子，他为我跑前跑后，整个装修的合同、协议都是他帮我跟装修公司定的。我曾经看过他签字的字体，夸过他的字写得很秀气。那时他也没露过自己练过书法。

我又仔细看了看他写的《心经》，惊叹道："这可不是一日之功，没有十年二十年的功底，绝对写不出这字。"

李淳憨厚地笑道："这是'童子功'。哥，我一直没跟你说过，我六岁就开始练书法了。"

"是吗？这么说你练了有三十多年了！"我想了想，那年他已经四十有五了。

"不，中间断了有十多年。"李淳坦诚地告我。

那天晚上，我跟李淳聊了几个小时。大致了解了他这么多年走过的书法之路。

李淳的父亲是京城小有名气的老中医。众所周知，老辈年间的中医非常重视毛笔字。李淳的父亲不但医术高明，而且写得一手极漂亮的楷书和行书。

李淳在家排行最小，而且是独子。老父亲望子成龙，在李淳五六岁时，便让他练毛笔字，并且让他拜孙墨佛的弟子、北京首饰厂的总工吕杰为师，专攻欧体。

1975年，李淳进了北京市少年宫少年书法班，跟故宫博物院的研究员金震先生习楷书。1978年，他的书法作品，参加北京市书法比赛，跟萧老的孙女萧可佳一起，获得了特等奖。1980年，他的作品参加全国青少年书法比赛，获得一等奖。他的书法作品还跟其他获奖作品一起，拿到日本东京进行展览。

1981年，李淳考上了哈尔滨建筑工程学院。上大学期间，他的书法作品参加了全国大学生书法比赛，获得了二等奖。哈尔滨市教委认为这个全国大学生书法比赛的二等奖为哈市争了光，赛后，在冰城成立了大学生书法家协会，李淳当上了副理事长。大学毕业回到北京，他于1988年加入了北京书法家协会，当时是最年轻的会员之一。

出道这么早，而且少年得志，很早就出了名，以他的功底和才学，他很可能会跟当今书坛的大书法家们比肩。但是大学毕业之后，他在北京的建筑口，摸爬滚打，再加上老父老母身患多种疾病，长期卧床，他作为孝子，一直守护在父母身边。以后自己又娶妻生子，忙于家务，无暇练笔，把书法扔到了一边儿。大概齐有十来年的时间，没有写过毛笔字，以至于身边的人，都不知道他当年是全国青少年书法比赛一等奖的获得者。而一向做人低调，不爱张扬的他也很少提起这些往事。

如果不是老父亲的去世，也许李淳此生不会再续笔墨之缘，因为他在北京市建委的培训中心当教师，业余时间又喜爱摄影，整天忙着拍老胡同，两年前他曾出版过厚厚一本《北京名人故居》画册。

"书法是需要静下心来的，心浮气燥的人，是没法跟笔墨结缘的。这正是我搁笔的原因。"李淳深有感触地对我说。

久卧病榻的老父亲在79岁时彻底解脱了病魔的纠缠。在撒手人寰之前，老爷子有一桩心事难以释怀。他拉着李淳的手道："淳儿，你爸此生有一大心愿没能实现呀！"顿了一下，他轻声问道："知道是什么心愿吗？"

李淳琢磨了半天，也没明白老爷子说的心愿是什么。

"爸，您直说吧，什么心愿？"他俯身贴着老爷子的耳朵说。

老爷子伸出手，颤颤巍巍地比划了两下，嗫嚅道："还记得你小时候，我对你说过的话吗？写，你要写下去呀，千万别把这功夫扔喽！"

李淳会意地点了点头，哽咽道："爸，我明白了，我明白了。我不扔，我会把它捡起来的。"

"这我就放心了。"老爷子说完，脸上流露出一丝欣慰的笑容。

两天以后，老父亲离开了人世。他是带着对儿子的殷切希望"走"的。

老爷子之所以对儿子的书法念念不忘，源于他对中国传统文化的理解。70岁以后，他觉得自己真是老了。尽管那会儿他还能给人把脉开方，但是看到身边的年轻人整天摆弄电脑，沉溺在网上，他意识到自己已经跟不上时代发展的脚步了。

他隐约感觉到信息时代的来临，对传统文化的冲击。他有学生，也有孙女、外孙女，看到他们写出的钢笔字东倒西歪，横不平，竖不直，猛然省悟到有朝一日中国的书法会断代，所以必须要让儿子把丢掉的"童子功"捡起来。不能让中国的书法在他们这一代人手里丢了。

老爷子的临终遗言，点到了李淳的"穴位"上。是啊，这么多年，他不动笔墨，确实感到手生疏了。

"心有灵犀一点通"。李淳是孝子，也是明白人。无论如何不能辜负了老父亲对自己的厚望。老父亲去世后，他把尘封的纸笔又拿了起来。

他是属于不干则已，要干就要出彩的人。一猛子扎下去就是一年多，他除了白天上班，业余时间推掉了一切应酬，找了间小屋，一门心思习书练字。

我猛然记起来，那一段时间，我几次给他打手机，一直处于关机状态，甚至连春节也没照面。我知道他是孝子，按老北京人的规矩，老家儿（父母）去世后的一年，是不能动烟动酒的，赶上年节，也不能给人拜节拜年。他的老礼儿多。我想也许是父亲去世后，他遵守老礼儿，不轻易出门了。没想到他是在闭门修行。

他告诉我，这幅《心经》就是在闭门修行时写的。

《心经》，应该叫《般若波罗蜜多心经》。您看这八个字，简单吧，它的意义可深了。八个字有六个字是梵语（古印度语），可以分四层意思。

"般若"，是梵语智慧的意思，智是照见，慧是鉴别。"波罗蜜多"，也是梵语。"波罗"是彼岸的意思，"蜜多"是到的意思，合起来，是"到彼岸"的意思。把"般若波罗蜜多"这六个字合起来，就是"究竟圆满之智慧"的意思。"心"是中文，甭用我解释，您也知道。"经"就是佛说的言教，经弟子们结集成文。

李淳滔滔不绝地跟我讲起了《心经》。这时，我才知道他信了佛教，而且是虔诚的佛教徒，尽管没有"皈依"。

李淳对我说："我非常崇拜星云法师。星云大法师在讲解'般若'时说，'般若'就是让我们在这个人间更自在的法门。吃饭有了'般若'，饭的味道就不一样了；睡觉有了'般若'，睡觉的味道就不一样了。大家都在求功名富贵，但是有了'般若'，即便是求功名富贵，境界、看法却会不一样。有了'般若'，人的生活、思想、境界都会跟着改观。"

他讲得挺深奥，我不是佛教徒，不懂佛教的理论，但是我永远敬佛。因为我知道佛教的教义上讲的那些做人做事的道理很深刻，而且是放之四海而皆准的真理。

我想了想说道："看来这'般若'，对人生观太重要了。"

李淳说："我也是在自我修行中悟出这一点的。星云大师说：'般若'可以改善我们的生活，提升我们的思想，净化我们的人生境界。有一首诗说：'平常一样窗前月，才有梅花便不同。'平常时，我们每天看月亮，看惯了，就不觉得它有什么特别，但是有了梅花点缀，意境就不一样了。所以说，一样的生活，有了'般若'就会有不同的体会。'去一分无明，证一分法身'。'直指本心，见性成佛'。人生在苦海中航行，如果有了'般若'作为灯塔的指引，终能解脱成佛，远离轮回之苦，到达极乐的彼岸。"

"你把'般若'说得太玄妙了！"我笑道。

李淳一本正经地对我说："不是玄妙，只要你悟出'般若'的真谛，原来的一切想法就都会改变的。就说我写的这幅《心经》吧，以前没有'般若'，我可能看到的只是一个一个方块字，我用笔蘸墨，在纸上写字，也只是写字而已。但是有了'般若'之后，那种感觉就不是在写字了。"

"那是一种什么感觉呢？"我问道。

"仿佛进入了一种'五蕴皆空'的境界。"他沉吟道，"《心经》有多种译本，有一本书叫《般若心经译注集成》，就收集了 18 种。但在佛教界流传最广的是唐代玄奘三藏（即唐僧）的译本，一共 260 个字。"

他静默片刻，向我讲述了写这幅《心经》时的状态："那是一个礼拜天，早晨起来，洗过澡，吃过早餐，我便准备写了。我备了几炷香，先点上三炷，然后面对佛（佛像），背诵《心经》，诵过几遍之后，三炷香已快燃尽，我再点上三炷。香烟袅袅，四周皆静，我的心也沉静下来，感觉进入了一种'空明'的境界，心仿佛完全脱离了尘世，静极了。这时才开始铺纸动笔，一个字一个字地写，中间只喝了两杯水，没吃任何东西，也不觉得饿。如有神助，一直写到夜里两点多钟，我才完成这幅作品。260 个字，没有一个错字，一气呵成。写的时候，我仿佛是在跟佛对话，直到午夜时分写完，我觉得浑身轻松。"

我拿起那幅《心经》的复印件又看了看，蓦然觉得那字好像有一种灵动感。我想象着他写这幅字的情景，仿佛也进入了他说的那种四周皆静，万念空明的境界。

这是不是佛说的那种意境呢？我想。

沉了一会儿，李淳仿佛从那种出神入化的境界里走出来。他若有所思地对我说："这幅《心经》写完之后不久，我想起了二哥米南阳。他现在是有名的书法家。我带着这幅字，去找他。希望他能给我指点一下。"

到了米南阳家，李淳拿出自己写的字，对米南阳说："二哥，看看我写的怎么样？"米南阳在家排行老二，所以李淳尊称他二哥。

米南阳展开这幅《心经》，看了足有十分钟，然后用惊叹的语气对李淳说："小弟，想不到呀，你现在的字写得这么好，我自愧弗如了。"

李淳对他说："二哥，让你见笑了，我是丑媳妇不怕见公婆，特意求你指教的。"

米南阳毕竟是书法家，一眼便看出这不是在一般状态下能写出来的，便问李淳是不是有什么高人指点？

李淳如实地对米南阳说："二哥，我现在信佛了，这幅字是在有了'般若'的状态下写的。"

米南阳恍然大悟道："我说呢，一般人写不出这么经典的字来的。"

李淳告诉我，米南阳听他讲述了写这幅《心经》的经历后，执意要拿着他的这幅字，跟他合影。

李淳为什么跟米南阳这么熟呢？后来听他细说，我才弄明白。

原来李淳的父亲跟米南阳的父亲是师兄弟。米南阳的父亲比李淳的父亲年长几岁，也是老中医。

米家和李家走得像亲兄弟一样近。三年自然灾害的困难时期，李淳家里没米下锅了，父亲对李淳的姐姐李薇说："去，到你米大爷家拿点米去。"

李薇到了米家，南阳的父亲不但把家里的米都给了她，还会捎带着让她带十几斤粮票回去。

同样，米家有了什么难处，南阳的父亲也会对南阳的大哥正阳说："去，找你李叔。"

两家的孩子也像亲哥儿们弟兄一样。

米南阳的父亲比李淳的父亲先"走"一步。李淳的父亲给师兄办完后事后，来到米家。米家的四个儿子齐刷刷地给他们的李叔跪下了。

李淳的父亲含泪对他们说："你们父亲'走'了，从今往后，我就是你们父亲。有什么事，你们尽管跟我开口。"由此可知两家的关系。

米南阳的父亲跟李淳的父亲一样，酷喜书法，所以，四个儿子中有两个，即老二南阳和老三北阳从小就练习书法。米南阳在二十岁出头便以行书出名。他弟弟米北阳也是著名书法家。

李淳小的时候，经常跟米氏兄弟切磋书法。米南阳也知道李淳的书法少年成名，但是时隔二十多年，他没想到李淳的字写得如此精道。

且说李淳的这幅《心经》墨迹，被台湾的一个企业家看到。这位企业家也信佛，似乎从这幅《心经》里参到了佛意，执意要花重金把这幅字"请"（注意，他出于对佛的敬意，用的不是"买"，而是"请"）回家。但李淳没舍得让他"请"走。

几个月以后，李淳和朋友一起到山西五台山拜佛。五爷庙的住持听了李淳讲述写《心经》的经历，又看了他写的《心经》复印件，顿起敬意，提出要看看墨迹。

李淳和朋友一起带着《心经》墨迹再上五台山，住持看到《心经》墨迹，顿时脸上放光，对李淳说："这不是一般的书法作品，墨迹里带着佛意。"

他燃香拜过之后，让李淳把墨迹留在五台山。李淳不能拂住持的美意，这幅用"心"写的《心经》便成为五台山的藏品。

那位台湾的企业家一直在"追"李淳。一年之后，李淳为他写了一幅《心经》，终于圆了他的一个"梦"。

南怀瑾先生讲过一个禅宗的故事：

有个自认为大彻大悟的禅师，到湖北武汉的一位大居士家化缘。大居士说："我问你一句话，答得出来，我一切供养，答不出来，你就走人。"

禅师说："好，你问吧。"

大居士说："古镜未磨时如何？"

禅师想了想说："黑如漆。"

大居士又问："古镜既磨后如何？"

禅师说："照天照地。"

大居士笑道："看来你的修行差远了，走吧，我不能供养你。"

禅师想，我说得没错呀，怎么让我走呢？他心里很不服气。

后来，禅师又住茅棚潜修。三年以后，再来化缘。

大居士又问，还是那句话："古镜未磨时如何？"

禅师答："此去汉阳不远。"

再问："古镜既磨后如何？"答："黄鹤楼前鹦鹉洲。"

大居士笑道："快，请进，你修行出来了。"

为什么说他修行出来了呢？因为三年前，他的回答，跟普通人没什么区别。古镜未磨，可不是黑如漆吗？古镜磨了以后，可不是能照天照地吗？但真正有修行的人看到的却不是古镜本身，而是凡人肉眼看不到的事物，即所谓"五蕴皆空"。

一个书法家如果在面对铺好的宣纸，手里提笔书写的时候，看到的不是墨迹，不是字，而是另外的什么东西，是另外一种感受。那么在用"心"来写字时，也就进入了一种境界。这也许是我从李淳的书法作品里悟出的一种"道"吧。

这让我又想起了那次朋友聚会，为什么那几个自诩书画收藏家的侃爷，藐视他不懂书法，他却用谦和的微笑默认！原来，他看到的不是古镜既磨后的"照天照地"，而是"黄鹤楼前鹦鹉洲"。

是味儿

北京人说话幽默、含蓄、委婉，而且有时说出来的话，您得细咂摸。比如北京人说："这位爷有味儿。"如果您理解成他身上真有什么难闻的怪味儿，赶紧往后退两步，那就大错特错了，也可以说，您算不上地道的北京人。

因为这里的"味儿"，是味道的意思。有味儿，也就是说这个人的言谈话语和作派里很有特点。味儿，是个带有褒意的好词儿。

理解了"有味儿"，也就能理解"是味儿"这个词儿的意思了。如果说，这个人的作品是味儿，也就是告诉您，他的作品不是白开水，而是带有一种特殊的与众不同的味道。"是"含有"真是有"的意思。"是"什么味儿呢？就是您认为非常有意思的味儿，这只可意会，不可言传，只能由您自己去咂摸了。

我说杨信的画儿是味儿，就是想告诉您，他的画儿有一种难得的老北京文化的味儿。

"是味儿不是味儿？"您不能听我张嘴这么一说，得看他的画儿，静下心来细品。当然您品的时候，别像吃炸酱面似的，用筷子夹起面条，搁嘴里没嚼两下，囫囵一口就给咽下去了，得多嚼几下，炸酱的香味儿才能品出来。

我跟杨信是哥们儿。没错儿，我比他大几岁。他见了我永远是"一达兄"。我呢，也回一句："杨信老弟。"哥儿们嘛，平时走得自然近一些。

几年前，在朋友的聚会上，我见到了杨信。这位老弟跟我说，他想画老北京胡同的人和事。我们哥儿俩，一起回忆起胡同里的人们立冬前买蜂窝煤、大白菜，夏天老人们坐在门口的槐树下，摆清音桌，孩子们蹦蹦跳跳、缠着大人讲故事等等情景。

这些往事，现在看来既亲近，又很遥远了。因为北京的胡同拆得没剩多少了，而80年代以后出生的孩子，大都是在居民楼里长大的，压根儿没在胡同生活过，对胡同里的事知之甚少。与此同时，我们这茬人不知不觉成了"长辈"，如果我们不把这些记忆里的往事写出来、画出来，再过若干年，也许年轻人真就不知道了。

"对路！"我一拍桌子说。

当时，我们喝着"二锅头"，就着花生豆，聊得很开心。

酒桌上的话，往往都是脑瓜一热，信口那么一说，过后也许说过什么话谁也记不得了。

当然，北京的爷儿们谁也不会去计较酒桌上的话。对杨信老弟所说的画画儿之事，当然我也没往心里去。因为他在《北京青年报》当美编，常值夜班，报社的正差儿就够他忙乎的。

想不到，两年以后，他的京味儿画集《捧读胡同儿》出版了，而且玩得挺热闹，引起点轰动效应。我还没来得及细品呢，他的第二本画集《京城老行当》又问世了。紧接着他的第三本画集《大前门外》又要付梓，这实在让我惊叹不已。

从已出版的两本画集内容来看，他至少在 10 年前，就开始动这方面的脑子了。当时酒桌上的话并非戏言。

"哪儿来的这么多灵感？让你不画则已，一画便不可收了？"我问这位老弟。

"喝豆汁喝出来的灵感。"他对我笑道，"您别忘了我在胡同住了三十多年。闭着眼，胡同的那些景儿，我也能画出来。"

这话没错儿，看杨信的画儿，您能体会到没点儿京味文化的底子，不是在胡同长大的人，绝对画不出来这种画儿。

作为研究京味儿的记者，我对杨信老弟这种对京味儿文化的执著追求，以及绘画技巧上独特的艺术表现力，实在是感到钦佩。

味儿，太重要了！一个作家也好，一个画家也罢，如果他的作品是一碗白开水，品半天，咂摸不出味儿来，那能说是好作品吗？

北京人吃东西讲究，尤其是老北京人口沉（口重），您在汤里不来点儿胡椒面，不添点儿佐料，他敢当泔水泼地上。画儿也如是，没味儿，简直说不如一张白纸。杨信是北京人，深知这一点。

看杨信的画儿，重在品味儿。如同吃炸酱面，味儿在炸酱上，面再好，面码儿再丰富，炸酱没味儿，能吃吗？当然能吃，但那不是味儿。

要的是味儿，也许这正是杨信这么多年孜孜以求的东西。

什么味儿？胡同味儿、大酒缸的味儿、豆汁棚的味儿、小铺里的糖葫芦、酸梅汤的味儿、大车店里土炕的味儿……这些味儿，我们现在只能从老照片和京味画家的画儿里去品了。

对于那些在胡同里生活过的中老年人，对于那些在小区高楼里长大的年轻人，能在杨信的画里，品这种地道的京味儿，当是一种享受和乐趣。

我之所以佩服我的这位杨信老弟，是因为他有一股子钻研精神和责任感。此外还有他的勤奋。

他比我小 8 岁，我们都是在解放以后的新北京长起来的，而他的画儿主要表现的是民国到 1949 年北平解放之前这段历史风貌和风土人情。因为这一段京味儿文化最浓最醇最厚重。

他画里所表现的一些场景，如棺材铺、首饰楼、打小鼓儿的等等，在他出生的时候，基本上已经不存在了，而他画得却如此生动，具有真实感。还是那句话：是味儿。

我想，每幅画他不知要查多少资料，访问多少老人，才能把历史的记忆变成自己的东西。没点儿钻劲儿，没点儿刻苦精神，恐怕办不到。

杨信的可贵，在于他画出了自己的风格，这正是味儿的体现。从内容到形式，他都在努力追求着自己的味儿，比如他的画儿是用钢笔打底儿再加彩铅画得的。

他跟我说，一个城门门楼至少要勾上万笔，这样才有味儿。以线条勾勒，流畅准确，色彩搭配巧妙合理，画面追求大场面而重在细节描绘。这在画界可以说是他的独创。

北京人看到玩意儿好，爱说"是味儿"俩字。看杨信的画，这俩字不由得会从嘴边蹦出来。

杨信，恰如其名，信者，自信也。这位老弟的画儿是味儿。

俗话说：画如其人，文如其人。从杨信的画儿里，我们能品出味儿来，当然，从他的为人处世上，我们也能品出味儿来。

我跟杨信算是能过心的朋友。我的京味儿长篇小说《北京爷》再版时，我特意请他配插图。杨信二话没说，放下手头的活儿，挑灯熬油，不到两个月，画了二十多幅插图。

要知道我的《北京爷》60多万字呀，初版时是分上下册的。给这部书配插图，他得把全书通读一遍，这得搭进去多少时间呢。而且画一幅插图的稿费极低。

但是杨信却对我说："给一达兄的书配插图是我的荣幸，什么钱不钱的，哥儿们之间还提这个字吗？"这番话让这本书的责编也感动不已。

他的插图京味儿实足，跟小说的内容配合得十分巧妙，可谓珠联璧合，相得益彰，为我的作品添了彩儿。

杨信胖胖乎乎的脸上永远挂着微笑，浓浓的黑发，脑袋后边还留着一绺一尺半长的头发，编成了一个铅笔粗细的小辫儿。

您说逗吧？这个小辫儿您不仔细上眼还瞅不出来。留这么一个小辫儿，是味儿，亦是他追求个性的一种体现吧。

待人忠厚热情，是杨信做人的准则。有几次，我跟他一起签名售书，面对那些热心读者，他觉得在自己的书上光签名，还对不住那些喜爱他画儿的人，非要用签字笔在扉页上给人家画幅画儿。见过签名售书的，没见过这种签名售书的。他恨不得把心掏给那些喜欢他画儿的读者。这是不是也是杨信身上的一种味儿呢？

绝对是味儿。什么味儿？老北京的人情味儿！太难得了。

杨信身上也有北京爷的劲头，但这种劲头，是体现在他跟自己较劲上的。他对自己的作品永不满足，这正是他在艺术境界上不断提高的前提。

自信，但不自满；自信，也不自得。杨信身上的这种爷味儿确实挺难得。

这几年，杨信出了名儿，连着出了几本画册，还在台湾和日本东京、法国巴黎搞过自己的画展。由于他的画儿有味儿，不少老字号企业出宣传册，搞广告宣传，也请他"出山"。他相继为张一元、吴裕泰、老舍茶馆画过宣传册，也为什刹海、大栅栏、天桥画过导游图。那导游图画得也很是味儿。

出了名，他依然那么朴实厚道，没一点儿大画家的派头儿，依然画笔不停，勤奋作画。激励他不断进取的，是他对胡同文化的热爱。

这些年，北京的城市开发建设速度越来越快，楼越来越高，路越来越宽，胡同和四合院却越来越少了，城区的老北京人也大都搬到了郊区，胡同的味儿越来越淡了。我跟杨信见了面，聊起胡同，他心里不免起急。越起急，他越放不下手里的笔。

"我真想把胡同的风情和故事都用笔画下来。"他跟我念叨。

画吧，兄弟。但愿在你年富力强的时候，多出几部画册，咱们多给后人留点东西。谁让咱们赶上这个新旧交替，风云际会的时代了呢。若干年后，咱北京的胡同真成了博物馆，人们上哪儿去品京味儿去？只有在兄弟留下的画册里了，是不是呀！

（本文是为杨信的《大前门外》一书写的序言，这里作了补充和修改。）

五气

一

人是带气的"活物"，每个人身上都有不同的气，不管您意识到还是没意识到。这种气，可不是人们通常说的喘气的气，而是天然秉赋、自身修炼所形成的气质、气韵，甚至可以说是气息、气场。

有道是：人活一口气，树活一张皮。这种气是无形的、无声的、无味的、无色的，但你却能实实在在地感觉到它的存在。当你跟一个人接触的时间越长，你就会越来越感觉到他身上的某种气。

孟子说："我善于培养我的浩然之气。"弟子公孙丑问他："什么叫浩然之气？"孟子说："它应该是充满天地之间的一种十分浩大强劲的气。"这种气是可以吸纳到人身上的，所以孟子才有"培养"之说。

茂全是性情中人，性格爽朗，待人热情、直率、真诚，做人做事坦荡，即便是生人跟他见面，也会很自然地感觉到他身上的某种气。

什么气？

我给他归纳了"五气"，即：文气、灵气、义气、胆气、豪气。

茂全姓程，因为他的朋友多，朋友跟他又不见外，所以平时见了面儿总是直呼他的名字，忽略了他的姓，以至于有人以为他姓茂呢。

他是书法家，身上透着文气，当然文气得有符号，所以姓名之外，他还单备了个"淳一"的号。通常他的书法作品，落款就是"淳一"这个号，而不写名。

茂全祖籍安徽，但程家在京城已经世居五代以上，应该算是老北京人了。说起来，我跟他还是"老街坊"。他家原先住在白塔寺的丁章胡同，我家住在二龙路的辟才胡同，两条胡同相隔两站地。但小的时候我们互不相识，直到都已长大成人，才成为朋友。

程家在京城算是老门老户，宅门里的故事很多。首先让我感兴趣的是程家七兄弟，七个儿子没一个女儿。茂全行七，在七兄弟中是老疙瘩，比大哥小着二十多岁。

这七兄弟相处非常和睦，别瞧茂全最小，但他在兄弟中却威信最高，父母已去世，每年春节，七家人都要搞一个小型的家庭聚会，吹拉弹唱，好不热闹，像是老北京的"堂会"。

茂全是家庭聚会的总策划和张罗人。我被这种难得的家庭氛围所打动，在几年前曾写过"程门七兄弟"的长篇报道，后来，收入我的纪实文学《老根儿人家》一书中。遗憾的是两年前，二哥茂祯染病去世，七兄弟少了一位。

说茂全"五气"聚于一身，并非有意捧他，而是在我跟他的交往中，慢慢品出来的。当然说"品"也不准确，应该说是从他为人处世的细节上体会到的。

二

茂全给人的第一印象是文气，北京人办事有里有面儿，而他更在乎面儿，非常注重自己的形象。不论春夏秋冬，只要是公众场合，茂全永远是笔挺的西服，整洁的衬衫，领带系得板板正正，下巴刮得干干净净，头发梳得规规矩矩。由于脑袋自身出油，头发像是抹了几两油，透着那么耀眼。朋友戏言：苍蝇落上去都要摔跟头。

我有时看着他的油光滑亮的分头，也很想上去用手摸一摸，找找灵光重现的感觉。但君子头上是不能动手的，我只能用惊羡的目光来满足这一欲望了。

衣冠楚楚，光鲜体面，再配上他苗条的体形，还有鼻梁子上架着的那副金丝眼镜。瞧吧，我的这位茂全老弟要多斯文有多斯文，不说他气宇轩昂，也得说仪表堂堂。我属马，他属鸡，虽说我比他多吃三年多咸盐，但是论派头，论说话的语气，论身上的气场，简直说我比他要矮下多半截。

人是衣裳马是鞍，这话一点没错儿。现如今讲究衣帽取人，老北京人的"势力眼"和"死要面子"，到这会儿依然在发场光大。在这种社会环境下，茂全作为一个搞书画的文化人，焉能不注重自己的外表。

　　再者说，他结交的社会名流多，社会活动也多，经常出入各种会议和聚会，经常是名人家里的座上宾。文人雅集，拜访高官，没有点儿派头，怎么能登堂入室，谈笑风生？

　　不过，话又说回来，尽管人们重视"大面儿"，看好"第一印象"，但只有光鲜的外表还不行，肚子里得有玩艺儿。驴粪蛋外面光，没有真才实学，三句话两句话，便会露出"腹中空"的原形。茂全不光注重面儿上的仪表，身上还有文气。这种文气，是他的学识渊博和见识广博的内涵，再加上另外的"四气"，总能让他在一般公众场合，带出"横扫千军万马"的气势。

　　当然了，茂全给人的第一印象绝对是文气洒脱。初次见面，或者正式的场合，比如开会发言做报告，书画展开幕式上台讲话什么的，他也拘着面儿，举止言谈透着稳重、深沉，甚至还有点儿矜持。用北京话说这叫有"外场儿"。

　　这种时候，不"端"着点儿，会给人以轻浮的印象，让人扫兴。茂全是宏宝堂的大经理，还有不少社会头衔儿，如北京市政协委员、西城区政协常委、北京书协理事、区文联副主席什么的，焉能给人以轻浮之印象？

三

想真正领略茂全的五气，识得此君的"庐山真面目"得在饭桌上。茂全在饭桌上永远显得那么可爱。多了不用，两杯酒下肚，他身上便会灵光闪现，脸上冒光，舌头如簧，随机应变，妙语连珠，豪气也跟着来了。

京城书画界的朋友都知道，餐桌上没有茂全不热闹。有他在场，便多了一道风景。您在这道风景里会看到有血有肉、活灵活现的茂全。那可真是文气闪现，胆气袭人，义气挟风，豪气冲天。

这几年，我有幸跟茂全一起喝过 N 多次酒，欣赏到他酒后见真情的豪迈风采，也感受到了他的血气方刚、激情满怀和壮怀激烈。

大凡跟茂全熟悉的人，无不叹服他的记忆力。他博闻强记，过目成诵，脑子跟电脑有一拼。咱不敢说，凡是他认识的人的信息都一一储存在他的大脑里，但可以说，跟他平时接触的人的信息都在他的脑子里存着。从您的工作单位到职务职称，从您的住址到您丈夫或夫人以及孩子的名字，从您的生日到您家里的电话和手机号码，他可以当场如数家珍地说出来。让人匪夷所思的是，这种超人的记忆力越是喝酒，越能出彩儿。谁如果不信，可以当场验证。

一次，我跟茂全喝酒，他说出了某位职务很高的领导的生日，席上有位不识相者，以为他在说酒话。茂全一点不含糊，当场给这位领导的秘书打电话，不但验证了这位领导的生日，还验证了秘书和爱人的生日，以及手机号，令在场的人不得不叹服。

当然，这些对于茂全来说，只是小菜一碟。他的好脑子在于过目不忘，一些古文和诗词，一些名人给他的书法作品题过的字，多少年过去了，他张嘴就能说出来，而且一字不差。

宏宝堂这些年在国内书画界小有名气，不断有全国各地的书画家到宏宝堂找茂全切磋画艺，或商讨挂笔单之事。凡有来者，茂全必笑脸相迎，以茶相待。

当然，来的人难计其数，有的是常客，有的只是匆匆一面，但只要是登过宏宝堂门的人，茂全全都储存到脑子里，过一年两年，他都能准确地说出你的姓名和何时来过宏宝堂，这一招儿让许多人倍感惊奇。

笔者曾在宏宝堂，见过这样的场面：一位山东的青年画家来宏宝堂看画儿，见到茂全寒暄起来。茂全一眼认出他来，对他说咱俩两年前，在和平门烤鸭店喝过酒，你叫什么什么名字，对不对？

那位画家愣住了。因为那是很一般的饭局，他只是个陪客，而且只是跟茂全说过几句话，连名片也没留，他早把这个碴儿给忘了，想不到茂全会记得这样一清二楚。

四

茂全在饭桌上的拿手戏是"皮黄"。他父亲程俊良是老北京有名的画家，也是一位"票友"，经常邀"票友"到家里来摆清音桌（没有伴奏，也不穿行头的清唱）。当然更多的时候是带着胡琴的。茂全从小耳濡目染，幼小的心灵里播下了戏曲的种子。

程家七兄弟中，几乎都爱京剧，大哥还跟京剧著名的琴师联姻，女儿嫁给了梅葆玖的琴师舒健，二哥也是"票友"，跟京剧名家王金璐、王展云父子是至交。

我曾在程家，看过这哥儿七个联手唱的"堂会"。有操琴的，有唱黑头的，有唱老生的，有唱青衣的，听着确实是那么回事儿。

茂全是听"样板戏"长大的，一些有名的唱段，他从小就会哼哼，至于说他唱的那些老戏的唱段，是他当了宏宝堂经理之后才学的。

他干什么事都很执著，而且心高志远，不玩是不玩，要玩就玩最好的。学京剧也如是。他结交的都是现在当红的京剧名家，他跟谭元寿、谭孝曾、张学津、于魁智等是挚友，跟奚派传人、中国京剧院三团团长张建国，著名琴师姜凤山、王福隆、燕守平、李奕平是铁哥儿们，跟王忠信、刘桂欣等老一茬儿的京剧名角是莫逆的忘年交。

只要宏宝堂有大一点儿的活动，茂全必把这些铁哥儿们和忘年交请来，两杯酒下肚，便开始拉胡琴，亮嗓子了。

茂全最拿手的唱段是"为国家"和"大雪飘"。他太喜欢这两个唱段了，甚至把它编成手机的彩铃。

前几年，我听他唱"为国家"和"大雪飘"，嗓子还有点生涩，放不开，行腔也差点儿意思。如今经过名家指点，他的唱功大有起色，唱起来有板有眼，行腔还真有点儿"奚派"的味道。

酒后"皮黄"，体现出茂全的豪气。当然，他身上的豪气不光是唱，还有"功夫"，酒喝得尽了兴，他像个天真烂漫的顽童，仿佛回到了童年。

一次，他喝多了酒，指着餐桌说，我来个"旱地拔葱"你们信不信？都这岁数了，还有这功夫？可能吗？此言一出，众人纷纷摇头。

没想到他扭脸让服务员把餐桌上的碗筷和残羹剩菜收拾干净，当场表演。

只见他气沉丹田，双腿并拢，猛地提气，从地上跳到桌子上，一下，两下，一连跳了十五下，脸不变色，大气不喘。

已经五十开外的人，有此"功夫"，确实身手不凡。当然这是仗着酒劲，不喝酒的时候，他不会如此放得开。

我曾问过他，什么时候练的这功夫？他说，平时一直注意健身，打球、游泳、跑步……既然选择了走书法这条路，没有好的身子骨儿还行？难怪呢！

五

茂全的书法接受的是名家真传。受当画家的父亲影响，程家七兄弟中，老四、老五，加上老七茂全，有三个都喜好书画，而且经过这些年的修炼，个个都画出了名堂。

茂全自幼习书习画，上中学时画的虾、竹子，曾得到了郑诵先先生、启功先生和刘炳森先生的好评，并在他的习作上题词。后来，经名家指点，他专攻书法，并拜当代书法大家郑诵先为师，主攻章草，以后又拜欧阳中石为师，学习行书。我曾在他家，看过他上小学时临的帖子，以欧体、柳体为主，楷书的功底非常扎实。

虽说茂全的书法功底不错，但走上书法家的道路，并非一帆风顺。

众所周知，中国的书法艺术是国粹，而且名家的书法作品，在艺术品拍卖会起拍时以尺论价，动辄几十万，甚至数百万，真可谓一字千金。

您别看名家的书法作品如此珍贵，但是从古到今，纯以写字为生，也就是职业书法家却凤毛麟角。当代的书法家，启功、沈鹏、李铎也好，刘炳森、欧阳中石也罢，写字之外都有各自的职业和职务。尽管有的职业与书法有关，但也不是啥也不干，一天到晚就是写字。

茂全少年时曾立下大志，此生以笔墨为伴，献身于书法。但无奈没赶上好时候，刚上小学三年级就赶上了"文革"。说起来，他也属于被"文革"耽误的一茬人。

"文革"尾声，他作为知识青年，被学校分配到远郊插队。几年过后，他被招工，分到了当时的宣武区饮食服务公司下属的致美楼，当了服务员。他端过盘子，也学过厨艺，但始终没忘了书法。之所以拜郑诵先先生为师，业余时间临帖苦练，就是渴望能有出息的时候。

但是命运似乎在有意捉弄他。您想一个饭馆的服务员，跟文化圈儿隔着很远，"文革"之中，程家又受到了冲击，他一没根儿二没蔓儿，想出头，真是谈何容易。

在随后的日子里，他又受到一些挫折，先是父亲去世，对他是个打击，接着他的书法作品想去参加展览，又受到了单位老职工的嘲笑：一个厨子，不正经在灶上练活儿，参加什么书法展呀？就他写的那两笔字，别出去现眼了。别瞧茂全平时在单位也爱跟同事开个玩笑，逗个闷子什么的，但挤兑他什么都行，千万别说他写字不行。谁说他的字写得不灵，他跟谁急。

所以这几句话，等于一把利刃扎到他的心口上。当然，他也没法跟人急，因为人家没有当着他面说。

心里窝着一口气，偏偏又在这褃节儿上，他在胡同里碰上了一起插队的"发小儿"。"发小儿"有点儿窝囊，也没什么本事，说话都不大利落，茂全以前死活看不上他。想不到俩人一聊天，"发小儿"现在混出息了，不但上了大学，还在国家机关当了科长，比他体面多了。

他听了心里很不是滋味儿，看看人家，再想想自己的处境，越想越觉得心里发窄。当时他正处于内心骚动不安的青春期，要强也要面子的他心高气盛，一时间觉得对不起死去的父亲对他的厚望，没脸再在这个世上活下去了。

下了班，他直接奔了药铺，买了一瓶安眠药，要跟这个世界道"拜拜"。但他打开药瓶子，又犯了嘀咕，这么死，太受罪，不如"嘎嘣"一下来个痛快的。于是脑袋瓜一热，奔了离丁章胡同不远的福绥境居民大楼。

这个大楼当时在白塔寺一带算是最高的建筑了。他便步灵腰，一口气爬到了楼顶，手扒着楼檐就要往下跳。就在他要纵身一跃向这个世界告别的刹那间，他的眼前出现了母亲慈祥的面影。

"老七啊，你这是怎么啦？你还年轻呀，难道就这么走了吗？"他仿佛听到了母亲的叹息声。他犹豫了一下，两条腿不由自主地收了回来。

是呀，刚刚二十出头，难道就这么轻率地了结自己的生命吗？他在福绥境居民大楼的楼顶上盘桓、彷徨了几个小时，最后还是没有跳下去。

当然真跳下去，我们现在也就见不到中国书坛的一颗新星了。那得说是书法界的一大损失呀！

茂全在跟我回忆这些往事时，未免带出一些感伤，像一个孩子似的掉下了眼泪。

男儿有泪不轻弹，何况像茂全这种豁达的人，我还是头一次看到他掉泪。

"人活一口气，我当时真是让这口气堵在这儿了。"他淡然一笑说。

"你这叫不成功便成仁。"我逗了他一句，"年轻人容易被激情冲昏头脑，你也是忒要强了，人要是太要强了，往往会变得很脆弱。激情一旦燃烧起来，理智就退居二线了。这种心理是可以理解的。"

茂全沉默了一会儿说："后来冷静下来，我也挺后悔。但我这人就是这样，激情上来了，不管不顾，往往不想后果。也许那会儿太年轻了吧。"

"这么说，你现在已经活明白了。"我跟他开玩笑说。

这些都是三十年前的事了。现在的茂全，跟您说他也有想不开的时候，您一准不会相信。

如今的茂全，有五气托着，已经把什么都看得很淡了。这也许是一个人成名之后的感觉吧？

甭管怎么说，茂全还是坚信那句老话：将相本无种，男儿当自强。他不信自己才不如人，也不信自己艺不如人。能受天磨真君子，不遭人嫉是庸才。后来他才明白了这个道理。人活在世上，哪儿能干什么都一帆风顺？只要是金子到哪儿都能发光。

六

他终于有了发光的机会，因为他遇到了伯乐。说起来，这也是一个偶然的机遇。

致美楼是老字号，在京城的餐饮业生意一直不错。那年，酒楼又出了几道创新菜，决定更换菜谱。经理知道茂全的毛笔字写得不错，为了让菜谱有文化味，典雅一点，便让他直接用毛笔写菜谱。菜谱印出来果然显得古色古香，与众不同。

这一天，著名画家黄胄和几个画家朋友到致美楼吃饭。落座之后，黄先生翻看菜谱，蓦然眼前一亮，菜谱上清秀舒朗的毛笔字吸引了他的眼球。

"字写得真漂亮，简直可以说是上乘的书法作品呀！"惊叹之语，脱口而出。

另外一位画家也诧异地瞪大眼睛，连连称道："难得呀，这是谁的字呢？"

几个人正在纳闷，经理走了过来。

一位画家问道："你们这是请哪位书法家写的菜谱？"

经理莞尔一笑道："这哪儿是书法家写的呀，是我们这儿的员工小程的字。"

"什么？你们的员工能写出这么漂亮的字。我能不能见见他？"黄胄先生道。

"好呀。"经理没想到茂全的字会这么出彩儿，把这么有名的大画家给惊着了，赶紧把茂全给叫过来。

茂全正在后厨掌灶，听说黄胄先生要见他，受宠若惊，不由得心里一紧。虽说在致美楼见过不少名人，但像黄胄这样的大画家点名点姓要见他，这还是头一次。

黄先生平易近人的微笑，消除了茂全的顾虑。他打开了话匣子，说起自己习书的经历，别看他当时才二十多岁，写毛笔字却年头不短了。

　　当黄先生听说他是跟郑诵先先生学的字，连连点头道："真是后生可畏，焉知来者。难怪呢。小伙子，你的字写得很不错，好好练吧，你有悟性，将来会大有作为。"

　　黄先生并没一味地夸茂全，他知道对年轻人，教诲比夸奖更重要。他语重心长地指出了茂全的字有哪些不足，最后对茂全说："你的书法虽然跟大家相比还欠火候，但你很有潜质，要继续努力。"

　　上个世纪80年代，会书法的年轻人很少，黄先生可谓慧眼识珠。他建议茂全多看名家作品，多跟名家学习和交流，开阔视野，同时要提高文化修养，使自己的字更有文化内涵。

　　什么叫"听君一席话，胜读十年书"呀！黄胄先生的这番话，可以说点石成金，给踌躇满志的茂全打开了重新认识自己，改变人生命运的一扇窗户，让他走进了一个新的世界。

七

　　人的命运改变，不见得是非得给了你多少钱，替你找了个好职业，有时候，遇到一位智者，或者读到一本好书，点拨你几句，比给你多少钱更重要，它可以启迪你的心灵，开启你的心智，也许正是这几句话，会让你找到改变人生命运的钥匙。茂全也正是认识了黄胄先生之后，才开始悟到书法艺术的真谛。

自从认识了黄胄，他跟黄先生成了忘年之交，经常去黄先生家聆听教诲，同时，黄先生也给他介绍了许多书画界的名家。茂全又成了启功、沈鹏、李铎、刘炳森等书画大家的朋友。

有这些高人的指点，茂全的书法进步很快。当然最主要的是培养了他身上的"五气"。

中国的书法艺术练的是"气功"。气领千军万马，有了气，写出来的字才能有魂魄。茂全在这方面可谓悟出了道。

几年以后，茂全当了工会干部，以后又在琉璃厂的孔膳堂当了经理，他的社交面越来越广，朋友也越来越多，当然身上的"五气"也越来越充实。他的书法也有了知名度，作品多次参加北京市和全国的书法大展，并获得大奖。成为了中国书法家协会的会员，北京书法家协会的理事。

上个世纪末，孔膳堂改换门庭，脱胎成经营书画为主的宏宝堂，茂全当了经理。有从商的经验，有书法的知名度，有灵活的脑袋瓜，再有源源不断的人脉，当然最主要的是，有身上的"五气"，茂全如鱼得水。短短几年，便把宏宝堂经营得有声有色。

八

众所周知，宣南的琉璃厂，从明代开始就是京城文人墨客的荟萃之地，经过清代和民国的洗礼，琉璃厂文化街已蜚声中外，近现代史上的文化名人，几乎都在琉璃厂留下足迹，尤其是这条街的书画店，大师级的书画家几乎都在此挂过笔单。在这条文化街上，50年历史以上的老字号店铺有50多家，宏宝堂作为后来者，跻身其中，"木秀于林"，谈何容易？

但茂全却从容不迫，笑对群儒。他审时度势，独辟蹊径，不以独、特、新、奇出牌，而以真、小、精、廉取胜。

真者，宏宝堂卖的所有字画，几乎都是他直接登门索取，为之代销，所以不可能有假。

小者，他接手宏宝堂13年，已连续举办了13届"京城书画名家百扇展"，每年推出一百位名家的扇面，国内外的书画名家差不多被他"一网打尽"，几乎都在宏宝堂的"百扇展"亮过相，大大提高了宏宝堂的知名度。

精者，精品也，别看宏宝堂的店面不大，但挂出去的多是精品。

廉者，价格低廉也，这是宏宝堂经营的一大特色。某位名书画家的作品，别的书画店一平尺两万，到他这儿，一万可以拿走，因为画是直接从画家手里拿过来的，没有中间商。他呢，为了扩大知名度，宁愿少得一些利润。

这四招儿果然见效，宏宝堂没出两年，便在琉璃厂文化街崭露头角，独领风骚。2009年，茂全又大胆改革，使企业转制，成立了北京宏宝堂文化有限公司，他出任董事长，宏宝堂的经营范围不仅限于国内，而且向海外扩展。

茂全的经营之道，除了真、小、精、廉，还在于他的"五气"聚拢起来的人脉。店堂几乎成了沙龙，群贤毕至，少长咸集，名师大家往来不断，各种书画展览频繁更新，营造出一种独具魅力的文化氛围。别的不说，单看刘炳森、欧阳中石、沈鹏、梁树年、范曾、王镛等大师级书法家为宏宝堂题的匾额，便可知其人气之旺。

难能可贵的是茂全通过宏宝堂这个艺术平台，结交或者说褒掖和提携了一大批中青年书画家，许多原来并不知名的书画家，正是在宏宝堂举办的书画展被人们所认识，成为大众喜爱的书画家，如王建成、晁谷、孙晓斌、邵辰、杨金波等。

当然，在打造宏宝堂这个艺术平台的同时，茂全的书法水平也提高了几个档次，成为京城书坛小有名气的一家。

他的行楷朗润秀泽，章草沉雄浑厚，颇受人们喜爱，加上他为人义气、豪气，所以京城许多店铺求他写匾。他也当仁不让，有求必应。

眼下，您如果在京城逛街或请客吃饭，稍不留神一抬脑袋就会发现淳一写的匾。我曾跟他开玩笑说："再题匾你就快成冯公度了。"

冯公度也就是冯恕，是近代著名实业家和书法家，当年京城许多字号的匾出自他的手，曾有"无匾不恕"的说法。

九

随着名气的提升，茂全的字也越来越要价儿了。2010 年春节，我见到他。他笑着要请我吃饭，原来他的一幅书法作品上了某艺术品拍卖会，起拍价一平尺 5000 元，最后成交价竟达到了 1 万元。

我未免惊诧："6 平尺的一幅字，拍到了 6 万元！"要知道这个价位快赶上大师级的书法家了。

他难以掩饰内心的喜悦，对我说："钱倒是次要的，主要是市场对我书法作品的承认。"

也许再也没有比这更让茂全兴奋的事了。

喝酒碰杯的时候，我跟他开玩笑说："以后我得多存你几幅书法，等哪天我揭不开锅的时候，好拿你的字儿上拍，养家糊口。"

茂全的义气劲上来了，他把酒干掉，对我说："我的字再值钱，跟你还能谈钱吗？你永远是我的一达哥。"

茂全这话一点不虚，他身上的"五气"，让他把情义看得比金钱更重，他绝对不是见钱眼开的人。

2010 年的秋天，我们共同的好朋友新北纬饭店的总经理杜和平，在饭店为茂全举办了一个书法作品珍藏展。这次展览，他把压箱子底儿的作品都拿了出来。

开展的那天，杜总陪着我一幅一幅地看茂全的墨宝，其中有一幅中堂写得遒劲有力，颇见风骨，力透纸背。我连声说："这是我见到茂全写得最好的一幅作品。"

这句话让在旁边的茂全听到了，他转过身来对我说："一达兄喜欢吗？"

我说："当然喜欢了。"

他毫不迟疑地说："喜欢，你就摘走，这幅字归你了。"

我连连摆手："别别，我哪能夺人之爱呢？"

"不，这幅字一定是你的了。难得听一达兄说出夸我的话来。"茂全说着真要上手去摘，被杜总劝住了："你的字可是放在这儿展览的，刚开展你就把字送人，别人来还看什么呀？"

当然，最后我也没要这幅字。但从这件事上可以领略到茂全身上的侠气。

这些年，他的名气越来越大，想收藏他书法作品的人越来越多，而且他的书法作品确实能卖钱。但在茂全眼里，书法永远是艺术，不是金钱，对于确实喜欢他书法的人，他可以分文不取白送。我曾多次看他当场给第一次见他的人写字，分文不取。

有一次，石景山博古古玩市场的经理请我吃饭，点名约书法家淳一先生。我给茂全打电话，茂全说："只要一达哥说话，我就过去。"

他来后，喝了几杯酒。我的另一个朋友孙爷当时在这个市场开着一个古玩店，许是为了向经理示好吧，酒后把茂全请到办公室，铺纸备墨，让茂全写字。

茂全酒后的豪气上来了，一气儿写了七八幅，最后不但分文不取，经理连个纪念品也没送，弄得孙爷非常过意不去，我也觉得有点儿对不住茂全。

但茂全却说:"没关系,只要他们能欣赏我的字,大家高兴了就行。"他就是这种把艺术看得比什么都重的人。

　　观此"五气"可知茂全的内心世界。我以为茂全虽然当了董事长,算是个经商的人,但他骨子里还是文化人。当一个人把艺术看得高于一切的时候,他才可能成为人们喜欢的书法家。

　　事实上,真正的艺术大家,是从来不把钱当回事的,比如茂全比较崇拜的启功、吴冠中等大师级人物。

　　2011年头春节,茂全约我到画家王建成的画室宝盈斋,看他刚写的一幅书法作品。这是一幅丈二整纸的作品,写的是苏轼的《念奴娇·赤壁怀古》:"大江东去,浪淘尽,千古风流人物……"挂在墙上非常有气势。从这幅作品,我看到了茂全的书法越来越成熟了。

　　我总暗自推想,茂全作为书法家,成功的原因是什么呢?想来想去,最后的结论,还是他身上的"五气"。

第四辑

流行水云

花开深院惹春风，
笑忆月藏树影中。
闲来文章如行云，
何叹光阴似流水。

滴 水

太阳挂在天上，它的光芒普照大地，温暖人间。太阳绝对是伟大的。人活着离不开阳光。但您抬头往天上看，是不是会觉得太阳很晃眼？

世界上最平凡的莫过于一滴水珠了，可是当这滴水珠折射出太阳的光辉，它会让您心头一热。这滴水会触动您的心灵，由此带来的感动并不只是热这么一下，它能给您留下许多回味。

这也许正是以小见大的魅力。

北京市西城区十位"公德之星"的事迹，就如同这一滴水，它折射出了太阳的光辉。

十个人，十个普普通通的人。他们当中有追求理想、实现自我价值的环卫工人；有解囊相助山区的贫困学生，化作春泥更护花的耄耋老人；有舍身救人、勇斗歹徒的街道老大妈；有身残志坚，自强不息，创办培训学校的残疾人；有用一颗真心、热心、诚心，化干戈为玉帛的人民调解员；有人老心不老，义务普法 14 年的八旬老叟；有无偿地献出自己身体两倍血液的好姑娘；有用自己的亲情为失业人员解决实际困难、送温暖的"马大姐"；有用自己的爱心救死扶伤的普通军医；有爱岗敬业，工作一丝不苟的社区片儿警。

十个人，连同这本书里写到的其他人，都是工作在平凡岗位上的普通劳动者和生活在社区里的普通老人。用老百姓的话说，都是小人物，或草根儿人群。

但是正是这些小人物的事迹，感动着西城，感动着我们每一个人。

正是他们的动人故事，让我们感受到这个社会的真情、善良和美好，也让我们看到了构建和谐社会的希望所在。

这本书叫《感动西城》，书名起得好！感动西城的是什么？也许不只是那些高楼大厦，不只是物质水平提高给人们带来的生活享受，而是道德的力量、精神的力量。

的确，看了这本书里写到的每个小人物的故事，我想每个人都会感动的。感动的是他们的平凡，是他们在平凡之中所展现出的伟大。

上个世纪五六十年代，我们在学习雷锋好榜样的时候，提倡过"螺丝钉"精神。这种提法非常有意义。

一部汽车有成百上千个螺丝钉。一颗螺丝钉微不足道，但是一部汽车，只要少了一颗螺丝钉，或者说有一颗螺丝钉松了，那么整个汽车就可能发动不起来，即便发动起来，也会抛锚出事故。

这就是一颗小小螺丝钉的作用。

《感动西城》这部书里的许多小人物，正如一颗颗小小的螺丝钉。在我们生活的现实社会中，他们的位置看上去并不起眼，但是他们的能量却是那么大！

　　看到《感动西城》这部书的书稿，让我感动的是区政府能为小人物立传。早在一年前，他们就筹划要出一本反映西城风貌和人物的书。这本书写谁呢？说老实话，改革开放这三十多年来，特别是最近几年，西城区发生了翻天覆地的变化，在这种社会的大变革、大发展的过程中，涌现出多少可歌可泣、值得大书一笔的人物呀！

　　但是他们没有选择那些耀眼夺目的星星和月亮；没有选择那些叱咤风云的改革家、企业家；没有选择那些大款和影星、歌星，而是把目光放在了普通的劳动者身上。

　　他们邀请了一批中青年作家、记者，深入西城的大街小巷采访，从千千万万普通老百姓那里挖掘出"草根"的代表，并且大书特书。

　　这种为普通老百姓树碑立传的做法，本身就令人感动。翻开历史，古往今来，为老百姓树碑立传的太少了。您看那些老年间留下来的碑文，不是当官的就是文人墨客，真正的"草根"有几人？

　　从这一点来说，西城区的领导为百姓立传，筹划出版《感动西城》这部书，确实是一件功德无量的事儿。

　　说老实话，生活中让我们感动的正是领导与民众相融和的那一幕。共和国的缔造者毛泽东，生前留下多少照片呀，但让我们感动的不是他神闲气定指挥千军万马的雄姿，也不是他在天安门城楼上向群众挥手，指点江山的巨影，而是在抗日战争时，他老人家与两个小八路亲切交谈的一张留影。

这张极普通的照片，曾经让我们感动了多少年。共和国的另一位缔造者，当过国家主席的刘少奇，也留下了许多照片，但留给人们记忆深刻的是，他跟掏粪工人时传祥的合影。

为什么伟人留下的身影那么多，偏偏这样的照片却永远留在了人们的记忆里，就是因为伟人也是人，他们以平常人的一种心态，跟平常人接触所产生的那种感情最为亲切和真实。

古人说："大块文章眼底过，于细微处见精神。"事实上，生活中让我们感动的往往是那些很小的生活细节。一些往往被人们忽视的小事，却常能体现出一种质朴无华的真情，打动人心，给我们留下深刻的印象。

《感动西城》带给我们的恰恰是这样一种感动。

西城区的发展建设，离不开千千万万的普通劳动者，他们身上闪光的思想和精神，正是鼓舞人们努力工作，和谐相处，共建美好家园的原动力。他们的故事不是编出来的，而是他们真实生活的写照；他们的一举一动不是做出来给人看的，而是情感的自然流露。所以，《感动西城》书里的这些普通人的故事，才会由此让人们所感动。

难道不是吗？您看了这些普通人的故事，不会感动吗？

我想这正是《感动西城》的魅力所在。还是本文开篇的那句话，一滴水可以折射出太阳的光辉，让我们细细地品味这滴水的意义和价值吧。

（本文是为《感动西城》一书所作的后记）

眼 界

眼界，即我们所能看到的地界，也就是通常所说的视野。一个人见多识广，常被誉为有眼界。反之，见少识窄，就被说成没眼界，或没眼光。

一个人，事业上能否成功，需要眼界。同样的道理，一个刊物办得好坏，也需要眼界。

不久前，我的一个作家朋友，看到我的案头有一本北京的《西城文苑》，很新奇，拿起来翻了翻，随后，用怀疑的口气问我："这是西城文联和作协办的吗？"那意思是：一个区级的文联和作协能办出这么好的刊物来吗？

我想，有这种疑问的人，恐怕不是他一个。

还有一次，我的一位读者，把一篇散文交给我，用恳求的语气对我说："能帮我把这篇稿子发在《西城文苑》上吗？"看得出来，他很看重这本刊物。

我还听说过一本《西城文苑》在一个单位，被几个同事抢着阅读的事。还有一位离休多年的老同志看过一期《西城文苑》，以后的几期没有给他寄。他一连给编辑部写了两封信，表达求"刊"若渴的心情，恳切希望能定期把杂志寄给他，甚至说，宁愿掏钱买。

看起来，人们还是很把《西城文苑》当回事儿的。

不知不觉，我们进入了网络时代。在纸媒和文学出版物的读者渐呈下降趋势的今天，一本区文联和作协办的刊物，居然会受到人们的如此垂青和追捧，实属难得。

我曾经问过一些朋友，为什么喜爱《西城文苑》？回答是：感觉它不媚俗，很雅，内容有的可看。

一本刊物，如同一本书、一部电影、一幅画儿、一首歌……一旦"出炉"，既是艺术作品，又是文化产品，可以任由人去欣赏、去评说。对《西城文苑》，作为不在"编"的副主编之一，我不想"王婆卖瓜"，但是当听到这本刊物不媚俗的评价时，还是让人感到欣慰。

不庸俗不媚俗，把读者当朋友，这正是北京《西城文苑》从创刊到现在，所追求的一种理念。

当今社会，庸俗，虽然是文化人的大忌，但是为了吸引更多的眼球，随俗与媚俗已经成为一种无奈。

当然雅与俗，从来就没有明确的标准和界限。但区别还是显而易见的，如同一件瓷器，官窑和民窑，精品和粗品，人们一眼便能看出来。《西城文苑》编辑们一直在做着这样的努力，要办，就要办成一本货真价实的精品刊物。

一个刊物要做到从内容到形式，不随波逐流，不庸俗或者说不媚俗确实很难。

北京的《西城文苑》的着眼点是在西城，但它的视野却是北京、是全国。因为西城是北京的西城，北京又是全国的首都。所以，《西城文苑》不单是一个城区的文苑，而是被放大了的文苑。

也许这正是《西城文苑》之所以不俗的原因。正因为西城区的领导以及编辑部的同仁站在这样的高度，才使《西城文苑》办得有声有色，雅俗共赏。

《西城文苑》从创刊到现在已经办了近20期，一转眼快5年了。5年当中编辑部的编辑已经换了几茬儿，刊物的版本也有所变化，但是不管形式怎么变，它的风格没变，它的文化底蕴没改。根在西城，立足北京，放眼全国，为文学家艺术家和广大的文学爱好者提供一片文化乐土，这种办刊宗旨也没动摇。

朋友，当您拿到这一期《西城文苑》的时候，您会发现它的面孔又有了新的变化。这种变化是我们的编辑们在形式上有所追求的体现。也许这个新面孔，会使这本刊物离您越来越近。

5年来，《西城文苑》像文坛上的一棵幼苗，一步一步地成长起来了。它的成长，凝聚着西城区的领导和关心它热爱它扶植它的文学艺术家以及编辑们的心血。当然也融入了读者朋友们的一片热心与希望。

我们的时代需要文学，我们的生活丰富多彩。当物质生活丰富起来的时候，精神生活就变得尤其重要了。因此我们的文化生活离不开《西城文苑》。

但愿《西城文苑》在文坛上，能成长为一棵参天大树。

当然这需要更多的朋友悉心呵护，也需要更多的人为它浇水、施肥。

没有作者，就没有《西城文苑》，同样，没有读者，《西城文苑》也没有存在的价值。所以，我们一直在努力。

（本文是为《西城文苑》杂志改版后，所作的卷首语）

情结

英毅跟我同姓,都属刘邦的后代,当然,这是玩笑话,刘邦的后代多了,哪就轮到我们头上?再说,真是他的后代又当如何?刘邦死了二千多年了。不过姓刘的人,总爱这么嚼舌头根儿打哈哈就是了。

英毅跟我一样,酷爱胡同文化。他做事的特点一是执著,二是勤奋。这是他能成事儿的原因。

我跟英毅很早就认识了。大约七八年前,他和另外一个同事在《北京晚报》汽车版,开辟了个"名人与车"的专栏,把我也归入"名人"之列,到我家采访过我。

我曾跟他开玩笑,那些歌星影星算是名人,我一个耍笔杆儿的,在你这个栏目里有点滥竽充数了。忘了他怎么回答的,只记得他拿着照像机对着我"咔嚓咔嚓"照了十多张。

后来见报与否,我也不知道。不过,他当时照像时的那种认真劲儿,给我留下挺深的印象。

再后来,我见到他时,他也成了"名人"。那天,他和《中国日报》的摄影记者陆中秋拿着厚厚的一摞书稿,找我写序。我们一起在我家门口的一个小饭馆聊了几个小时。他跟我讲了这些年拍胡同的经历，让我激动得多喝了几杯酒。

这部书稿，就是这本《最后的胡同》画册。

《最后的胡同》名儿起得好。我喜欢"最后"俩字。"最后"一词带有虚拟性，意味着没了，或快没了，最后嘛。当然，这是一本非常好看的画册。

这本画册真实地记录了北京南城几条老胡同的历史变迁，真实地记录了在胡同里生活的九位普普通通北京人的故事。正是由于它的真实性和镜头感，才增加了这本画册的厚重感，显得生动，看了感人。

这些年，用镜头或是用文字记录北京胡同变迁的画册和书出了不少，但是以一个亲历者的身份，将视角对准他所熟悉的胡同，把用镜头记录下来的图片和文字结合在一起的书却不多。从这个角度看，这是一本新颖而又独特的画册。

英毅聪明，他把书名定为《最后的胡同》，更显出它的价值。因为画册中有的胡同已经拆了，有的胡同正在拆迁过程中。这就意味着，镜头里的胡同已然成为历史，不可重现。您要想再看这些胡同，只能在这本画册里寻找它的记忆了。

因此这本画册具有史料性。换句话说，英毅用自己的镜头留下了这些胡同和北京人在这些胡同里生活的记忆。

英毅是在北京南城的北芦草园胡同长大的。当时他姥姥住这条胡同。他从两岁起，就跟姥姥一起生活（这个经历跟我有些相似）。从小学到中学，一直到参加工作，英毅没离开过这条胡同。

他熟悉这一带每条胡同的一景一物，哪个院的门礅什么样，啊个院里种着枣树、种着柿子树，哪家的小孩儿外号叫什么，哪家喜欢养鱼、养鸟、养鸽子，哪位大爷爱唱戏，哪家最先买的九寸黑白电视机，哪家的小孩儿有出息，考上了全国重点大学，他都门儿清。每当聊起这些，他都如数家珍。

参加工作以后，英毅离开了这条胡同，搬到楼里住了。人虽然离开了胡同，但根儿还在，由于他住的地方离他所熟悉的胡同不远，他几乎每个星期都要回来看看老街坊。

上个世纪 90 年代，因为南城要修两广路（广渠门到广安门），这一带的胡同开始拆迁。看到自己熟悉的胡同变成了瓦砾，看到自己熟悉的老街坊们搬家时对胡同的那种依依不舍的神情，英毅不由得怦然心动。

是啊，当一座城市的发展变迁，使自己生于斯长于斯的胡同，在转瞬之间变为历史的时候，怎能不让人感慨万千？

于是英毅拿起了自己手中的照相机，把镜头对准了这些即将拆去的胡同，对准了那些他所熟悉的胡同里的老街坊们。

应该说，英毅是带着复杂的情感，去采访去拍摄胡同里这些熟悉的面孔的。采访和拍摄的过程，是心与心的沟通，是情感的相互交流，所以，我们看到的这些图片是心灵历程的记录，也是朴素无华的情感记录。

如果您翻阅画册里的图片，品味画册里的文字，您就会感到，没有亲身的经历，没有对胡同的深厚情感，换句话说，不是在这些胡同长大的人，是拍不出这些图片，也写不出这些文字的。

胡同里的人故事很多，每个人都可以写成一本书。应该说，英毅不但有悟性，还是有灵气的，他从千百个胡同里生活的人中，选取了具有典型性的九个人。

这九位都是最普通的北京人。英毅向我们讲述的是这九位小人物的故事，应该说，是生活在胡同里的人的代表。

别看他们的住房条件是多么不尽如人意，他们的地位并不高，职业也很普通，有的甚至下了岗，但是他们有自己的生活乐子，有玩鸽子的，有玩风筝的，有京剧"票友"，也有体操冠军，他们活得是那么有滋有味儿。这些胡同里的人，充满了人情味儿。

英毅从八年前开始跟踪采访，用镜头记录下他们生活中的酸甜苦辣，喜怒哀乐。

他叙述的语言和他的镜头感一样，极为平实，如同一个胡同里的人在跟您聊天，讲述这九个人的故事。您会被这些图片所感染，随着他的叙述，不知不觉地走进胡同，走进普通北京人的生活中去，感受他们的喜怒哀乐，同时也感受浓郁的北京风情和北京文化。我想这正是这本画册的魅力所在。

英毅在北京的摄影圈儿小有名气。他是个穿警服的摄影家。他任职的单位是北京市公安局公安交通管理局，北京人俗称"管儿局"。京城有470多万辆机动车，都归"管儿局"管。

英毅在"管儿局"负责宣传报道，每天奔走于大街小巷，工作量可想而知。但是他在繁忙的工作之余，陶醉于自己喜爱的摄影艺术。这些年拍摄了大量的作品，也出了几本书，其中《名人与车》影响比较大。这本《最后的胡同》是他完全用业余时间，历时八年追踪拍摄的成果。

英毅曾对我说："拍摄胡同完全出于我对胡同，对这些老街坊的感情。是胡同里这些人的故事感动了我。当我意识到这些胡同即将消失，这些老街坊们即将告别胡同，我觉得不把他们拍摄下来，就会成为终生的遗憾。"

正是带着这种心气儿，他舍弃了大量的休息时间，进入了"忘我"的境界。据我对英毅的了解，他拍摄胡同的经历本身就可以写一本书。

英毅镜头里的胡同，有的已经消失，有的正在消失的过程中，但这本画册带给我们的并非是凄凉的挽歌，而是一种历程、一种心境，犹如一首深沉的恋曲。

英毅镜头里的人物，有的已经离开了胡同，有的将要离开胡同，但他讲述的这些小人物的故事，带给我们的并非是对生活无奈的叹息，而是一种憧憬，一种对新生活的渴望。它是老北京文化与现代化生活对接的一组组镜头。

这些镜头既把我们带回到并不遥远的过去，又告诉我们历史已经或正在翻篇儿，怀旧不是令人惆怅的留恋，只是一种情怀。我们要在这种挥之不去的情怀中，睁大眼睛面对现实，呼吸现代化的空气。

正因为如此，这些图片和人物故事是耐人寻味的。

（本文是为刘英毅所著《最后的胡同》写的序言，这里略有修改。）

镜 头

　　八九十年前的东直门城楼子什么样？那会儿老字号全聚德的师傅用什么方法把鸭子烤熟的？您现在要想知道那时候的北京城什么模样儿，只能从老照片里去寻找它的记忆了。这也许正是镜头的魅力。

　　九十多年前，照相机对中国人来说还算是神奇的玩艺儿，许多人搞不清楚那"相匣子"怎么会出影儿，会出片子。

　　那会儿的北京爷儿们还梳着辫子，北京的妇女还是"三寸金莲"。上点岁数的人见了这个"匣子"，以为是怪物，打死也不往它的跟前站一站，迷信的主儿更是躲着这"相匣子"，认为照像会把人的魂儿给勾了去。

　　这时节，一个金发碧眼的德国女摄影师海伦·莫里森来到了北京，不，那当儿应该叫北平。

　　这位女洋人从遥远的德意志，来到了六朝古都的皇城，一下子被它典雅和深邃的恬静所迷住，手里拿着相匣子满大街溜达，镜头对准了红墙黄瓦的故宫，灰墙灰瓦的胡同，以及不同职业、各种神态的北平人。在两年多的时间里，留下了上千张照片。

九十多年过去了，海伦·莫里森早已作了古，当年的帝都也发生了翻天覆地的变化，可是她拍摄的老照片却留下了。这些照片真可以说弥足珍贵，成了现代人了解老北京的不可多得的历史镜头。

人们正是通过海伦·莫里森的这些老照片来解读老北京的历史的。当然，由这些老照片，人们也认识了莫里森这位女摄影师。

不知为什么，看了吴强拍摄的南小街、北小街、东城根儿等近200张照片，让我不由得想到了莫里森，想到了现在的北京和90年以后的北京。

吴强是以一个摄影师的视角，来拍这些照片的，虽说她跟莫里森一样，都是女性，也都是摄影师。但莫里森所处的时代，北京人会摆弄照相机的没几个。而吴强所生活的年代，您说会玩照相机的人有多少？尤其是傻瓜相机、数码相机普及以后。可是又有多少人想到了用照相机来留下历史呢？

也许有些人想到了，但没有精力或执著精神来从事这项既容易却又是非常艰苦的工作。这让我想到了"历史责任感"这个词。

如果说莫里森当年留下来的那些老北京景物的照片，是出于对东方古老文化的好奇，那么吴强今天拍下的这些反映当代北京胡同场景的照片，就是一种历史责任感。

因为吴强拍摄的许多胡同景物，现在已经消失，她的镜头所捕捉到的画面，已然成为历史。正是由于她作为一个摄影家有这种历史责任感，方使以后的人们了解现在北京的生活，有了可参照的东西。我想，这正是这本画册的价值所在。

我认识吴强是在十四五年之前，那会儿，她在京城的摄影圈儿已小有名气。我听说她很早就是中国摄影家协会的会员了。入中国"摄协"的门槛儿，虽然比不上"作协"，但没两下子也进不了摄影家协会。

当时，她在东城区委宣传部称得上是首席摄影"记者"，东城区举办的大一点的活动，都能看到她手持照相机的身影。她拍摄的图片接长不短儿地见诸于京城的各大报纸。

最初在报纸上看到吴强这个名儿，以为是位男子汉。长篇小说《红日》的作者也叫吴强。后来在一次采访中，才识她的"庐山真面目"。她苗条的身材，端正的五官，戴着一副眼镜，透着清秀和文静，看上去还有些纤弱。

后来，跟她接触多了，才知道她人如其名，吴强，无所不强。她是生活的强者。尤其是她从容不迫地拿起照相机，镜头面对色彩斑斓的大千世界，她身上带有几分"拼命三郎"的劲头儿。

她是属于那种把摄影当作生命的人，好像来到这个世界，就是要把镜头对准千姿百态的生活，记录社会、记录人生，否则生命便失去了应有的意义。

那时她的岁数已经"奔五"了，但她平和的外表下却对生活充满活力、充满激情，可以说她的心态却像一个刚出校门的大学生，对什么事都有一种冲动，有一种新鲜感和好奇心，这正是她能拍出好作品的原动力，难怪她的摄影作品经常获奖。

我比她小几岁，每当看到这位大姐，手拿照相机风尘仆仆的劲头，心里除了敬佩，还会受到一些感染和生命的某种启示。

大约是在七八年前，我的两本介绍北京风情的书《坛根儿》、《门脸儿》要配插图。我找到了吴强，希望她能给我提供一些反映北京胡同的照片。

她遗憾地对我说，现在北京的胡同，已经跟几年前不一样了。当年徐永拍《北京胡同》时，还能拍出胡同的恬静神韵，而现在胡同里到处停着汽车，很难找到这种幽深静谧的感觉了。吴强对自己拍摄的作品向来要求极严，一丝不苟，所以，她婉言回绝了我。

我为此感到遗憾，遗憾的并不是吴强的摄影作品，没能给我的书增色，而是她所说的找不到胡同恬静的味道了，而恬静正是北京胡同的魅力。

南小街和北小街要拆迁扩路的信儿，早在 10 年前就传出来了，但迟迟没有动工。听说这条有着五六百年历史的小街要拆迁，许多摄影爱好者都想用自己的镜头保留下一些图片资料。

一次，我见到了吴强，她告诉我，准备把这条小街从南到北，一个门一个门地都拍下来，形成一个全景图。

我笑着说，这可是个大手笔，没点工夫不灵。

她看着我，推了一下鼻梁子上的眼镜，不以为然地笑了笑。

我当时以为她不过是说说而已，因为她每天的拍摄任务很多，手头的事就够她忙乎一气，哪顾得上这个呢？

想不到她在跟我说这话时，已经开始行动了。从这本画册的文字记录中可知，她开始拍南小街的时间是：2001年11月24日。

我再见到她时，已经是2006年的11月了，南北小街早已变成南北通衢的大马路。

当我看到她拍的50幅小街的旧景图片时，不由得敬佩她的眼光。她真是一个有志者和有心人。

有志者，能成事，有心者，成大事。您瞧，现在的人要想了解当年的南小街和北小街，想唤起对这条最早出现于元代的小街的回忆，是不是得看吴强拍的照片了。

这几年，由于北京的老城区改造速度加快，许多老街和老胡同拆了，有的正在拆。北京的胡同引起国内外摄影爱好者的极大兴趣。拍胡同的人很多，有专业的也有业余的，相信为小街留影的人也不少，但是像吴强这种以一条街道作为专题和系列的摄影作品并不多。她可是挨着门牌号，一个门一个门地拍摄的，留下了这条南北小街的全景图。

说吴强有心，是因为她不但拍出了原汁原味儿的小街的照片，而且她的每幅作品都有文字说明。这本画册就是她以拍摄日记的形式，以文配图出版的，这种方式更增加了本书的力度。

从吴强的拍摄日记中，可知她拍摄这些照片的过程和她对老街的了解与认识，也可以看到她对胡同文化的感情。

我在不少文章中说过这样的话：只有热爱北京的人，才能写出北京的神韵，当然也才能拍出北京的神韵。吴强是在北京出生的，算是老北京，她在东四一带长大，对小街、东城根儿熟得不能再熟，所以当她把镜头对准这些老街和老胡同时，她的情感是被升华了的。

她记录的不只是即将消逝的小街和东城根儿的几十条老胡同，更主要的是用景物来说话，记录北京人的心路历程，所以她选择的视角与众不同，换句话说，她将镜头对准的不光是胡同的大门、门礅，也对准了生活在这些胡同的人。

有景有物有人，情景交融，人物交融，使她的摄影作品，增加了思想深度和文化内涵。而作为一个女性，她的情感是细腻的，所以她能捕捉到许多人不易觉察，又稍纵即逝的人物内心的表情，因此她拍出来的片子具有质感和历史的穿透力，这些都是难能可贵的。

记得一位著名摄影家说过一句话，摄影家的镜头不只在于记录生活，而贵在发现生活。从吴强的作品，我们可以看到这一点。

她的镜头，记录的并不只是胡同历史的沧桑，不只是老街老胡同消逝前的悲凉，而记录的是人在这座城市的巨大变迁中的复杂心态。

她发现的不是悲哀、冷峻、灰暗与无奈，而是对未来生活的憧憬、希冀和对历史变迁的理解。这往往是被人们所忽略的，而在吴强的作品里，我们能看到这一闪光点。而这一亮点完全出自于她对胡同的认识，或者说是她对胡同的感情。也许只有在胡同生活过的人，才会有这种灵性。

九十多年前，来自德国的女摄影师记录下了那个年代的老北京。九十多年后，吴强用她的镜头记录下了北京老街和老胡同的变迁。这些真实的生动的画面，无疑是留给后人的珍贵的文化财富。她是用镜头留下了老街和胡同。所以我说，吴强没白耗费自己的心血，她做了一件非常有价值的事。

也许我们现在看她的这部画册只是感到亲切，再过90年、100年，我们的后人如果能看到它，才会产生一种历史的沉重感。而这些照片也就愈加显出它的价值来。

（本文是为吴强所著《胡同变迁》摄影集写的序言）

酒味儿

我一直认为诗人离开酒，是写不出好诗来的。也许这句话本身就带着酒味儿，招人不待见。因为生活中有不少诗人是不沾酒的，人家写的诗，不是也能留传千古吗？

但是有一种现象，谁也不可否认。那就是不喝酒的诗人，写出的诗大多是委婉缠绵，清丽纤弱。而喝酒的诗人，写的诗大多是豪情奔放，大气磅礴，诗如酒兴，一泄千里。

纵观历史上的大诗人屈原、陶渊明、李白、杜甫、白居易、苏东坡，哪位爷不好喝两口儿。岂止是两口儿？他们不喝是不喝，一喝至少半斤八两。

"李白斗酒诗百篇，长安市上酒家眠。天子呼来不上船，自称臣是酒中仙"。

李白是酒仙，也是诗圣。据说他喝酒是抱着坛子喝的。古人讲究吟诗。其实喝了酒的诗人，光吟拦不住，他得唱，所以喝了酒的诗人不是吟诗是唱诗。

现代有个诗人叫郭小川，不喝酒写不出诗来。而他写出的诗，您不高声朗诵，味儿绝对出不来。徐志摩不太会喝酒，他的诗，您只能浅唱低吟，才会找到那种缠绵悱恻的韵味。

谢久忠是我的朋友，他的诗，也带着酒味儿。因为他的诗不是写出来的，而是借着酒劲哼出来的，或者说仗着酒劲唱出来的。

不过，他的诗里酒味儿不全是二锅头的味儿，还有古越龙山的黄酒味儿、长城干红的葡萄酒味儿。不信您可以翻开他这部诗集《蓝色河流》去细品。如果您品不出这三种酒的味道，您尽管找我理论。当然您品之前，最好也喝上两杯二锅头。

我跟久忠是在酒桌上认识的。那次是居庸关关长刘文忠请我们哥儿俩喝酒。文忠是我的老朋友，也是久忠的朋友，他的酒量比我差着几个段位。大概是为了让我尽兴，特意把久忠拉来陪我。

跟久忠第一次喝酒，我便领略了他的酒风。八两酒下肚，他似乎刚刚起步，我险些让他给喝趴下。而他却面不改色心不跳，抽了两根烟，谈笑风生，下午还要参加一个活动。

匆匆一面，我们没有来得及谈论文学，当然我也不知道他还是个诗人。不过，酒让我对他留下深刻印象。他的名字也走进了我的记忆：久忠，真乃酒盅也！

这之后，我跟久忠每次谋面，总也离不开酒。有了酒，我们也就有了话题。而这话题，自然离不开诗。

记忆犹新的是那年正月初二，在居庸关长城。天下着小雪，屋子里的暖气不太热，我跟他喝着酒，聊起了但丁、普希金、莱蒙托夫、屠格涅夫、托尔斯泰，聊起了惠特曼、济慈、海涅、雪莱……

我不由得想起李白的诗《把酒问月》："古人今人若流水，共看明月皆如此。唯愿当歌对酒时，月光常照金樽里。"没想到"当歌对酒时"，我才发现久忠看了那么多的中外名著，而且学识又是如此渊博。

因为他谈论每位作家和诗人，不只是知道他的名字和国籍，知道他的代表作，而且他能整段整段地把他们的诗背下来。要知道，我们谈诗的时候，每人至少已经喝了八两白酒。

借着酒劲儿，我们打开了记忆的闸门，话透着多。他聊起当年半夜点着煤油灯，抄海涅诗选的情景，我聊起了当年从朋友那里借了一本杜甫诗集，花了一个月的时间，把诗集全部抄下来的日子。

不知不觉已是深夜。告别时，他拉着我的手，表情异常激动地说："好久没跟谁聊普希金了。"

他像是找到了一个难得的知音。是啊，现在的年轻人有几个还知道惠特曼，知道济慈和海涅呢？

《蓝色河流》这部诗集，几乎囊括了久忠 30 年来诗作的精华。久忠告我大多是 15 年前的作品。

细读这些诗，可以感到，这些诗是他精挑细选过的。30年中，他写的诗绝对不止这些。估计选这部诗集时，那些不带酒味儿的诗，都被他给"帕斯"了。

　　读久忠的诗，能看出来，哪首诗是他喝过酒之后的有感而发，哪首诗又是他子夜不寐，披着衣服抽着烟，望着清寂的夜空，浮想联翩产生的诗兴。

　　有才的人，不让他写诗，他会跟您急。很多诗人都有过躺在床上，睡着睡着觉，突然来了灵感，赶紧下床找纸找笔的经历。久忠是不是这样？他没说过。

　　不过，有一次聊天，我问他："你怎么想起写诗来了？你什么时候开始写诗的？"

　　他不假思索地说："我七八岁的时候，就会写诗了。尽管那也许不叫诗，但却是写诗的冲动。为什么会有这种冲动，我也说不出来。看到阳光下的露珠，看到夕阳下的牛群，看到溪流中山峦的倒影，看到晨曦中老屋的炊烟，我就会产生诗意。"

　　说久忠是"神童"，他准会摇脑袋。当然，我也不会用这话来捧他。因为他真正写诗，是从他念高中时开始的。

　　他是在大山里出生和长大的孩子。儿时的记忆，可以用一个"苦"字来概括。

　　他是 1956 年出生的，那会儿的山村是什么样的生活状况，凡是过来的人都会有印象。

　　久忠曾告诉我，他儿时生活的地方是延庆县大庄科乡水尔沟大队洋麻地村河口自然村。听着那么绕嘴。我回家在北京市地图上找了半天，也没找到他说的那个河口自然村。在北京市地图上，甚至连洋麻地村的名字都没有。

　　那是掩藏在深山峡谷中的一个小村落。小到什么份儿上呢？久忠告我，最早只有一户人家，后来发展到4户。

他的家出门就是山，不，应该说他的家就在山上。是大山养育了他，使他有大山一样的胸怀，也有大山一样的性格。

父亲是老实巴交的山民，久忠从小就跟着父亲，进山砍柴放牛。十几岁，他便用自己稚嫩的肩膀，担起了家里的生活重担。但父亲对他寄予厚望，他希望自己的儿子，有一天能走出大山，看看外面的世界。

久忠忘不了每天走6里山路，到水尔沟中心小学上学的情景，忘不了走16里山路，到大庄科乡上中学的情景，更忘不了走80里山路，到永定镇念高中时的情景。从村口通往外面世界的山路，留下了久忠的足迹，也留下了他的诗篇。

山路弯弯，似乎告诉他人生之路的曲折，告诉他实现自己的梦想所要付出的艰辛努力。谁能想到这曲曲弯弯的山路上，会走出一位大学生来？

1977年，久忠以优异的成绩，考上了北京师范学院（首都师范大学）中文系。当年，报考大学中文系的延庆县考生有几千人，考上大学中文系的只有他一个。他成为大庄科乡有史以来的第一个大学生。

当然，现在考大学已不像当年那么难了。可在那个年代，平均571个考生中，只有一个能够榜上有名。久忠也算给他生活的那个小山村露了脸。

当然，让久忠感到自己真正露脸的，并不是这张大学文凭，而是他的诗。因为在考上大学之前，他已经是延庆县小有名气的诗人了。

上个世纪 70 年代，是青年人文化饥渴的时期，当时的诗歌除了毛泽东诗词，便是政治口号一类的民歌，真正意义上的文学作品少得可怜。高中生能看到的除了鲁迅的杂文，就是浩然的两部小说：《艳阳天》、《金光大道》。

那会儿，中外名著被视为"禁书"，学校的图书馆都被封着。久忠渴望能看到更多的文学作品，他曾有过深夜到图书馆，偷看《唐诗选》的经历。

高中毕业后，他曾在大庄科中学代课，后来又到县水利局当文秘。大学毕业后，他到延庆三中和一中教了 8 年书，1990 年才调到八达岭长城管委会。

那时他风华正茂，诗的激情，在他心里也燃烧得正旺，写诗成了他生活中最大的追求。大概他的酒量也正是在这期间练就的。他的大部分诗作都是在这期间写的。

细品久忠的诗，一股带着泥土气息的山风扑面而来。凝炼的诗句，如同一坛刚开封的美酒，浓烈、醇厚。喝一口，你会觉得味道纯正、口感炽热。

读他的诗，绝对没有矫揉造作、无病呻吟之感，你会感觉到大山跳动的脉搏，你会感觉到大山均匀的呼吸。你会不知不觉地被他带到大山深处，带到山村里的小屋，带到村口的小溪边，带到草屋的坑头上。

如果没有对大山的热爱，对泥土的热爱，是写不出这样的诗来的。

久忠的诗很有特色，每首诗都不长，惜墨如金。可见他炼句的功底。

他的诗确实有味儿，它不是简单的文字排列组合，而是刻意营造出一种意境。每首诗都带有一种画面的质感。这种质感如同中国画的大写意，删繁就简，疏朗的几笔，便勾勒出一种意境。

这种意境所产生的神韵，余音绕绕，耐人寻味，发人深省。而一旦你捕捉到这种意韵的妙处，便会在心灵深处产生某种震撼。同时也会引发审美意义上的共鸣。

只有大山里出来的诗人，才能写出：黄昏的村头/老榆树塑造母亲的/形象，鸟雀/把归巢的曲调唱得苍茫/回归的牧群驮着/被拉长的夕阳/如裙裾/蹄印省略了/一路青草的芳香/穿过微尘/酿造的桔红色的乡情/一声声乡音的呼唤/醇厚如酒。（《黄昏的村头》）

您看，这多像一幅夕阳西下，暮色中的乡村的风景画。

当然这些素描或速写的风景画，并没有只停留在对景物的描摹和再现上，这里有诗人的思索与遐想，有诗人的联想与探索。

因此，他的诗并不只是激情的渲泄，而凝结着他对养育自己的热土的热爱。自然，他的诗也并不只是情感的一种抒发，更确切地说，是他触景生情之后对人生的一种感悟。

久忠比我小两岁，我们都已过了"知天命"之年，"奔六"了。人在生命的旅途上走到了这个阶段，似乎把世间的一切都已看明白了。这个时候，即便再有才，诗的激情也燃烧的差不多了。

"天命无怨色，人生有素风。"在这个时候，久忠把自己的诗作整理汇集成诗集出版，也许是对自己 30 年诗歌创作的一个总结，也许是他焕发青春，准备继续创作的开始。

我之所以用"也许"这个词，是因为在久忠的内心深处诗人的豪情并没熄火，正如他的酒量并没随着年龄的增长而减少一样，保不齐他哪天酒喝得到了位，又会诗兴大发。

从文学的角度看，我倒是希望酒坛少一位贪杯的酒友，文坛多一位豪情的诗人。但久忠离开酒还能写出诗来吗？我有些怀疑。

（本文是为谢久忠所著《蓝色河流》写的序言）

湘情

岁月蹉跎似云烟，

雪泥鸿爪诗成篇。

问心无愧对晚晴，

也是文集注笔端。

这是我读了谭国兴先生《也是文集》的一点感慨。

谭国兴先生是我的老邻居，我跟他在建国门楼上楼下住了有十多年。印象里的谭先生不善言谈，但平易近人。平时见面，说话不多，却尽显沉稳深邃、掷地有声。

他是湖南人，虽然在北京生活了四十来年，但乡音未改，普通话说得并不标准，他说话快的时候，我往往听着费劲。"局"往往让我听成了"猪"。有一次，他说到叫肉猪去办事。我听了半天也没明白这"叫肉猪"是怎么回事。后来他夫人解释，我才知道敢情这"叫肉猪"是教育局。

十多年前，谭先生从基建工程兵转业到道桥公司，大概是任党委书记一类的职务。平时，见了他总是头发梳理得整整齐齐，脸上气色红润，常穿着西服系着领带，显得很板正，但是身上却透出一种特有的精气神。

我在他的言谈话语中，总能嗅出一种难得的文人气，感觉他不像一般的政工干部，他是一个有思想的人。

不知为什么，那会儿，我见了他总会联想到也是湖南人，当过中共中央总书记的胡耀邦。他们的身高、长相以及朴素真诚的作派，有许多相似之处。

当然，虽然同是湖南人，同是书记，人家胡耀邦是大人物，当过总书记，而谭国兴却则属小人物，只是一般的书记。

可是我到现在也搞不懂，怎么会把这两个人联系在了一起，也许他们身上的那股温和、内收外敛的性格，以及同是湖南人这些特点，让我把伟人与常人想到了一起。

其实，谭先生是一个很低调的人，平时他并不喜欢张扬。但是他又是一个极为热情的人，这使他很多时候忘不了同乡，忘不了同事，忘不了同学。每每有机会他便把这些老同乡、老同事、老同学请到家里聚会。

他们的聚会很有意思，不光是喝酒聊天，热闹一下，而且有许多内容，比如吟诗了，作画了，高兴的时候，还要引吭高歌。因为我住在他家的楼上，每到楼道里美酒飘香时，我便知道谭先生家又群贤毕至了。有时，欢声笑语和歌声也随着酒香飘到楼上，让我垂涎欲滴。

那会儿，我实在羡慕谭先生的人缘儿，心想他怎么那么多朋友呀！后来，翻看他的《也是文集》，我才明白，原来这些常来聚会的老同乡、老同事、老同学，跟他有着那么深厚的情谊。

他这本文集里写过的人，没准我曾经在楼道里，跟他们擦肩而过，只是不知他们的身份而已。

谭先生是一个非常重感情、重情义的人，这一点不用我多说，您只要翻看他这本文集，就能品出来。

说老实话，拿到这本《文集》书稿后，我认真地拜读了每一篇文章。这不仅因为作者是谭先生，我们是老邻居、老朋友，我才这样带着感情去阅读。而是我觉得读着这些文章，我在细品一个人，细品一种文化，细品一种情愫。

从这些文章里，我不仅看到了谭先生的生活经历，也看到了他为人处世的宠辱不惊和去留无意，看到了他人品中的冰清玉洁和质朴真诚。

《文集》的每篇文章，没有华丽的词藻，也没有刻意的修饰，一切都发自内心，流露出的都是真情实感，没有只言片语的虚妄和浮夸。

我想人们看了这些文章，会感受到谭先生待人接物、重情重义的诚实。文如其人，这一点恰恰是谭先生人品的写照。

我是研究民俗学的，尤其喜欢《文集》中的"方言篇"。谭先生收集整理的几十条"醴陵人和醴陵话"，完全可以独立成书。我想，如果能把这些可与《笑林广记》相媲美的篇章，扩大成"湖南人和湖南话"，则更有趣，也更有意义。

如果谭先生在有生之年，能把"方言篇"重新整理，不断增容，那将是一部湘土风情和三湘文化的"奇书"，传之后人更为隽永。

我曾经去过湖南，朋友之中也有不少湖南人，我妹夫的父母都是湖南人。在我的印象中，湖南人的性格，与我们常说的北方人或南方人有许多不同之处。

可以说，湖南人是中华大地非常值得研究的群体。湖南人不善经商，却擅长两"杆子"，一是"枪杆子"，一是"笔杆子"。

枪杆子，以近代史上曾国藩的"湘军"最为著名。太平天国以后，中国有"无湘不成军"、"无湘不革命"之说。当然主张"枪杆子里面出政权"的毛泽东、刘少奇等无产阶级革命家也是湖南人。

近代史上彪炳史册的政治家、军事家魏源、曾国藩、左宗棠、彭玉麟、谭嗣同、黄兴、蔡锷是湖南人，共和国的十大元帅（指 1955 年授衔的，下同）有 3 位是湖南人：彭德怀、贺龙、罗荣桓。十大将军中有 6 位是湖南人：粟裕、黄克诚、陈赓、谭政、肖劲光、许光达。57 员上将，湖南人占了 19 位，100 多位中将，湖南人占有 45 位，这足以证明湖南人在中国近现代史上的重要地位。

值得研究的是这些靠"枪杆子"打天下的元帅和大将，不但能排兵布阵，领兵打仗，而且一个个都满腹经纶，能诗善文。这与"笔杆子"又有一定关系。

追溯历史，湖南三面环山，洞庭湖平原战国时为楚地，汉代属荆州，三千年前的"三湘"是"苗蛮"之地。在一千多前年，现在的湖南境内大部是五溪蛮、武陵蛮的天下。

"苗蛮"之所以称"蛮"，是因为这个民族英勇无畏。汉代的常胜将军马援挟十几万大军，出征五溪蛮没有结果。后来经宋室南迁，中原人大举南下与湖南土著的相融，形成了现在的湖南人。所以有人称湖南人既有"苗蛮"之勇，又有中原之智。

宋以后，湖南人受中原传统文化的影响，大兴理学之风："西南云气来衡岳，日夜江声下洞庭。"北宋初年创建的长沙岳麓书院，是当时全国最著名的"四大书院"之一。

南宋时，著名理学家朱熹和张载在这里讲学时，弟子达千人。湖南人讲究研究经世致用之学，这种文风对后世影响很大，所以湖南人不但具有逞强好勇的刚烈之性，而且守礼好文，遵守古训，尊重老人，同情弱者，救济孤弱。

"惟楚有材，于斯为盛"，这是我在岳麓书院看到的一副对联。阅读近现代史，对此感到并非虚言。湖南人的这些特质，在谭国兴先生身上都能体现出来。

谭先生是醴陵人，醴陵属湘东，紧邻江西，虽说他从小参军，就读于铁道兵学校，走南闯北，筑路架桥，但他至今仍保持着湖南人的本色，而且随着年龄的增长，乡情愈浓。我们从他的《文集》中可见他对故乡的情感。

谭先生这辈子可以说也没离开"枪杆子"和"笔杆子"。他不到二十岁便穿上了军装，虽说当的是铁道兵，但也是兵呀！

至于说"笔杆子"，我们从他的《也是文集》中，便能感受到他的文气不俗。跟那些青史留名的湖南大家相比，谭先生不过是一介书生。但是谭先生在为人处世，为文写情上，让我们看到了湖南人的另一面。

这本《也是文集》恰恰印证了"惟楚有材"。

九年前，谭先生出版过一部诗集，取名为《也是诗集》，现在他又将出版一部文集，取名为《也是文集》。我想笔耕不辍的谭先生应该再静下心来，回顾自己的一生，如果过几年能出版一部自传，也许会取名《也是传记》。

但愿谭先生能继续秉笔，给后人留下点宝贵的精神遗产。祝谭先生身健笔健，文从心愿。

（本文是为谭国兴所著《也是文集》写的序言）

竹 枝 词 人

　　竹枝词是非常有特色的一种文体，形式上像是格律诗，又不是格律诗。因为它并不在乎平仄对仗和韵律等格式。似词，又不完全是词，词有曲牌、格式、曲调、节拍，按谱填字，和乐歌吟，也很讲究。竹枝词却显得有些随意，有感而发，透着率真。

　　考证竹枝词的起源，非常有意思，竹枝词属古乐府一类，是乐府中《近代曲》的曲名，最早是巴渝，也就是今天重庆一带民歌中的一种。

　　重庆那里盛产竹子，竹枝大概是象征着其挺拔秀气的一种叫法。竹枝词也是用来演唱的歌词，唱的时候，有笛子、鼓、琴等乐器伴奏，同时还可以闻乐起舞，声调宛转动人，音节和谐悠扬。

　　到了唐朝，著名诗人刘禹锡看上了竹枝词的曲词，每每依调填词，创作了大量的"竹枝词"作品，流行于世，遂使竹枝词走出巴渝，风行文坛。

　　由于竹枝词以四句排列，一贯到底，浑然成曲，不讲究平仄、对仗，格式上也没有更多的约束，文体比较自由，所以在清末民初，盛行于京师。

当时的文人墨客创作了大量的竹枝词作品。这些作品，主要是描写市井风俗、百戏时尚、世态炎凉以及刺世击邪、讽喻社会丑态等方面的内容，比如写于宣统元年（1909年）的《京华百二竹枝词》，写于宣统二年（1910年）的《京华慷慨竹枝词》等。这些竹枝词当时散见于刊行的各类报刊，有的还配上了插图，在社会上有一定的影响。

竹枝词这一文体到了清末民初的北京，已经不是最初的专为演唱用的曲词了，从形式上说，它类似于后来的打油诗，却又比打油诗更有韵味。

我认为这一时期的竹枝词，更像是目之所及的随感实录，或者说触景生情，把所见所闻所感用七言四句的方式抒发出来的自由体的诗。

因为它不重格式、韵律，看重的是内容，所以这种竹枝词是写实写真的，是社会百态、风土民情的真实写照。

正因为如此，我们现在要了解清末民初京城的民俗，不能不看当时留下来的竹枝词。

事实上，现在大量回忆或描写当时北京风情的文章，大都要引用当时的竹枝词，比如，要想知道当年自行车这一舶来品，初到北京时的情况，《京华百二竹枝词》里有一首就说得很形象："臀高肩耸目无斜，大似鞠躬敬有加。嘎叭一声人急避，后边来了自行车。"

竹枝词的创作到了现代，跟古体诗一样，好像淡出了文坛，从事这种文体创作的人不多，竹枝词见诸报端的也很少。

我想这主要有两个方面的原因：一是新的文体出现，使竹枝词失去原有的风采，比如打油诗的出现，以及现今网络时代，流行的手机"段子"。其实很多打油诗和手机段子与清末民初的那些竹枝词的内容非常相近，但"段子"的行文，在文体创作上更自由、更流畅。

二是会写竹枝词的人少了。竹枝词的创作看上去很随意，也很轻松，其实它的写作也是需要具备一定的文学修养和功力的。尤其是在文化层面上，要有一定的功底。观察事物要细腻、准确，遣词造句上要有高度的概括能力，同时，也讲究遣词造句的押韵，一般人难以达到。

正因为竹枝词成为当今文坛的稀缺品，郭庆瑞先生创作的《北京老字号竹枝词》一书，才显得弥足珍贵。

郭庆瑞先生今年74岁，算是一位老北京。早在青年时代，他便开始文学创作，他是北京劳动人民文化宫文学培训班最早的一批学员之一，曾聆听过老舍、曹禺等先生的讲课，对京味儿文学情有独钟。他写过诗，写过散文，也写过小说。

因为他在北京的商业服务业工作了几十年，后来还担任过饭店的领导，文学创作属于"业余爱好"。直到从工作岗位上退休，他才有精力从事竹枝词的创作，而且一发而不可收，在几年间，创作了近200多首写北京老字号的作品。

当年跟郭先生一起参加劳动人民文化宫文学培训的学

员，我认识几位，比如后来当了文化部副部长的高占祥，当了《中国艺术报》总编的张虎，以及当了局级领导的李姓等，他们都曾跟我介绍过郭先生和他创作的北京老字号竹枝词。

说起郭庆瑞，这些当年的老文友，几乎都用的是赞赏和敬佩的语气。的确，已经是古稀之年的郭先生，还能保持如此旺盛的创作热情和精力，让人叹服。

北京的老字号，可以说，是北京文化的一张名片，也是北京人文地理的"眼珠子"。

什么叫老字号？原来的商业部定的标准是，经营时间在百年以上，后来改为50年以上。一个字号，经历几十年，甚至上百年的风风雨雨，能保留到现在确实不容易。

我曾专门研究过北京的老字号，北京解放前商家铺户的字号有几千家。到北京解放，特别是1956年公私合营以后，保留下来的老字号只剩下五百多个了，比如餐饮业的"八大楼"，仅剩东兴楼和泰丰楼了。

到了"文革"，北京的老字号又消失了一多半，在"文革"破"四旧"时，有的老字号甚至易名更章，比如"同仁堂"改为北京中医店，"全聚德"改为北京烤鸭店，"吴裕泰"改为红日路茶叶店等。

所以，"文革"结束后，在上个世纪80年代，当时的北京市政府做出了"抢救和恢复老字号"的决策。在抢救中，一些老字号得到了恢复。

但是进入上世纪90年代，随着经济体制改革和北京旧城改造的进程，一些恢复的老字号门脸被拆，机制调整，老人退休，产品老化等诸多原因，又消失了一些，到现在保留下来的老字号，真可以用硕果仅存来形容。

郭庆瑞先生身在商业，又是老北京人，这些年，他亲眼目睹和亲身经历了众多老字号的历史变迁，感慨颇多。他把对老字号的深厚感情，以竹枝词的方式抒写出来，从而形成了一个系列。

郭先生的老字号竹枝词很有特色。

首先他的竹枝词在形式上有独到之处。就老北京的竹枝词而言，郭先生的竹枝词又有了创新。

他的每首竹枝词，几乎都是"藏头诗"，将老字号"藏"在词头，读来饶有情趣，比如他写的老字号"享得利"钟表店："亨通发展信当先，得益精修善解难，利取公平情待客，表珍钟贵品牌全。"四句的"藏头"，读出来即是"享得利表"，而每句的后三个字，高度概括了这家老字号钟表店的经营理念和服务特色："信当先"、"善解难"、"情待客"、"品牌全"。

其次，在竹枝词的内容上，郭先生写老字号更偏重于老店的特色和文化内涵，比如他写的老字号大明眼镜店："大方秀美显雍容，明亮清新远近同，眼贵验光精确准，镜优选料细加工。"即便是对大明眼镜店不熟的人，读这首竹枝词也会对这家老字号有所了解。词后的三个字："显雍容"、"远近同"、"精确准"、"细加工"，读后，您对这家眼镜店的服务特色一目了然。

同样咏老字号的小吃白水羊头，老北京的竹枝词《燕京小食品杂咏》中写的是："十月燕京冷朔风，羊头上市味无穷。盐花洒得如雪飞，薄薄切成与纸同。"道出了白水羊头的口味及技艺。

郭先生写的竹枝词是："羊馔溢香早盛名，头肴白水煮烹成，马家片肉薄如翼，妙制椒盐京味浓。"两者相比较，即可看出各自风格和选择的角度有所不同。

郭先生用画龙点睛之笔，点出了制做白水羊头的老字号"羊头马"的"早盛名"和片肉"薄如翼"、椒盐"妙制""京味浓"的特色。前者写意，后者写实。

同时，也说明了不同时代，人们对这道北京小吃的吃法上也发生了变化。前者记述的是老北京人，在冬天的时候才吃羊头肉，朔风吹着，人们喝着二锅头，就着薄如纸的羊头肉，吃起来别有风味。后者则告诉人们，现在不论冬夏，人们都能品尝到这道小吃。由于羊头马"早盛名"，它已经成为"京味浓"的一道寻常小吃。

值得一提的是，郭先生的竹枝词还颂扬了"李记白水羊头"。"李家老铺业兴隆，记载明朝始建成。白煮清香鲜脆爽，水羊头肉美姿容。"

李记白水羊头最早出现在明朝末年，当时李自成的部下李明兆奉命驻扎在大兴的李营，后来，李自成的起义军失败，李明兆弃戎从农，成为当地的农民，其后裔除干农活外，还做贩卖牛羊肉的生意，羊头以及下货卖不掉，就用白水煮熟，醮着盐吃，觉得味道鲜美，以后越做越精，并创立李家作坊，以此为生，清咸丰年间传入京城。李记白水羊头以"盐花洒得如飞雪，肉片切得如纸同"闻名京城。1983年，李记白水羊头的传人李庆芝恢复了家传，并将"李记白水羊头"注册成商标，把字号的牌匾挂了出来。据郭庆瑞介绍，现在李记白水羊头的传人王红杰（李庆芝的女婿），把这家看起来不起眼的老字号店铺，经营得有声有色，他受其感动，才创作了这首竹枝词。

同样是写白水羊头，一个是"李记"，一个是"羊头马"。但在写法上各有千秋，一个强调了"椒盐"，一个推崇了肉的"香鲜脆爽"，可以说异曲同工，都是老字号京味小吃的代表。

再次，郭先生咏的老字号都是保留下来的，现在还"活"着的店铺。那些消失的老字号他几乎没写。人们读了他的竹枝词，不但可以从字面上了解这些老字号，还可以寻踪觅迹，去身临其境体会一番。

这种写实的手法，为今人提供了消费指南，也为后人留下了宝贵的资料。跟我们现在想了解清末民初的北京风情，要看那会儿的竹枝词一样。我想再过几十年，人们要想了解今天的北京风情，也会去看郭庆瑞先生的竹枝词。

难能可贵的是，郭先生的每首竹枝词，都配有老字号的图片和文字介绍，可谓图文并茂，增加了读者对老字号的了解和印象。同时，也说明郭先生的创作态度的严谨和认真。要知道他写的这些老字号，都是他一家一家亲自采访过的，他对这些老字号的历史和现在的情况如数家珍，耳熟能详。

非如此，写不出韵律这样生动、内容非常贴切的竹枝词。

老字号的一些绝活和经营理念，如今已作为非物质文化遗产的内容得到保护，郭先生的这些竹枝词，也可以说在保护老字号方面做出了自己的努力。

当然，竹枝词这种文体，如今已经久违。郭先生的创作，使这种文体又有了活力。这也许正是他多年努力的成果，可谓功夫不负有心人。

"一个人做一件好事并不难，难的是一辈子做好事。"套用这句话说，一个人写一首竹枝词并不难，难的是写出几百首。而写出几百首老字号竹枝词的是一位74岁的老人，这就更加值得一书了。

郭庆瑞先生的晚年，宝刀不老，精力充沛，始终保持着旺盛的创作激情。他本可以去写小说、散文、自传，但出于对老字号的热爱，他选择了老字号竹枝词的创作，而且是一门心思，专心致志，别出心裁地创作了大量的竹枝词，形成了自己的风格，也算是对京味文化的一个贡献。

我们在读郭先生的这些竹枝词时，不能不为老人的这种精神，肃然起敬。

（本文是为郭庆瑞所著《北京老字号竹枝词》写的序言）

阳　光

　　俗话说："万物生长靠太阳，雨露滋润禾苗壮。"人活着，永远离不开阳光、空气和水这三样。

　　阳光总是让人感到温暖，让人感到亲切，同时，也让人感到朝气蓬勃，意气风发。所以，人们形容那些青春少男少女是阳光女孩、阳光男孩，或者说这个孩子很阳光。

　　柴沛沛就属于阳光女孩，而且阳光里带着才气。看她的小说，您会感觉到一颗少女的心在跳动。这是一个很有灵气，充满青春活力，而且多愁善感的少女。

　　是呀，看柴沛沛的简历才知道，她今年才只有18岁，正在念高中。

　　一个18岁的女孩儿，能在准备高考，各门功课压得喘不过气儿来的状态下，写出近20万字的长篇小说，确实不容易。小说的文笔流畅，从布局谋篇，文从字顺的角度看，作为一个中学生，柴沛沛确有才气。

　　《子夜春梦》的主人公小鱼是一个长得漂亮，追求时尚，但性格孤傲，内心的情感比较丰富的女孩儿。这类性格的女孩儿，在现实生活中有一定典型性。

作者把这样一个女孩儿放在一个"多泪"的城市的一所中学来描写，记述了她和她的小团体"搁浅"队员们学习和生活中的喜怒哀乐。

这里有学业上的压力，有父母的影响，有青春的骚动，有早熟的恋情，有情感的碰撞，有爱与恨交织在一起的复杂情愫，更有青春的梦想和对未来的憧憬。

尽管作者写的是校园生活，但是从生活细节的描写和人物关系上，我们依然能看到纷纭复杂的社会对成长过程中的孩子们的影响。

书中所反映的校园生活，亦可被看成是社会的一个层面。而作者对人物性格的刻画和内心世界的挖掘，除了可以看出作者把握文学张力的能力，也可以看出她观察生活的细致入微。

我想如果没有对生活的感同身受，或者说对自己生活经历的感悟，是写不出这样的作品来的。

应该说，作者对人物性格的刻画是细腻的，对人物关系的把握是驾轻就熟的。而流畅的语言，又使这部小说增加了可读性。当然中学生可能更容易接受这种小说叙述的语体。

小说中的主人公小鱼，多少有作者的影子。

也许是因为作者涉世未深，对社会的理解带有一定局限，对生活的理解也缺乏一定的深度，而作者本人的年轻，以及在现实生活中遇到的种种困惑，一时难以找到正确的答案，所以小说的格调略显沉重。

如"小鱼日记"里说:"我喜欢黑夜,因为只有在黑夜的迷茫中我才能找到回家的路。""无边的夜色侵蚀着我的躯壳,狂风凛冽,我蜷缩在一个小小的角落痛苦地蜕变,夜幕沉沉地压下来,沉没,沉没,沉没,慢慢的,我疲惫地闭上眼睛——一颗晶莹的泪珠顺着脸颊滑落,冰凉冰凉的……"

　　一个18岁的女孩能写出这样伤感、失落、茫然无助的话来,说明她内心是多么苦闷、寂寥。这也许是小鱼个人在情感受到挫折之后,内心的表白。但是作为文学作品,作者该如何正确看待这种失落和伤感,倒是值得研究的。也许这种感受是真实的,但要不要把它真实地描写出来呢?

　　这里涉及到一个文学写什么的问题。

　　有一次,俄罗斯的两位大作家高尔基和列夫·托尔斯泰一起在街上散步,看见了一个喝醉了的女人躺在又冷又脏的污水里,样子不堪入目,她的身边站着自己的女儿,绝望地哭着。

　　托尔斯泰对高尔基说:"她的样子会让我很伤心,但是我不会把她的这种丑陋的形象写进我的作品里。"

　　高尔基问:"为什么呢?"

　　托尔斯泰说:"不是你见到的任何东西都能写出来的,你想如果我把她写出来,那个金色头发的小孩会怨恨我们,责备我们的,她会说这不是真的。"

　　托尔斯泰是俄罗斯伟大的作家,他认为艺术家要面对现实,而人民是严格要求真实的,真实不是自然主义的,所以他曾不止一次反对文学描写那些世界上不堪入目的龌龊的事情。

他说:"我们全是很厉害的发明家,我也是一样的。我们写作的时候,会突然对一个人物的命运唤起怜悯,于是就会给他添上一点好的性格,为了使他不致显得比别人坏。"

这一点是非常重要的,艺术的真实是高于生活的真实的,艺术家应该根据自己的美学理想对生活进行集中概括,进行典型化的描写,而不是看到什么都可以写。

我为什么要说这些呢?因为柴沛沛还年轻,从严格意义上说,她还只是一个天真烂漫的中学生,尽管很阳光,但是并没有涉足真正意义上的社会生活。就她目之所及,写些自己的所见所闻、所感所悟是能够出彩的。但作为小说,作为一部文学作品,应该有更明确的写作目的,或者说应该想到它对社会的影响。因为你写出来的作品不单单是给个人阅读。因此小说除了要追求艺术的完美,还要追求它的思想性。

从文学艺术的层面上说,小说的功能除了让人赏心悦目之外,还能获得精神上的愉悦和心灵的启迪。因此一个作家应该尽可能地在生活中发现人性中的真善美。

看柴沛沛的小说,会感到尽管她在艺术功力上有不俗的才华,但思想还显得稚嫩,加上生活底蕴的缺失,以及对生活表面化的直视,即所谓内心感受的直接表白,因此这部小说在思想性上还显得不大成熟。也许这正是读了这部小说以后让人感到压抑的原因。

当然,据作者介绍,《子夜春梦》只是小鱼在校园生活的"记录",作者还打算续写"搁浅"队员们中学毕业以后的经历。但愿那时她笔下的这些人物能更生动,也能阳光起来。

我作为一个过来人,也有过自己的"中学时代",尽管我"小时候"与现在中学生的"小时候"所处的时代已经很不一样了,但作为青年学生总还是充满朝气的、充满激情的、充满青春活力的。

我希望柴沛沛笔下的人物也应该变得可爱起来。所以忠告她还应该深入生活,把人物性格刻画得更加生动,挖掘出人心灵上的真善美,切记艺术的真实是高于生活的真实的。

我之所以说这些话,是因为作者是非常有才气,有可塑性的青年作家。放眼未来,她的文学之路还刚刚开始,所以在起步阶段,把自己的心态调整好,把自己的奋斗目标定得高一些,对自己的成长是有好处的。

《子夜春梦》是柴沛沛的处女作,我希望她心中永远充满阳光,能写出更多更好的反映时代、反映生活、反映美好人性的作品来。

(本文是为柴沛沛所著《子夜春梦》写的序言)